MISSING : GERMANY

DON WINSLOW

MISSING : GERMANY

roman

TRADUIT DE L'ANGLAIS (ÉTATS-UNIS)
PAR PHILIPPE LOUBAT-DELRANC

ÉDITIONS DU SEUIL
25, bd Romain-Rolland, Paris XIVe

Ce livre est édité par Marie-Caroline Aubert

Titre original : *Missing : Germany*

ISBN : 978-2-02-134728-9

www.seuil.com

On ne peut pas tout avoir.
Où le mettrait-on ?

Steven Wright

Prologue

Le couloir était obscur.

Il semble qu'ils le soient toujours.

Les « Entonnoirs de la Mort », les appelions-nous en Irak. Nous ne savions jamais ce qui nous attendait à l'autre bout. La vie ou la mort, parfois les deux, peut-être la mort d'un camarade, peut-être la vôtre.

Je ne pensais pas ressortir vivant de celui-là, mais ça n'avait pas d'importance.

J'avais fait la promesse de retrouver Kim Sprague.

Mains contre les murs, j'avançais à tâtons. Au-dessus de moi, des flammes crépitaient, des hommes criaient. À mes pieds, des rats couinaient. Même dans le froid mordant de l'hiver, ce passage sentait les détritus et l'urine.

Je sortis de ma poche mon téléphone portable pour éclairer mon chemin. Je voyais tout juste à un pas devant moi, mais c'était mieux que rien. Je me sentais nauséeux, étourdi, épuisé par la fatigue, la montée d'adrénaline, la peur.

Enfin, j'aperçus de la lumière.

Un rai, sous une porte.

Devant laquelle je m'arrêtai pour réguler mon souffle et mon rythme cardiaque.

Et écouter.

Une discussion à voix basse. Des hommes. Qui parlaient russe.

Puis autre chose.

Une femme fredonnait.

Pour se réconforter.

Il me fallut quelques secondes pour reconnaître la mélodie.

Chopin.
Nocturne n° 1 en *si* bémol mineur.
Je poussai la porte et entrai.
Je m'appelle Frank Decker.
Je retrouve des personnes disparues.

– Kim a disparu.

Charlie Sprague semblait avoir bu.

Je m'étais couché tôt après notre journée de pêche au soleil dans Biscayne Bay. Son coup de fil me tirait d'un profond sommeil, léthargie dans laquelle on tombe après un excédent d'air marin, d'exercice physique et de bières fraîches. J'avais regagné ma chambre d'hôtel, pris une douche froide et je m'étais affalé sur le lit sans même manger. Puis mon téléphone avait sonné.

L'écran rétro-éclairé de ma montre affichait 22 : 37.

Je séjournais au Marriott, Le Jeune Road, à Coral Gables, une banlieue chicos de Miami. Charlie m'avait proposé de m'héberger, mais je ne voulais pas m'imposer, surtout à l'approche des fêtes. Quand j'avais repoussé son offre, il avait insisté pour m'installer dans une suite au Sheraton.

L'argent n'était pas un problème pour Charlie – certains disaient que, entre un milliard de dollars en immobilier, une reine de beauté pour épouse, un yacht et une propriété splendide sur le front de mer, Charlie Sprague n'avait pas de quoi se plaindre.

J'avais aussi décliné la suite. J'aime payer moi-même mes factures, et tout ce dont j'avais vraiment besoin, c'était un lit et une douche.

J'étais venu en voiture depuis mon chalet sur les bords de Platte River, Nebraska, pour revoir nos anciens camarades de notre unité de Marines en Irak.

C'était une idée de Charlie. Se revoir, aller pêcher, partager des bières et des souvenirs de guerre – du moins, ceux dont nous voulions nous rappeler – sur son yacht. Il disait être embarqué dans le plus important projet immobilier de sa vie – « de ceux qui changent la donne » – et avoir besoin de faire un break. Je ne voyais pas ce qu'il fallait changer dans la donne de Charlie et je ne suis fan ni des retrouvailles ni des souvenirs d'anciens combattants, mais « *Semper Fi*[1] ».

Si bien que j'avais chargé mes affaires à bord de la Corvette 74 que mon père avait remise à neuf avec amour et surnommée Bleue. J'adorais conduire cette bagnole que je trouvais géniale et qui me rappelait cet homme qui avait été un type épatant. Je n'avais pas grand-chose à emporter : quelques fringues et mon .38 Smith & Wesson, sous clé dans une mallette à armes de poing posée au pied du siège passager.

Je ne pars jamais sans lui.

La route vers le sud jusqu'en Floride avait été un voyage à travers l'espace et les saisons. J'avais quitté l'hiver pour arriver en été. La neige s'était transformée en rayons de soleil, le gris du ciel en bleu, les chênes dénudés en palmiers feuillus, les rivières gelées en océans chauds.

Il y avait là Charlie et moi, Travis Forbes, Ricky Villalobos, Justin Michetti et DeAndre Cooper. On s'était amusés comme des fous, on avait attrapé beaucoup de poissons et trinqué aux amis absents, trop nombreux. Et on avait eu l'occasion de rire du temps passé en Irak ou dans les services de l'hôpital américain de Landstuhl. On choisit de se souvenir des bons moments, pas du reste.

On ne s'était pas souvent marrés en Allemagne, mais quand même assez pour tenir le coup.

Ç'avaient été de bonnes retrouvailles.

Les copains étaient rentrés chez eux pour passer les fêtes de Noël en famille, mais Charlie m'avait demandé de rester deux ou trois jours de plus.

« Allez, Deck ! avait-il insisté. J'aimerais avoir près de moi quelqu'un qui n'a pas envie de parler de recouvrement des coûts globaux, de taux de capitalisation et de taux d'intérêts brut. »

1. « *Semper Fidelis* » (Toujours fidèle) : devise des Marines. *(Toutes les notes sont du traducteur.)*

J'avais d'autant moins envie d'aborder ces sujets-là que je ne savais même pas ce qu'ils signifiaient. Et rien – ni personne – ne m'attendant à la maison, j'avais décidé de prolonger un peu mon séjour.

Il me tardait toutefois de passer le réveillon de Noël seul au chalet. Petit déjeuner copieux, balade dans le froid le long de la rivière, part de dinde – viande que j'aimais beaucoup, en fait – réchauffée au four à micro-ondes, bon bouquin. J'avais reçu des invitations de la part d'amis qui s'apitoyaient sur mon sort de divorcé récent, mais je les avais toutes déclinées.

Chose que j'ai découverte depuis bientôt un an : j'apprécie la solitude.

Et voilà que Charlie répétait :

– Elle a disparu, Deck.

– Calme-toi. Quand est-elle partie ?

– Vers dix-huit heures. Elle m'a prévenu qu'elle sortait faire du shopping pour Noël. La galerie marchande est fermée depuis plus d'une heure.

– Elle aura croisé une amie avec qui elle sera allée boire un pot.

– Je lui ai téléphoné : boîte vocale.

– Les bars sont très bruyants. Elle n'aura pas entendu sonner son portable.

– Elle ne répond pas à mes SMS.

Même argument de ma part. Mais je connaissais Charlie avant Falloujah : quand il avait grimpé au sommet d'un arbre, rien ne pouvait l'en faire descendre.

Je savais autre chose sur lui : il aimait sa femme. Pourquoi pas ? Kim Sprague était charmante et belle. Intelligente, drôle, chaleureuse – autant d'ingrédients que Charlie avait besoin de trouver à fortes doses chez une épouse.

– Je suis chez toi dans vingt minutes, lui dis-je.

– Non, je te retrouve à la galerie marchande.

– C'est une bonne idée que tu conduises ?

– Je suis déjà en bagnole, biaisa-t-il. Tu sais où se trouve Merrick Park Village ?

À dix minutes de route au bout de la rue.

– On se rejoint là-bas.

J'enfilai un jean, une chemise digne de ce nom et ma seule bonne paire de chaussures, celle que je m'étais achetée pour notre dîner tous ensemble. Si Kim avait réellement disparu, ça signifiait flics ; or les pompes, c'est la première chose que les policiers regardent.

Je le sais, parce que j'en ai été un.

Merrick Park Village est un centre commercial haut de gamme à ciel ouvert regorgeant de palmiers, de fontaines, d'escalators sous des toits voûtés, d'appartements en copropriété, de restaus, de bars et de boutiques : Tiffany, Nordstrom, Neiman Marcus, Louis Vuitton – vous voyez le tableau.

Bleue faisait tache parmi les tout derniers modèles Mercedes, Land Rover et Jaguar garés au parking. Au Village, une Toyota Camry ou une Ford Focus appartient forcément à l'un des employés.

Tel est Coral Gables.

Une des premières communautés planifiées des États-Unis, Coral Gables a été fondée par un promoteur en 1922, pendant le boom immobilier en Floride. Bon, moi, « boom immobilier en Floride », ça m'évoque les films des Marx Brothers et des marécages infestés d'alligators, mais là, rien de tel. Un certain George Merrick a décidé de transformer les mille cinq cents hectares de pins et de citronniers que son père lui avait légués dans les environs de Miami en une zone urbaine où l'aménagement et la beauté architecturale promouvraient l'harmonie sociale.

Pas une mauvaise idée, *a priori*.

Donc, les immeubles de la ville ont été et, pour la plupart, sont toujours conçus dans le style Revival méditerranéen – imposantes façades symétriques, murs en stuc, toits en tuiles rouges. Jardins luxuriants et fontaines rococo aux endroits visuellement stratégiques.

Et zonage.

Merrick, grand fana du genre, a strictement délimité les zones réservées à l'habitation, aux commerces et à l'espace public. Il a créé des parcs ainsi que des parcours de golf, fondé l'université de Miami en 1925, laquelle est encore le principal employeur à Coral Gables.

C'était aussi un raciste à qui il tardait de voir le jour où tous les Afro-Américains se feraient expulser du Grand Miami et de ses environs avec l'interdiction d'y remettre les pieds, mais il n'a jamais « défini » la méthode qu'il préconisait.

Des cars, je suppose.

Peut-être un haut mur.

Pourtant, je dois reconnaître que Coral Gables, ça en jette. D'ailleurs, elle porte le surnom de « Ville de toute beauté ». Sa population compte un peu plus de cinquante mille habitants, dont quatre-vingt-dix pour cent sont « blancs » ou « cubains », ce qui aurait fait la joie de Merrick. Les cyniques attribuent les trois pour cent d'Afro-Américains à l'équipe universitaire de football, ce qui n'aurait pas fait la joie de Merrick.

Charlie m'attendait sur la place de parking 212, à hauteur d'un coupé Mercedes S classe C gris métallisé. Sa propre voiture, une Mustang vert bouteille, était garée juste à côté.

Je me rappelais le jour où il l'avait achetée. Mon père m'avait envoyé une poignée de DVD, et nous regardions *Bullitt* à la base.

« Je veux conduire la même caisse, avait déclaré Charlie. C'est une Ford. »

Il avait téléphoné pour la commander.

Aussitôt dit, aussitôt fait.

À l'entendre, il voulait posséder une chose qui lui donnerait envie de rentrer au pays. C'était là que nous autres avions pris conscience que Charlie faisait partie des friqués.

À présent, il était adossé à sa voiture.

Silhouette : un mètre soixante-dix-huit, tout juste un peu de bide depuis son temps dans les Marines, chemisette cintrée bleue enfoncée dans un pantalon kaki, chaussures bateaux, pas de chaussettes. Cheveux toujours rebelles, châtains, bouclés, coupés long à l'ancienne – son geste de révolte pour montrer qu'il n'était pas qu'un fils à papa, mais aussi un iconoclaste.

Charlie avait un de ces visages que les femmes classent dans la catégorie « éternel adolescent », à savoir rond et marqué par les plaisantes rides de celui qui passe le plus clair de son temps à sourire. Car tel était Charlie : chaleureux, optimiste, généreux, avenant.

En tout cas, côté profil droit.

Le profil gauche ne faisait pas très ado.

Des cicatrices de brûlures – sang coagulé, bouillie de peau écarlate – remontaient de son cou à sa joue jusque sous son œil. Les chirurgiens avaient fait du très bon boulot – d'abord les médecins de Landstuhl puis les pontes de la chirurgie esthétique que ses parents avaient payés à son retour au pays. Malgré tout, son visage pouvait être insupportable à regarder pour qui ne connaissait pas Charlie et ignorait comment c'était arrivé.

– C'est la voiture de Kim, me lança-t-il en désignant le coupé Mercedes quand je descendis de la mienne.

Je trouvai curieux que sa femme n'ait pas fait appel à un des voituriers, mais peut-être étaient-ils tous occupés à son arrivée et ne désirait-elle pas attendre.

– Tu as un double de la clé ?

Bien sûr que oui – Charlie serait toujours Charlie. Avec lui, deux précautions valent mieux qu'une.

Il me le tendit et je déverrouillai la portière côté conducteur sans poser ma main sur la carrosserie. À l'intérieur, pas de ticket de parking.

Charlie devança ma question :

– Je lui dis toujours de le prendre sur elle. Au cas où quelqu'un essaierait de voler la caisse.

Pas de sac à main, pas de téléphone portable.

Pas de traces de lutte ni de tout autre problème.

Pas de rayures à mes pieds sur le sol en ciment.

Je n'étais pas inquiet. J'accordais encore foi à ma première intuition : Kim avait croisé une amie dans le centre commercial, elles étaient allées boire un verre et ne voyaient pas le temps passer. Même si, je devais l'admettre, cela ne ressemblait pas à Kim.

Je la connaissais peu – j'avais été témoin à leur mariage mais je ne l'avais rencontrée que lors des préparatifs de la cérémonie.

Elle était canon.

Blonde, yeux bleu vif, traits sculptés, lèvres gourmandes.

Et sa silhouette…

L'incarnation parfaite de la « fille d'à côté » de *Playboy*.

Laura, encore ma femme à l'époque, m'avait accompagné à la réception et avoué qu'elle « aurait volontiers détesté cette garce », sauf qu'elle était « quand même super sympa ».

C'était vrai.

Fille classique des États du Sud dotée d'une voix sucrée, dégageant une vraie chaleur humaine qui, tout de suite, avait plu à Laura, laquelle ne se laisse pas facilement éblouir. Pom-pom girl au lycée et à la fac, reine de beauté et mannequin lorsqu'elle avait fait la connaissance de Charlie, Kim aurait pu, aux yeux de certains, passer pour le stéréotype de la poupée Barbie, sauf qu'elle était très cultivée. *Suma cum laude*[1] à l'université de Floride, licence ès lettres. Et son talent particulier au concours de Miss Floride n'avait été ni de faire tournoyer le bâton ni de mâcher du chewing-gum en rythme avec la musique, mais de jouer du piano classique.

Kim incarnait la femme parfaite et Charlie était assez intelligent pour le reconnaître.

« Elle n'est pas en leasing, c'est pour de bon », m'avait-il indiqué après que je l'eus rencontrée.

Ce qui venu de tout autre que lui eût été insultant. Mais il ne fallait voir là que sa façon de s'exprimer. Puis il avait plaisanté :

« Et la valeur ajoutée, c'est que je n'aurai pas de belle-famille. »

Il m'avait informé que les parents de Kim avaient trouvé la mort lors d'un accident de la route alors qu'elle était encore sur les bancs de la fac.

« Ceci explique cela, en avait conclu Laura, dans notre lit d'hôtel, quand je le lui avais raconté.

– Explique quoi ?

– Cette mélancolie dans son regard. »

Je ne l'avais pas remarquée.

« C'est ce qui la rend attendrissante. »

Le lendemain matin, Kim m'avait abordé, très intimidée :

« Deck, je n'ai personne au bras de qui m'avancer dans la nef. Charlie pense le plus grand bien de toi et je te trouve super sympa,

1. Mention honorifique de diplôme signifiant « avec la plus haute louange ».

alors je me disais que tu accepterais peut-être de… Je sais que c'est beaucoup demander.

– J'en serais très honoré. »

Le mariage avait été célébré à la Granada Presbyterian Church de Miami en présence de huit cents invités, au bas mot, m'avait précisé Charlie à l'époque. Ni Kim ni lui ne voulaient d'une fête aussi grandiose – il se serait contenté de faire un saut à Vegas – mais, comme il me l'avait expliqué : « Quand on est Charles Hanning Sprague, troisième du nom, on vous attend au tournant. »

Il était Charles Hanning Sprague III, mais jamais, au grand jamais, personne ne se risquait à le surnommer « le Brelan ».

Pas deux fois, en tout cas.

Les bancs de l'église étaient, côté marié, bourrés de monde, mais côté mariée, presque déserts. Charlie avait brisé la glace pour moi en me présentant à la ronde : à ses parents, ses frères et sœurs, aux autres membres de sa famille ainsi qu'à leurs amis de longue date ; aux nantis de l'establishment WASP de Miami en blazers pastel et pantalons kaki ; aux amis « professionnalo-intimes » qu'il avait dû inviter, groupe éclectique de vieilles fortunes, de membres du country-club, de partenaires de golf et d'aficionados de yachting ; un certain nombre de Cubains dont les familles habitaient là depuis l'arrivée au pouvoir de Fidel Castro ; et quelques Russes, des « hommes d'affaires *nouveaux richsques* », ainsi que Charlie les surnommait, qu'il n'aimait pas mais ne pouvait se mettre à dos.

Et puis il y avait ses potes Marines – Travis, Ricky, DeAndre et moi – comme témoin et garçons d'honneur.

Le côté de Kim était clairsemé, comme on l'imagine pour une fille unique ayant perdu ses parents. Quelques copines ex-pom-pom girls et de sa sororité universitaire, quelques amies de sa période top model, c'était à peu près tout.

On raconte que toutes les mariées sont belles, et c'est vrai, mais Kim, c'était autre chose. Je suis sûr que Laura et toutes les autres femmes présentes pourraient décrire la robe de mariée qu'elle portait, moi, je manque de vocabulaire. Il me suffira de dire qu'elle était blanche et splendide.

Comme nous nous tenions sous le porche de l'église, j'avais remarqué qu'elle avait les larmes aux yeux.

« Tu penses à ta famille ? »

Elle avait acquiescé.

« Je regrette qu'ils ne puissent être là.

– Ils sont aux premières loges, Kim. »

Je l'avais menée jusqu'à l'autel et avais présenté sa main à Charlie. J'avais remarqué qu'elle avait discrètement pris les dispositions nécessaires pour inverser les places habituelles des futurs époux de part et d'autre de l'autel afin que le « bon profil » de Charlie soit tourné vers les invités.

« Tu penses qu'elle s'y habituera ? m'avait-il demandé la veille au soir après quelques whiskys.

– De quoi parles-tu ?

– Tu le sais très bien. Je suis l'ennemi de Batman, nom de Dieu.

– Double-Face. »

Nous en avions ri à Landstuhl, car, comme il le disait, autant se marrer.

« Elle t'aime, tête de nœud. »

Il m'avait souri.

« Ouais, c'est sûr. Des "perles de sagesse" du témoin à me servir ? C'est ton rôle, pas vrai ?

– Traite-la bien, c'est tout. »

À l'époque, je pensais que Laura et moi resterions mariés la vie entière. À mon actif, je l'ai toujours bien traitée jusqu'à ce que je la quitte.

La réception s'était déroulée au Country Club de Coral Gables, dont les Sprague faisaient partie des membres fondateurs. Il semblait y avoir là plus de monde encore que lors de la cérémonie. Je ne parvenais même pas à imaginer combien ça pouvait coûter.

La tradition aurait voulu que les parents de la mariée règlent la note, mais j'avais compris que ceux de Charlie s'étaient fait une joie de tout payer. Ils étaient aux anges que leur fils ait rencontré une fille aussi charmante que Kim. Il y avait eu, paraît-il, des « réflexions » dans la famille sur le fait que Charlie avait presque dix ans de plus que sa promise, mais Charlie père avait eu tôt fait de clore le sujet en disant : « Et alors ? J'ai bien dix ans de plus que sa mère. »

J'aimais bien les parents de Charlie. Charlie père et Evelyn s'étaient toujours montrés d'une admirable gentillesse à mon égard quand ils venaient rendre visite à leur fils en Allemagne. Ç'avait dû être des moments très difficiles pour eux, mais ils accrochaient un sourire à leurs lèvres lorsqu'ils s'approchaient de mon lit et, chaque fois, ils apportaient quelque chose à leur fils et à moi, allant jusqu'à me convier à séjourner chez eux quand je serais démobilisé.

Je ne l'avais pas fait, mais leur invitation m'avait touché.

Rien ne les y obligeait.

Bref, la réception de mariage avait été, pour reprendre les termes de la presse locale, « un scintillement de paillettes ». Celui qui n'avait pas reçu d'invitation à cette grande fête donnée par les Sprague passait pour un *nobody* dans la haute société de Miami. Politiciens, hommes d'affaires, salonnards, tous se figeaient le temps d'être photographiés par les chroniqueurs mondains.

Le repas était incroyable – pinces de homard et filet mignon –, open bar, bien entendu, et grand orchestre. J'avais passé le plus clair de mon temps auprès de mes anciens camarades des Marines. Je suppose qu'aucun d'entre nous ne se sentait à sa place, mais Kim avait tenté plusieurs fois de nous inclure dans cette liesse et Laura m'avait incité, avec fermeté, à socialiser.

J'avais surtout une trouille bleue à la perspective de devoir porter le toast du témoin.

Je ne suis pas bon orateur.

Mais je savais ce que l'on attendait de moi. Si bien que, le moment venu, je m'étais levé, j'avais fait le truc débile de tapoter la cuiller contre ma coupe de champagne et je m'étais éclairci la voix. Je ne me souviens pas trop de mes paroles, je sais seulement que j'avais terminé en citant Sophocle : « Il existe un mot qui nous libère de tout le poids et de toutes les douleurs de la vie, et ce mot c'est “amour”. »

« Sophocle ? s'était étonné Charlie quand je m'étais rassis. Toi, un poids lourd intellectuel… Qui l'aurait cru ? »

Je n'en suis pas un, mais j'avais eu largement le temps de bouquiner à l'hosto.

À présent, dans le parking aérien de Merrick Park Village, je lui dis :

– Certains bars de la galerie marchande doivent être encore ouverts.

Charlie griffonna un mot qu'il coinça sur le tableau de bord. « APPELLE-MOI. »

Nouveau tour de clé pour activer le système de fermeture automatique des portières et cap sur le centre commercial.

Quatre établissements – le Villagio, le Sawa, le Crave et le Yard House – battaient leur plein.

Pas de Kim.

– Tu en connais d'autres qui soient accessibles à pied ?

– Le Miracle Mile, me répondit Charlie.

Le Miracle Mile se trouvait à quelques centaines de mètres de là, mais je suppose que si on faisait du lèche-vitrine des deux côtés de la rue on avait l'impression d'avoir fait le double de chemin en ayant acheté des miracles.

Les pouvoirs thaumaturgiques avaient été revus à la baisse.

Avant, il s'agissait de guérir les lépreux, de ressusciter les morts ou, pour le Congrès, d'adopter une loi qui, de fait, serait bonne pour le pays, mais à présent cela semblait ne concerner que les ventes au détail d'articles dégriffés. Le prodige étant peut-être qu'ils soient à la portée de toutes les bourses.

Magasins de mode, bijouteries, boutiques de robes de mariée, cafés, restaurants et un théâtre plutôt joli, la majeure partie de la rue bordée de palmiers. Nous nous présentâmes dans tous les lieux que fréquentaient Charlie et elle, ainsi que dans ceux où elle pouvait avoir déjeuné avec ses copines. Tarpon Bend, Seasons 52, Open Stage Club, The Bar, The Local.

Pas de Kim.

– Elle a une meilleure amie ?

– Tu te souviens de Sloane, sa demoiselle d'honneur ?

Je me souvenais d'elle.

Si j'en crois mon expérience, les meilleures amies des belles femmes sont belles et Sloane ne dérogeait pas à la règle, dans son genre : brune, mince, un mètre soixante-deux ou trois, silhouette parfaite affinée dans un club de gym ou, allez savoir, grâce à quelques coups de bistouri. Son visage était hâlé, son nez tout juste assez aquilin pour rendre sa physionomie un peu plus intéressante, mais c'étaient ses yeux qui, il n'y avait pas à dire, vous frappaient.

Noisette, hyper expressifs. Et elle vous regardait bien en face, consciente de l'effet produit.

Kim était gracieuse, Sloane acerbe. Kim était douce, Sloane piquante. Kim s'exprimait avec les accents un peu indolents du Sud, Sloane avec le staccato new-yorkais. Kim était drôle, Sloane spirituelle.

Pendant la réception, elle s'en était prise aux Russes.

« D'abord, nous, les Juifs, avons envahi la Floride, m'avait-elle affirmé, s'embarquant dans une diatribe qui se voulait objective. Puis ç'a été les Cubains, mais ils ont apporté une gastronomie intéressante et des musiques sensationnelles, ils savent s'habiller et les nanas sont su-bli-mes. Mais ces Russes, ils puisent leur sens de la mode dans les rediffusions de *Miami Vice*, leurs femmes ont l'air de figurantes échappées des scènes des *Affranchis* qui se passent au Copacabana Club, et leur cuisine… je n'ai pas d'analogie cinématographique pour la qualifier, mais eux-mêmes ne l'aiment pas ! C'est sans doute la raison pour laquelle ils ont quitté leur mère patrie : faire un bon repas. C'est vrai, quoi : regarde-les manger. »

De fait, les invités russes s'empiffraient avec, pourrait-on dire si l'on voulait se montrer magnanime, enthousiasme.

Plus tard, j'avais aperçu Sloane qui babillait gaiement avec une Russe, sans doute en train de casser du sucre sur mon dos et sur celui des autres ex-Marines, potes de Charlie.

Mais Sloane était ainsi faite, et je l'aimais beaucoup.

Je demandai à Charlie :

– Tu lui as téléphoné ?

– Non. J'aurais dû y penser.

Il lança la numérotation rapide de Sloane.

– Allô ?

– Kim est avec toi ? s'enquit Charlie en branchant le haut-parleur de son téléphone.

– Non. Pourquoi ?

– Je ne sais pas où elle est, et elle ne répond pas à mes appels.

– Elle m'a prévenu qu'elle partait faire du shopping pour Noël.

– Si tu as de ses nouvelles, dis-lui de m'appeler tout de suite.

– Bien sûr. Tu veux que je vienne ?

– Non. Merci, Sloane. Frank Decker est avec moi.

– On reste en contact, d'accord, Charlie ?

Il était maintenant vingt-trois heures quarante-huit et je commençais à m'inquiéter.

– Toi qui es expert en la matière, affirma Charlie, il est trop tôt pour prévenir les flics, non ?

Les gens estiment qu'on doit ne plus avoir de nouvelles d'un adulte majeur depuis plus de vingt-quatre heures pour signaler sa disparition aux autorités. Je ne connais pas les lois spécifiques à la Floride, mais dans la plupart des États du pays la police ne donnera suite à cette déclaration que si des signes certains indiquent la probabilité d'un acte criminel ou portent à croire que cette personne est en danger.

Nous ne nous trouvions dans aucun de ces deux cas de figure.

Ce qui n'arrêta pas Charlie.

Il téléphona à son domicile au chef de la police de Coral Gables, qu'il réveilla. J'entendis le pauvre gars demander depuis combien de temps Kim avait « disparu ».

– Assez longtemps pour que je vous appelle, rétorqua Charlie.

Il écouta pendant un moment, puis coupa la communication et m'annonça qu'une voiture de patrouille nous rejoindrait au parking.

– Coral Gables est une petite ville, dis-je tandis que nous repartions à pied en direction de la galerie marchande. Elle dispose d'une brigade criminelle ?

Charlie l'ignorait.

Il me fallut dix secondes de recherches sur mon Smartphone pour trouver que les enquêtes sur les crimes graves commis à Coral Gables étaient confiées au département de police du comté de Miami/Dade, qui disposait d'une unité d'intervention spéciale traitant les cas de disparition inquiétante.

Je leur passai un coup de bigo.

Et je savais quelle formule magique il fallait prononcer.

C'est pour vous signaler un possible enlèvement.

Le sergent Dolores Delgado me regardait d'un sale œil, comme si j'étais un chewing-gum collé à sa semelle.

La petite quarantaine, longs cheveux sable noués en queue de cheval, visage pouvant aussi bien annoncer le lancement d'un navire à la mer que son torpillage. Yeux marron, teint olivâtre, pommettes saillantes à vous égratigner la peau.

Delgado mesurait, à tout casser, un mètre soixante-cinq, ce qui ne l'empêchait pas de montrer ses muscles. Elle faisait tout de suite comprendre qu'il valait mieux ne pas lui marcher sur les pieds, et cela n'avait rien à voir avec le renflement de son calibre sous son blazer blanc.

Elle ne tressaillit pas en avisant le visage balafré de Charlie.

– Pourquoi pensez-vous à un enlèvement ? s'enquit-elle.

– L'épouse d'un milliardaire s'est volatilisée dans un centre commercial. Vous ne soupçonnez pas qu'il puisse s'agir d'un rapt, vous ?

– Y a-t-il eu demande de rançon ? dit Delgado à Charlie, ignorant mon intervention.

– Pas encore, répondis-je.

Là, elle me jaugea de la tête aux pieds.

– Qui êtes-vous ?

– Frank Decker. Charlie et moi nous sommes connus dans les Marines. Je suis là en touriste.

– Et c'est vous qu'il a appelé d'abord ?

– Ouais.

– Vous saviez quoi dire pour nous faire venir ici.

– Je suis ex-policier.

– Je suis ex-guide scout, je n'en continue pas pour autant à vendre des gâteaux secs.

Elle se retourna vers Charlie et reprit le cours de ses questions. Je les trouvais toutes pertinentes et j'écoutai Charlie l'éclairer au fil de ses réponses ainsi qu'il l'avait fait avec moi. Il ajouta que nous avions vérifié si Kim ne se trouvait pas dans les bars et restaurants environnants et qu'il avait téléphoné à la meilleure amie de sa femme.

– Elle en a d'autres, monsieur ? demanda Delgado.

– Bien sûr. Mais moins proches que Sloane.

– Des amis hommes ?

– Qu'entendez-vous par là ?

– Sans vouloir vous froisser, je...

– Vous m'avez froissé ! l'interrompit Charlie.

– Nous devons envisager la possibilité qu'elle ne soit pas partie seule, déclara Delgado. Si ce n'est pas avec une copine, ce pourrait être...

– Pas Kim.

Delgado haussa les épaules.

– D'accord, admit-elle. Les patrouilles sont en alerte maximale. Nous allons quadriller le quartier, vérifier le métro, les aéroports, la gare, les taxis. Je ferai procéder à un relevé d'empreintes dans la voiture. Nous allons visionner les images de vidéosurveillance du centre commercial. Maintenant, je vous suggère de rentrer chez vous pour attendre des nouvelles de votre femme.

– Allez-vous vérifier auprès du NCIC ?

C'était moi qui avais posé la question.

Le Centre national d'informations sur le crime – la base de données informatiques du FBI.

– Si elle ne réapparaît pas dans les heures qui suivent, oui.

– Signalez un EME, dis-je.

« EmE » signifie « En Danger » – « une personne de tout âge ayant disparu dans des circonstances indiquant qu'il/elle court peut-être un danger ». C'est un moyen terme entre EmO, « Autre » – une personne s'étant volatilisée dans des circonstances suscitant « une inquiétude raisonnable pour sa sécurité » –, et EmI, « Involontaire » – enlèvement national ou international.

Delgado me considéra d'un drôle d'air, mais je ne l'amusais pas.

– Si nous faisions quelques pas, vous et moi ? suggéra-t-elle.

Nous nous éloignâmes de Charlie.

– Vous voulez servir de baby-sitter à votre ami, c'est votre affaire. Mais ne me marchez pas sur les pieds. Nous sommes-nous compris ?

– Vous avez été très claire.

– Vous le savez aussi bien que moi : sa petite épouse-trophée est partie s'envoyer en l'air avec un des voituriers ou son prof de tennis. Elle va refaire surface demain matin en racontant un joli bobard, par exemple qu'elle a passé la nuit chez une copine et que la batterie de son portable était à plat, et vous comme lui aurez l'air de deux abrutis.

– Croyez bien que j'en serais ravi.

Elle resta pensive.

– Sprague et vous avez combattu ensemble ?

– En Irak. Et vous ?

– En Afghanistan. Mais je ne suis jamais allée plus loin que Begrām.

– Vous avez eu de la chance.

– Ce n'est pas comme ça que j'ai vécu ces choses-là.

Elle retourna auprès de Charlie. Ils parlèrent un moment, puis une équipe de la police technique et scientifique arriva sur les lieux et elle le quitta pour aller examiner la voiture.

Charlie me rejoignit.

– Cette Delgado, c'est un cas !

– C'est une bonne enquêtrice.

– Tu crois ?

– Ouais. Je te raccompagne chez toi.

– J'apprécie, Deck.

– Pas de quoi.

Charlie Sprague m'avait extirpé d'un gazoduc en flammes. Je lui devais la vie.

Il est de notoriété publique que la guerre d'Irak a été déclenchée par les riches et menée par les fils des pauvres. Charlie faisait partie des fils à papa, mais estimait de son devoir de combattre pour son pays. Rien ne l'obligeait à s'engager dans les Marines, mais il l'avait fait, et il avait tenu à monter en première ligne, à se charger des sales boulots bien dangereux. Pour ces raisons-là, nous le respections tous.

Je le suivais maintenant en direction de chez lui, parcours de vingt minutes depuis Merrick Park. À Le Jeune Street, la route tournait brusquement à droite dans Old Cutler Road, puis nous prîmes Solano Prado et continuâmes de rouler vers l'est, puis le sud, puis de nouveau l'est sur la péninsule, qui ressemblait à une sorte de C à l'envers.

Charlie freina à hauteur de la guérite du vigile, lequel me fit signe de passer à sa suite.

La résidence privée, composée exclusivement de villas de milliardaires, s'étendait sur une bande de terre entre deux bras de mer, un qui s'incurvait vers le nord puis à l'intérieur des terres, l'autre qui filait droit dans l'océan Atlantique.

La demeure de Charlie était sur la gauche, du côté sud de Solano Prado, si bien que la façade faisait face à la rue, dissimulée par la courbure de l'allée. À l'arrière de la maison, la pelouse, agrémentée d'une piscine et de courts de tennis, descendait en pente douce jusqu'à l'eau.

Je m'engageai dans l'allée circulaire, bordée de palmiers.

Un escalier menait à une large véranda soutenue par une colonnade d'un blanc immaculé. La maison, tout aussi blanche, se composait d'un corps central d'un étage et de deux ailes de même hauteur. Des auvents peints en vert surplombaient les fenêtres, le toit était en tuile et le jardin paysagé de devant, face à l'allée, luxuriant.

L'entrée principale débouchait sur un imposant vestibule dallé de marbre. Sur la droite se trouvait une salle à manger solennelle dont les portes-fenêtres ouvraient sur une terrasse et que prolongeait une vaste cuisine équipée. Sur la gauche, une suite parentale donnait sur une seconde terrasse.

Charlie m'expliqua que la maison disposait de sept chambres à coucher et de huit salles de bains.

– Extravagant pour deux personnes, je sais, mais nous espérons l'emplir de gamins, se justifia-t-il.

Il servit deux scotches bien tassés et m'en tendit un.

– Je n'ai jamais eu peur en Irak, reprit-il. Mais maintenant, oui.

C'était vrai – jamais je ne l'avais vu paniquer là-bas. Moi, la plupart du temps, je crevais de trouille, mais lui restait toujours stoïque. Aucun d'entre nous sans doute ne serait rentré au pays s'il n'y avait pas eu Charlie Sprague.

– Nous sommes entre nous à présent, dis-je. Nous parlons entre amis… Ne le prends pas mal… mais est-il possible… que Kim ait une liaison ?

– Non.

– Tu sembles sûr de ton fait.

– Parce que je le suis. Tu ne la connais pas, Deck, pas vraiment.

Il marcha jusqu'à la cheminée et revint avec une photographie sous verre de Kim plus jeune, en maillot de bain une pièce noir, prenant la pose devant un hors-bord et plantant un baiser chastement professionnel sur la joue de Charlie Sprague plus jeune.

Charlie s'assit sur le canapé en face de moi.

– Tu as déjà entendu parler du coup de foudre ? lança-t-il.

– Oui, ça m'est arrivé.

Au premier regard, j'avais su que, si ma vie tournait bien, Laura deviendrait ma femme.

Elle, il lui avait fallu davantage de temps pour aboutir à cette conclusion.

– Alors tu sais de quoi je parle.

Il pointa le doigt sur la photo.

– C'était notre première rencontre. À un salon nautique où elle travaillait. Dès que j'ai posé les yeux sur elle j'étais décidé à en faire ma femme.

– Et ?...

– Ça n'a pas été tout seul, mec.

Il lui avait demandé son numéro de téléphone, qu'elle avait refusé de lui donner. Si bien qu'il avait fait ce que tout nabab de l'immobilier qui se respecte aurait fait : il avait appelé son agence de mode et l'avait engagée pour un shooting photo censé assurer la promotion de son nouvel investissement dans des condos.

Elle avait enragé quand elle l'avait vu arriver.

N'avait trouvé cela ni drôle ni charmant, et ne s'était pas gênée pour le lui dire. La prenait-il pour une... elle ne pouvait se résoudre à prononcer le mot... qu'il pouvait acheter ou seulement louer ? Si c'était ce qu'il pensait, il pouvait se mettre son contrat...

– Qu'as-tu fait ? demandai-je.

– Je lui ai envoyé un mot pour lui présenter mes excuses. Que j'avais scotché à un piano.

– Quoi !

– J'avais fait des recherches sur elle. Son talent particulier au concours de Miss Floride, c'était le piano, alors je lui en ai fait livrer un à domicile. Quand elle m'a appelé, elle m'a dit qu'il occupait tout son salon, soit presque la totalité de son appartement. Mais je devinais qu'elle était contente, et je l'ai invitée à dîner.

Ils étaient sortis ensemble pendant six mois avant qu'il ne plie le genou, lui tende le solitaire et fasse sa demande.

– Et pendant ces six mois, conclut Charlie, son piano, je n'en ai pas vu la couleur.

– C'est une métaphore ?

– Kim est super croyante. Elle préservait sa virginité.

– Comment peux-tu en être sûr ?

C'était moche comme question, mais si je voulais aider mon ami, des questions moches, j'allais devoir en poser.

– Notre nuit de noces. Seigneur ! Il faut que je te fasse un dessin ? Tu sais, j'ai connu beaucoup de femmes quand j'étais célibataire et, tu peux me croire, Kim n'avait jamais fait l'amour.

– Charlie, c'est peut-être pour ça… Voyons, tu as… quoi ? dix ans de plus qu'elle ?

– Elle est heureuse.

– Et toi ?

– Quoi, moi ?

– Aucune liaison extraconjugale ?

Que Kim aurait pu découvrir. Blessée et furieuse, elle était partie de but en blanc pour se venger. Pour que son mari s'inquiète, ait peur.

Pour lui donner une leçon.

Charlie secoua la tête.

– Je suis un milliardaire de Floride. On me balance plus de chattes à la figure que si j'étais une rock star. Mais j'aime ma femme, je ne la trompe pas.

– Kim et toi avez déjà envisagé d'avoir des enfants ?

– Depuis trois ans on ne pense qu'à ça.

– Et… ?

– Kim est stérile. Nous sommes allés consulter les meilleurs spécialistes de la Floride du Sud, nous avons tout essayé. Nous parlions de mère porteuse, d'adoption, quand… Putain ! Mais elle est où, Deck ? Elle est où, bordel ?

Il semblait terrifié.

Le bureau de Charlie chez lui était plus grand que la moitié de mon chalet.

Une fenêtre panoramique donnait, à l'arrière de la villa, sur les espaces verts très bien entretenus qui descendaient en pente douce jusqu'au bord de l'eau et au ponton privatif où son yacht – un Viking 2006 de soixante et un pieds avec flybridge fermé – était amarré.

Il l'avait acheté neuf pour « deux millions de dollars et des poussières ».

Moi aussi, j'ai mon bateau à la maison. Un deux mètres soixante-dix d'occasion avec deux rames et un moteur de hors-bord Evinrude que j'ai obtenu l'année précédente contre une cargaison de bois de chauffage.

Sur l'autre rive du chenal, en face de chez Charlie, s'étendait Matheson Hammock Park, espace public agrémenté d'un lac artificiel, d'une marina, d'un petit restaurant et d'élégants cyprès centenaires. Au-delà, sur la gauche, s'ouvrait une vue dégagée sur l'océan Atlantique.

On fait pire, comme lieu de travail.

Sur un mur s'étalaient des cartes marines du chenal, de Biscayne Bay, de l'océan. Les autres étaient couverts de plans architecturaux, de croquis et dessins rendant compte de la grande idée de Charlie, celle pour laquelle il avait besoin d'un gros coup de pouce, qui avait pour nom « Lumina ». Sur une table, au centre de la pièce, trônait un modèle réduit du projet immobilier – tours d'habitation en copro, immeubles de bureaux, locaux commerciaux et restaurants qui seraient bâtis sur le vieux port.

« Ça changera la donne, m'avait répété Charlie un jour que nous nous trouvions seuls sur son yacht. Pas seulement pour moi, mais pour tout Miami. Un espace polyvalent qui transformera la physionomie de la ville, attirera capitaux, entreprises, une toute nouvelle génération. Mais va expliquer ça aux vieux schnocks de l'aménagement du territoire et des commissions d'urbanisme… Ils nous retardent depuis des années à coups de paperasserie, de contre-propositions, d'études d'impact sur l'environnement. Tu veux que je te dise ce qui est mauvais pour le milieu ambiant ? Des immeubles inoccupés, décrépits. Et maintenant le département du Logement et du Développement urbain exige que nous réservions une proportion d'appartements aux minorités à faibles revenus. Tu veux que je te dise ce qui est mauvais pour les minorités ? Le chômage. Lumina offrira de vrais emplois rémunérés et on n'aura pas besoin de logements à loyer modéré. »

Je l'avais laissé donner libre cours à sa diatribe.

Du Charlie tout craché.

C'était un fonceur qui pensait avoir toujours raison.

Et le plus souvent, c'était le cas.

Là, je devais lui confier quelque chose à faire pour calmer l'inquiétude qui lui tordait les tripes.

Nous nous assîmes devant son ordinateur et lançâmes une recherche sur les cartes bancaires de Kim. Il nous fallut une petite demi-heure pour parcourir les dernières opérations réalisées avec ses cartes AmEx Black, Visa Platinum et consorts.

Je ne découvris pas ce que j'avais espéré – que Kim avait réservé une chambre d'hôtel, loué une voiture ou acheté un billet d'avion. En fait, je trouvai le contraire de ce sur quoi j'avais tablé : elle n'avait utilisé aucun de ses moyens de paiement.

– C'est bon ou mauvais signe ? demanda Charlie.

– Ni l'un ni l'autre. Ce n'est qu'une indication. As-tu une idée de la somme en espèces qu'elle transportait sur elle ?

– Je lui demande d'avoir toujours au moins deux cents dollars. En cas d'urgence.

Donc elle avait pu descendre dans un hôtel bas de gamme, lesquels se comptaient par centaines dans Miami. Ou prendre un car ou un train. Ou bien quelqu'un qui savait ce qu'il faisait l'avait coincée sur le parking, forcée à monter dans un véhicule et s'était barré.

Nous consultâmes la liste d'appels de son portable.

Là encore, pour qui connaissait la marche à suivre, c'était un jeu d'enfant.

Le dernier datait de seize heures quarante-sept.

– C'est le numéro de Sloane, constata Charlie.

Je lui suggérai de lire attentivement tout le relevé pour voir s'il y figurait un numéro inconnu de lui, mais il m'affirma que non. La plupart étaient soit le sien, soit celui de Sloane, les autres ceux de restaurants ou de boutiques du coin.

– Kim possède-t-elle un ordinateur ?

– Bien sûr.

Elle disposait dans la villa d'un bureau personnel où elle s'isolait pour travailler au profit d'œuvres caritatives. Il y avait une unité centrale avec un large écran plat ainsi qu'un portable.

– Tu connais son mot de passe ?

– « Charlieetmoi274 ». La date de notre anniversaire de mariage.

J'ouvris sa boîte e-mail, mais n'y vis rien d'inhabituel. Puis je cliquai sur « historique » pour voir quels sites elle avait consultés. Ça paraît simple, mais en général l'individu lambda ne sait pas comment disparaître des écrans radars : changer d'identité, de carte de sécurité sociale, de permis de conduire, de lignes de crédit. L'Internet regorge de ces renseignements utiles.

Mais Kim n'avait fait ce type de recherches sur aucune de ses bécanes.

Ou bien elle avait décidé de les effacer.

– Kim s'y connaît en informatique ?

– Elle est nulle. Je n'arrête pas d'appeler mes techniciens à la rescousse. Si tu la voyais manier une souris !

Je lui demandai quel genre d'aliments elle aimait/détestait. Ce qu'elle mangeait aux repas. Si elle avait des allergies, suivait un régime.

En général, au réveil, c'était céréales, yaourt aux fruits ou aux baies. Déjeuner : salade verte, et parfois du blanc de poulet grillé ou du saumon. Dîner : beaucoup de poulet et de poisson, très grosse part de légumes. Plus rarement, elle s'autorisait de la viande rouge, un steak maigre.

Pas de pain, très peu de glucides.

Je posais ces questions pour occuper Charlie, mais aussi parce que, si l'on peut toujours changer de nom, d'adresse, de vêtements, de look, on modifie rarement ses habitudes alimentaires. D'où l'utilité de les connaître.

Quel genre de musique Kim aimait-elle ? Regardait-elle certaines émissions de télé, des films en particulier ?

Elle penchait pour la musique classique, ne possédait pas de iPod, regardait rarement la télévision, détestait la plupart des films.

Passe-temps : le sport. Elle se rendait dans une salle de remise en forme où elle suivait des cours de yoga. Avec Sloane, elle jouait souvent au tennis.

Kim faisait partie d'associations à but non lucratif. Celles où l'on s'attend à trouver l'épouse d'un promoteur immobilier – elle siégeait au conseil d'administration du musée d'Art moderne, de la bibliothèque. Et puis les causes pour l'enfance : collecte de fonds pour la construction d'un terrain de jeux, la fondation Make A Wish et, sa préférée, Keys for Life[1], une association caritative se donnant pour mission de promouvoir l'éducation musicale dans les écoles publiques, surtout celles des quartiers défavorisés.

– Elle va dans les ghettos, raconta Charlie. Liberty City. Overtown[2]. Ça me rend dingue.

La cause enfantine, songeai-je.

Les raisons psychanalytiques sautaient aux yeux.

Argument que Laura m'avait balancé au visage quand j'avais quitté mon boulot et notre toit pour partir à la recherche de Hailey Hansen[3], une gamine de cinq ans qui s'était fait enlever. Elle m'avait demandé si je me lançais dans cette aventure pour compenser l'absence de l'enfant que nous ne trouvions jamais le

1. Fais un vœu et Clés pour la vie.

2. Quartier particulièrement défavorisé de Miami où, à la fin des années 1930, a été construit le Liberty Square Housing Project, complexe immobilier destiné à la population afro-américaine pauvre.

3. Voir *Missing : New York* (Seuil, 2015), du même auteur, dans lequel, pour la première fois, apparaît le personnage de Frank Decker.

temps de faire. Je l'avais remerciée pour sa psychologie de bazar et renvoyée à ses chères études.

Mais peut-être avait-elle raison.

– Qui d'autre savait qu'elle allait faire du shopping ?

– Seulement moi.

– Vous avez une femme de ménage, non ? Une cuisinière ?

– Je connais Maria et Lupe depuis des années. Elles font partie de la famille, jamais elles ne… Mais si tu penses toujours à un enlèvement, j'appelle le FBI.

Je secouai la tête.

– Il n'interviendra que si des indices concordants indiquent que la frontière de l'État a été franchie.

– Avec le fric que je donne pour la campagne électorale de mon sénateur…

Je ne pus m'empêcher de me demander ce qui se passait pour qui ne s'était pas mis un sénateur dans la poche grâce à une somme à sept chiffres.

Les riches ont tendance à être retrouvés.

Les pauvres, non.

– Dès que nous disposerons d'un élément susceptible de justifier son intervention, je le contacte, repris-je. En attendant, on s'en tient au comté de Miami-Dade.

– Delgado. Mais ce n'est pas sa mission, si ? De retrouver des personnes disparues.

– Elle bosse à la SVU, l'unité spéciale d'aide aux victimes. Ils recherchent les personnes disparues.

– Parmi une foule d'autres choses. Sur combien d'affaires bosse-t-elle actuellement, à ton avis ? Je ne te parle pas que des disparitions de personne, mais des viols, des meurtres ? Combien de dossiers y a-t-il sur son bureau ? Vingt ? Trente ?

Plutôt une centaine, songeai-je.

Charlie était passé en mode homme d'affaires, et je voyais à l'œuvre l'esprit qui avait transformé les millions paternels en milliards.

– Je veux avoir un gars qui bosse pour moi, affirma-t-il. Quelqu'un qui ne fasse rien d'autre, vingt-quatre heures sur vingt-quatre, que rechercher Kim.

– Je peux te recommander…

– Rien à cirer ! Tu as très bien compris où je voulais en venir. Je te veux, toi.

– J'ai retrouvé une gamine.

– Justement, tu y es parvenu. Tu as tout laissé tomber… ton boulot, ton couple, et tu l'as sauvée.

Il disait vrai. J'avais renoncé à mon petit confort, chargé mes affaires dans Bleue et sillonné le pays pendant plus de un an à la recherche de Hailey Hansen, que tout le monde croyait morte. J'avais promis à sa mère de la lui ramener, or mon vieux m'avait toujours répété que les Decker tenaient parole.

J'étais rentré avec Hailey, sans plus rien à moi.

Plus de boulot.

Plus d'épouse.

Il me restait tout juste assez de fric pour acheter le petit chalet au bord de Platte River.

Mais je n'avais pas perdu au change. Quand Dieu vous distribue cette main-là, on ne se défausse pas.

Ce n'était pas pour autant que je pourrais retrouver Kim.

Charlie pensait le contraire. Je suppose qu'on ne devient pas milliardaire en prenant les refus pour argent comptant.

– Je te paierai ce que tu veux.

– Je ne demande pas de fric, rétorquai-je.

En parfait gentleman, il ne fit pas allusion à la dette que j'avais envers lui.

– Frais généraux, dans ce cas, rétorqua-t-il. Pas de plafond.

– Charlie…

Il me fallait le lui dire.

Je lui devais la vérité.

– Soit Kim ne veut pas revenir, soit… elle ne reviendra plus.

Il comprit.

– J'ai besoin de le savoir. Aide-moi, Deck. Aide-moi à retrouver Kim.

J'acquiesçai.

Entre Charlie et moi, c'était amplement suffisant.

Je lui avais donné ma parole.

On nous appelait une « unité d'élite » – doux euphémisme.

Nous étions des tueurs.

D'abord nous partions en mission faire des repérages sur le terrain afin de localiser nos cibles, puis nous y retournions pour les « éliminer ». Nous nous entraînions exprès pour le faire, et nous le faisions. Au fusil à lunette, au pistolet, au couteau, à mains nues, tous les moyens étaient bons.

À mon retour aux États-Unis, j'avais raconté à tout le monde, même à Laura, que j'avais fait partie d'une « unité d'élite », et les gens se le tenaient pour dit – de toute façon, personne n'avait envie de parler de l'Irak.

Mais Charlie et moi savions les actes que nous y avions commis.

On se racontera ce qu'on voudra, mais la « guerre contre le terrorisme », c'est ce genre de conflit.

Des assassinats en série.

La plupart du temps, nos renseignements étaient assez fiables – nous traquions un chef de clan, un fabricant d'explosifs ou un tortionnaire d'Al-Qaïda. Tantôt pour capturer la cible afin de la soumettre à des interrogatoires, tantôt en qualité d'exécuteurs.

D'autres fois, la mission était d'ordre général : sécuriser tel ou tel immeuble, dégager telle ou telle rue, aller voir ce qui se passait dans tel pâté de maisons détruit par les bombes. Ça, c'étaient les pires des choses à faire, car nous ignorions ce que nous allions trouver. Nous ne savions jamais si l'ombre qui se profilait au coin, là-bas, était un *haji* – un civil – ou un *tango*, un terroriste décidé à nous expédier en enfer et lui au paradis.

Je n'avançais jamais seul.

Toujours avec Charlie.

Avec Forbes, Villalobos, Michetti, Cooper et tous les potes. Que, pour certains, je connaissais à peine et dont je ne me rappelais presque rien. Que, pour d'autres, je ne parvenais pas à me sortir de la tête. Que, pour quelques-uns, j'avais aidé à porter hors de ces bâtiments, que, pour certains d'entre eux, j'avais enterrés et, pour tant d'autres, couchés côte à côte dans le service de l'hôpital.

J'avais entendu couler leurs pleurs et, je le suppose, eux les miens.

Ce jour-là, nous étions partis en mission pour capturer un « interrogateur » d'Al-Qaïda auquel nous avions donné le nom de code de « Comanche » – je ne me souviens pas de sa véritable identité, seulement qu'il aimait plonger les mains de ses prisonniers dans de l'huile bouillante. Qu'il s'éclatait à trancher les têtes. Si bien que je n'avais pas mauvaise conscience de devoir procéder à son exfiltration – mais il faut dire que, à ce moment-là, plus grand-chose ne me pesait sur le cœur.

C'était le boucan qui me perturbait toujours le plus – le vrombissement des rotors des hélicos, le grésillement des voix dans les radios, le crépitement des rafales de mitraillettes, les explosions assourdies des bombes, les cris.

Et les hurlements.

Nous pénétrions dans les immeubles en gueulant :

À terre ! À terre !

En gueulant des questions :

Où est-il ? Où sont les armes ?

En gueulant des avertissements :

Il est armé ! Elle en porte une en bandoulière ! C'est un gosse, c'est un gosse, c'est un gosse !

Nous n'avons pas tiré sur la femme ni sur le gamin. Charlie l'a plaquée contre un mur le temps que DeAndre la désarme. J'ai écarté l'enfant de nous et il s'est enfui dehors.

Comanche se trouvait à l'étage. Tôt le matin, en général, les cibles étaient au domicile, pionçant dans les bras d'une de leurs « concubines ». Mais ce con-là, qui avait dû entendre les cris, s'était enfui par une ouverture donnant sur le toit.

J'y ai grimpé pour le poursuivre.

Charlie sur mes talons.

Comanche sautait sur l'immeuble voisin quand chacun de nous lui a collé deux balles dans le dos.

Il n'a fait qu'effleurer le mur et a chuté jusqu'en bas dans la rue.

J'ai entendu Charlie parler dans son micro-tige :

« Comanche KIA[1]. »

Nous crevions de chaud, de fatigue, notre taux d'adrénaline baissant tout juste tandis que nous remontions à bord du camion blindé pour retourner à notre poste avancé.

Ce que je désirais le plus au monde, c'était une douche, une bière et un moment de calme.

Donc, lorsque j'ai grimpé à bord du VTT[2], le calme relatif m'a apporté un grand soulagement. Nous avions roulé huit cents mètres à peine quand nous sommes tombés sur l'engin explosif improvisé. Je serais incapable de décrire le bruit de l'explosion, mais lorsqu'on le qualifie d'« assourdissant », ce mot signifie bien ce qu'il veut dire. J'ai entendu une sonnerie stridente dans ma tête et ressenti une douleur aiguë, déchirante, dans la hanche là où un morceau de la carrosserie s'était planté, puis tout ne fut plus que flammes et fumée, je voyais Brewer remuer les lèvres mais n'entendais pas ce qu'il disait et savais que, coûte que coûte, je devais m'extraire de ces flammes, mais j'étais incapable de remuer les jambes, et soudain Charlie a tendu les bras vers moi, m'a empoigné et tiré à l'extérieur, où je suis resté étendu dans la rue poussiéreuse et l'ai vu plonger à nouveau dans l'incendie pour secourir Brewer.

Quelques minutes plus tard, j'ai commencé à ressentir des douleurs fulgurantes et compris que j'étais grièvement brûlé, puis le toubib s'est pointé, m'a planté une aiguille dans une veine et je n'ai plus eu conscience de grand-chose excepté de Charlie que l'on extirpait du VTT en flammes.

De ce qu'il restait du visage de cet homme…

… qui, à présent, gardait l'œil fixé sur son téléphone.

– S'ils n'ont toujours pas donné signe de vie, c'est qu'ils ne le feront jamais, exact ?

– Exact.

1. *Killed In Action* : tué au combat.
2. Véhicule de transport de troupes.

– Donc, probable que ce ne soit pas un kidnapping.

– Probable. J'aimerais jeter un coup d'œil dans la maison. Voir ce que je peux trouver.

– Feu vert, bougonna Charlie.

Dans la clarté de l'écran, ses cicatrices ressemblaient à des blessures encore à vif.

Une femme qui disparaît s'expose à plusieurs choses déplaisantes.

Dont la pire : l'intrusion totale dans son intimité.

Les effets personnels d'un homme ne sont que ce qu'ils sont, on peut toujours y découvrir un élément gênant – un magazine porno, de petites pilules bleues ou autre –, mais ceux d'une femme relèvent de l'intime. Fouiller chez un homme revient à passer en revue des tas de cochonneries ; à le faire chez une nana, on a l'impression de commettre une agression.

Ouais, d'accord, sexiste, sans doute.

Ou peut-être vieux jeu, à vous de décider.

Mais je jetterais de fieffés cambrioleurs derrière les barreaux pour s'être rendus coupables de ce que je m'apprêtais à faire.

Je commençai par la chambre. Le principe de proximité – d'abord ce qui est au plus près de la personne, là où elle dort, s'habille et se déshabille, fait l'amour.

C'est dans la nature humaine de cacher ses secrets très près de soi. On croit les mettre à l'abri.

Grossière erreur.

Nos mystères ne sont jamais en lieu sûr et, souvent, c'est la tentative de les dissimuler qui les met en lumière.

Je m'attaquai à la table de nuit à deux tiroirs de son côté du lit.

Sur laquelle trônaient une lampe de chevet et une photo encadrée de Kim et Charlie lors de leur mariage.

Quand on est pressé, on commence par le tiroir du bas pour ne pas devoir le refermer, mais, moi, je disposais de tout mon temps. Alors non seulement je l'ouvris, mais je l'enlevai et passai la main dans son emplacement pour vérifier que rien n'était scotché sur la paroi de séparation avec celui du dessus. Au fil des années, j'y avais trouvé mon lot de sachets d'héroïne, d'armes blanches et de listes de numéros de téléphone de « clients ».

Mais là : RAS.

Celui du haut ne présentait rien d'intéressant, mais il abritait un carnet et je dressai l'inventaire de tous les objets qu'il contenait, car les êtres humains sont, avant tout, des animaux maniaques. Si Kim se servait d'une crème hydratante, il y avait fort à parier qu'elle continue de l'utiliser, ou si elle lisait les romans d'un auteur en particulier, qu'elle en achète d'autres.

Je notai donc la marque de sa crème de jour à la vitamine E.

Deux livres de poche, des polars de Megan Abbott et de Steve Hamilton.

Un paquet de mouchoirs en papier.

Une mini lampe-torche.

Un livre liturgique. Le signet marquait le 21 décembre. Je lus sur la page : « *Souvenez-vous que l'amour que l'on reçoit est proportionnel à l'amour que l'on donne. Dieu nous fait don de l'amour, à charge pour nous de le transmettre à notre prochain.* » Et une « Affirmation » : « *À telle ou telle période de l'année, la patience peut nous manquer. Mais je serai plus patient et plus aimant aujourd'hui que je ne l'ai été hier.* »

Vernis, lime et ciseaux à ongles.

J'inscrivis la marque ainsi que la référence du vernis.

Le tiroir du bas regorgeait de socquettes roulées par paires. Et en tout genre : blanches pour le jogging et pour le tennis, mi-hautes en laine.

Puis je m'intéressai à une imposante commode calée contre le mur opposé sous un grand miroir mural.

Le premier tiroir renfermait des sous-vêtements. Je passai en revue sa lingerie fine, relevant marques, tailles, coloris.

Le deuxième, surtout des tenues de sport – collants, leggings, justaucorps, pantalons de yoga, ce genre de choses.

Le troisième : des photographies.

De Kim fillette dans différents endroits au cours de ses voyages. De ses parents. D'autres d'elle à l'université, lors de kermesses, du concours de Miss Floride. J'en avais déjà vu quelques-unes parmi celles que Charlie m'avait données ; les autres, c'était nouveau pour moi.

Sur certaines, je vis Sloane et elle du temps où elles étaient top models. Parfois, avec une troisième fille – blonde elle aussi, plus petite que Kim et, peut-être, un peu plus âgée. Sans doute une de ses copines mannequins, car sur un autre cliché le trio – Kim, Sloane et leur amie – se tenait enlacé, genre les Trois Grâces.

Je consignai des infos sur chacune des photos : brève description et date inscrite au verso.

Son book se trouvait dans le tiroir.

Épais, doublé de cuir noir. Très pro. Je le feuilletai : Kim en maillot de bain, en tenue de tennis, en robe de tous les jours. Kim en bikini plus que suggestif. Je relevai la date de la dernière photo : environ deux mois après son mariage avec Sprague.

Puis je m'attaquai à son dressing.

Étudiant, j'avais vécu dans des studios plus petits que cette pièce.

Les robes, crus-je comprendre, étaient rangées d'abord par fonction puis par coloris. Obligations de la haute société : robes de soirée, de noires à rouges, à vertes puis à blanches. Pour les circonstances moins officielles : idem. Etc., etc.

Puis corsages et jupes.

Divers genres de hauts, de vestes et d'autres trucs dont je ne connaissais même pas le nom.

Pulls pliés sur des étagères.

Ainsi que des jeans.

Pantalons sur cintres.

Chaussures sur portants.

Chapeaux dans leurs cartons.

Beaucoup de capelines, sans doute pour protéger la peau de Kim contre les assauts du soleil de la Floride.

Je voulais voir s'il ne traînait pas un bout de papier portant un numéro de téléphone ou un nom, un code de carte bancaire, une photo, n'importe quoi qu'elle ait pu vouloir dissimuler à Charlie.

Je fouillai vestes, jeans, chaussures et galurins.

Rien.

Pas même un ticket de caisse oublié dans une poche ou un dollar dans un jean revenu du pressing.

Une place pour chaque chose et chaque chose à sa place.

Sauf Kim. Elle n'était pas à sa place.

J'entrai dans la salle de bains.

Où, en un mot comme en cent, je cherchais de la dope.

Plus précisément, des analgésiques délivrés sur ordonnance, la toute nouvelle drogue en vogue aux États-Unis. Dans les villes de banlieue, les femmes au foyer sont les nouvelles junkies. Et les accros à l'oxycodone, c'est connu, disparaissent des écrans radars et réapparaissent à plus de mille kilomètres de là avec une explication qui, en gros, se résume à : « Euh… »

Je ne trouvai rien de plus qu'une ancienne ordonnance délivrée pour soigner une sinusite et que Kim avait décidé de ne pas renouveler, les « produits féminins » attendus et quelques cosmétiques.

Sur la tablette du lavabo s'alignaient des flacons de parfum, surtout des Dolce & Gabbana. Jouant au fin limier, je humai une bouffée de chacun d'entre eux, puis notai les remarques qu'ils m'inspiraient. La mémoire olfactive est une des plus développées que nous ayons. Longtemps après avoir oublié une image, nous nous souvenons encore d'une odeur. Je m'avançai sous la douche – carreaux de céramique, banc, jets frontal et arrière – et relevai la marque des shampooing, démêlant et savonnette.

En ressortant, mon regard fut attiré par un détail infime dans les joints du carrelage du sol.

Il n'y en avait pas beaucoup, à peine quelques gouttes.

Mais c'était bel et bien là.

Du sang.

Je m'accroupis, prenant garde de ne toucher ni à la tache de sang ni au carrelage.

Sur lequel se trouvaient peut-être des résidus invisibles à l'œil nu.

La tache était récente – quelques heures, tout au plus.

Et j'eus un haut-le-cœur.

Je redescendis.

Charlie, assis, sirotait un autre scotch. C'était peut-être l'alcool, le problème. Je m'installai en face de lui et me penchai en avant.

– Charlie, si tu t'en es pris à Kim, c'est le moment de me le dire.

– T'es malade ou quoi ?

– J'ai trouvé du sang sur le sol de sa salle de bains. Tu veux m'en parler ?

– Il n'y a rien à en dire. Je ne sais pas… elle a peut-être saigné du nez, ou elle s'est coupée en se rasant les jambes. Ça lui arrive tout le temps : la femme de ménage se plaint de l'état des serviettes de bain.

Je lui servis mon « outing » flic, méthode que j'avais utilisée pour obtenir des dizaines d'aveux :

– Tu avais bu quelques verres de trop. Une dispute a éclaté, tu en es venu aux mains, tu as pété un câble, et voilà. Disons que tu l'as frappée, qu'elle est tombée. Alors tu as paniqué. Tu as déplacé son corps, tu as nettoyé comme tu as pu, tu as conduit sa voiture au centre commercial, tu l'y as garée et tu es rentré en taxi. Tu ne pourras pas le cacher éternellement, Charlie, tout finira par sortir.

– Je ne lèverais jamais la main sur Kim.

– C'est le moment de regarder la réalité en face. Bientôt, il sera trop tard. Parle-moi, laisse-moi t'aider tant que je le peux.

– Qu'est-ce que tu racontes, Deck ? Tu veux m'aider à me débarrasser du corps, à éliminer toute trace de preuves ?

– Non. À raconter la meilleure version possible des faits pour que tu écopes de dix à quinze ans de prison au lieu de la peine capitale.

– Je suis heureux de te l'entendre dire, car j'allais te jeter dehors *manu militari*. Je n'ai jamais frappé Kim sous le coup de la colère et ne le ferai jamais.

– Puisses-tu dire vrai…

– Tu penses que j'aurais pu me montrer violent envers cette fille ? Qui m'a choisi. Avec ma gueule ! Tu sais combien de vannes *La Belle et la Bête* elle a dû entendre murmurer dans son dos ? Sans parler de *Scarface*. Pourtant elle est restée. Et tu t'imagines que je pourrais lui faire du mal ?

Je ne demandais qu'à le croire.

Seigneur, je ne demandais que ça !

– Charlie, regarde-moi dans les yeux. Jure sur la mémoire de John Brewer que tu n'y es pour rien.

Il me regarda dans les yeux.

– Je le jure.

Ça me suffisait.

– J'appelle Delgado.

– Bon Dieu, Deck ! Je te croyais mon ami…

– Justement. Il vaut mieux que tu lui signales cet élément plutôt qu'elle ne le découvre elle-même. Si Kim n'est pas rentrée d'ici quelques heures, ils vont lorgner de ton côté, Charlie.

Quand une femme mariée est assassinée – ou a disparu –, la première personne à laquelle la police s'intéresse, c'est le conjoint. Il s'agit d'une règle élémentaire d'enquête criminelle : le principe de proximité. Il faut imaginer une série de cercles concentriques avec, en son milieu, le domicile de la victime. On commence par le premier cercle : les gens qui, des points de vue physique et affectif, sont les plus proches, puis, une fois qu'on les a rayés de la liste des suspects, on élargit le champ des recherches.

La triste réalité veut qu'il soit rare de passer au cercle suivant.

Dans la plupart des cas, c'est bel et bien le conjoint le coupable : celui-ci appelant pour signaler la disparition de l'autre dans l'espoir de couvrir son homicide.

C'est aussi vrai pour les meurtres d'enfant : l'assassin est souvent l'un des parents ou le parent adoptif, ou la personne hébergée dans le foyer.

Et, en général, le meurtre a lieu dans la maison.

Donc, la police s'y rend.

Parfois, le conjoint proteste et refuse de la laisser entrer, ce qui, en soi, met la puce à l'oreille. Dans ce cas, elle se poste devant la maison jusqu'à l'obtention du mandat de perquisition qu'un juge délivrera forcément vu les circonstances.

Dans certains cas, le conjoint coupable lui ouvre sa porte, car il se croit le plus intelligent, ayant nettoyé les lieux de fond en comble et s'étant débarrassé du corps. Peut-être bien que oui, mais en général non – les nouvelles technologies permettant de détecter les traces de sang qui sont invisibles à l'œil nu, dont celui du tueur.

Donc, Delgado se pointerait avec l'unité de scène de crime… qui trouverait le sang.

J'exposai tout cela à Charlie.

– Appelle-la, souffla-t-il. Elle n'a pas besoin de demander un mandat.

Je joignis Delgado par téléphone.

– Vous feriez bien de venir.

Elle reconnut ma voix de flic. Et reçut le message.

Je coupai la communication et expliquai en détail à Charlie la suite des opérations.

– Elle va t'embarquer pour t'interroger. Appelle ton avocat, demande-lui de te retrouver au MDPD[1].

– Je n'en vois pas l'utilité. Je n'ai rien à cacher.

– Pas mal d'innocents, en prison, disent la même chose que toi.

– Je veux que la police sache tout. Plus elle en saura, plus vite elle retrouvera Kim, non ?

– Charlie…

– Pas d'avocat.

Je connaissais cette voix.

Je l'avais entendue en Irak.

Bon, pas d'avocat.

1. Miami-Dade Police Department : service de police du comté de Miami-Dade.

Delgado regardait le sang.

– Auriez-vous souillé ma scène de crime, Decker ? s'enquit-elle.

– Vous ne savez pas encore si c'en est une.

– J'ignore si ce n'en est pas une.

Je vis ses narines frémir. Je compris le but de la manœuvre : elle humait l'air. Ça sentait le désinfectant.

– Ils ont une femme de ménage, dis-je.

– Sans blague !

Son regard fit le tour de la salle de bains.

– Je croyais que Sprague était votre ami, s'étonna-t-elle.

– C'est le cas. Je veux qu'il soit éliminé au plus vite de la liste des suspects.

– Je vais devoir l'embarquer.

– Il vous suivra de son plein gré.

– Vous lui servez aussi d'avocat ?

– Épargnez-moi vos insultes.

Elle m'adressa un vrai sourire. Enfin, pas tout à fait. Disons un léger rictus labial dans lequel l'optimiste verrait un sourire.

– N'allez pas croire que vous assisterez à l'interrogatoire, c'est hors de question.

– Loin de moi cette pensée.

– Sprague a-t-il déjà appelé son défenseur ?

– Il préfère s'en passer.

Ce qui parut surprendre Delgado. Puis elle dit :

– Il changera d'avis.

Je reconnus cette attitude pour l'avoir moi-même utilisée par le passé. Un point d'honneur : obtenir des aveux dans la salle d'interrogatoire. J'avais été plutôt doué à ce petit jeu. Mais un problème se posait : si elle commençait à considérer cette affaire comme un homicide, elle en occulterait l'aspect « personne disparue ». On ne recherche pas de la même façon un cadavre et un être vivant. Les effectifs étaient limités, et le temps jouait contre nous.

Je lançai :

– Vous êtes très vite passée de « La petite princesse blanche rentrera à la maison demain matin » à « Je vais briser son mari qui finira par avouer son meurtre ».

– L'erreur est humaine.

Elle énonça les faits qu'elle avait établis jusqu'alors :

– Nous avons fouillé la galerie marchande ainsi que la zone environnante sans trouver la moindre trace de Mme Sprague. Les caméras de vidéosurveillance du parking ne couvrent pas le coin où elle s'est garée, mais aucune image ne la montre en train de faire les boutiques, on ne la voit ni y entrer ni en sortir. Toutes nos recherches sont vaines – le personnel des bars et des restaurants déclare ne pas l'avoir vue. À cette heure, nous vérifions auprès des compagnies de taxi locales quels chauffeurs travaillaient et nous allons examiner tout ça à la loupe. Selon moi, elle n'a jamais mis les pieds dans ce centre commercial. Je crois qu'elle n'est jamais partie de cette villa. Pas vivante, en tout cas.

– Avez-vous interrogé le vigile de service ?

Delgado me regarda comme si elle avait affaire au dernier des imbéciles. Ou comme si je le pensais à son sujet.

– Ouais, ouais. Il a vu passer la voiture à l'heure indiquée par Sprague.

Je haussai les épaules pour lui signifier que l'affaire était entendue.

– Vitres teintées, spécifia-t-elle. Ce pouvait être n'importe qui.

– Il ne l'a pas tuée.

– Qu'en savez-vous ?

– Il me l'a juré, répondis-je, conscient que c'était idiot.

En l'occurrence, Delgado partageait cette opinion.

– Serment de macho à macho ?

Je ne lui énumérai pas le nombre de femmes, en Irak, dont Charlie Sprague avait sauvé la vie. Ni le nombre de fois où il avait risqué la sienne en s'abstenant de tirer pour être sûr d'éviter de toucher une femme BMO – un objet noir en mouvement[1]. Je ne lui parlais ni de son courage ni de ses qualités de chef. Ni du jour où je m'étais retrouvé K.-O. à l'arrière du transporteur de troupe blindé et me serais métamorphosé en toast grillé si Charlie n'avait pas traversé le rideau de flammes pour me tirer de là. Ni des mois que nous avions passés ensemble dans le service des grands brûlés. Je ne mentionnai pas qu'il préférait plaisanter en disant qu'il aurait été mieux inspiré en jetant moins d'allume-feu dans le barbecue plutôt que de raconter ce qu'il avait fait pour mériter la Purple Heart et la Navy Cross.

Je ne lui dis pas non plus pourquoi je n'allais pas la laisser inculper à tort Charlie d'assassinat ou renoncer à retrouver son épouse.

– N'oubliez pas que vous enquêtez toujours sur une disparition de personne, lui rappelai-je.

– On y travaille. Nos techniciens forensiques vont prélever les traces d'ADN sur ses effets personnels. Il ne vous aura peut-être pas échappé que j'ai fait venir des techniciens pour remonter les appels au cas où il s'agirait d'un rapt.

– Je l'avais remarqué. Merci.

– De rien.

Delgado commença à s'éloigner puis se figea comme si une pensée la traversait. Elle pivota sur ses talons.

– J'ai parcouru votre dossier, Decker. Très impressionnant.

– Bof.

– Vous avez donné votre démission pour retrouver une gamine…

– Et j'ai eu de la chance.

– Affirmatif. Mais la chance ne justifie pas à elle seule ce que vous avez fait.

Après un bref instant de silence, elle ajouta :

– Sprague pourra venir au poste en voiture s'il le souhaite. Ou vous pourrez l'y conduire.

– Je le ferai.

Elle me gratifia d'un autre coup d'œil.

– J'ai du mal à vous cerner, Decker. Vous êtes soit un héros à votre façon, soit tout bêtement un flic qui a démissionné.

Je comprenais.

Moi aussi, j'avais du mal à me cerner.

1. *Black Moving Object* : terme désignant les femmes en burqa.

Ça me faisait bizarre de remettre les pieds dans un poste de police en qualité de civil. Je ne me sentais pas à ma place, ne savais où m'asseoir ni quoi faire de mes mains.

Delgado me planta à l'accueil pour conduire Charlie en salle d'interrogatoire.

D'où il ne ressortit que trois heures plus tard.

Elle lui avait mis la pression, me confia-t-il tandis que nous roulions vers chez lui. Avait déversé un flot de questions sur son couple.

Disputes, liaisons ? Violences conjugales ? Avait-il déjà frappé sa femme ? Et elle, lui avait-elle donné des coups ?

Non, non, non et non, avait-il répondu.

Elle avait enchaîné avec leur patrimoine. Problèmes financiers ? Divorce en vue ? Avait-il fait établir un contrat de mariage ?

Non, non, et non.

Elle l'avait prié de raconter le déroulement de sa soirée. Qu'avait-il fait ? Avait-il quitté sa villa avant de partir essayer de retrouver Kim ?

Il n'était pas sorti de chez lui, avait mangé, au calme dans son bureau, les restes d'un poulet rôti, examiné quelques-unes des affaires en cours puis regardé la retransmission télévisée d'un match de basket, l'université de Floride contre l'université de Louisville.

Mot pour mot la version des faits qu'il m'avait donnée.

Delgado lui avait demandé si quelqu'un l'avait vu au cours de la soirée. La gouvernante, la cuisinière ?

Elles ne vivaient pas sous son toit, lui avait-il répondu, étaient toutes deux rentrées chez elles.

Avait-il passé des coups de fil, en avait-il reçu, avait-il envoyé des e-mails ou des SMS ?

Ses seuls appels, il les avait réservés à Kim. Charlie avait confié son téléphone portable à Delgado afin qu'elle vérifie.

Quelqu'un pouvait-il confirmer son alibi ?

– Mon alibi ! Parce que j'ai besoin d'un foutu alibi ?

– Elle doit t'éliminer comme suspect, rétorquai-je.

– En attendant, on ignore où se trouve Kim et si elle a besoin d'aide.

Je perçus l'angoisse dans sa voix.

Delgado l'avait soumis à un interrogatoire classique, mais il m'intéressait tout autant de savoir ce qu'elle ne lui avait pas demandé.

Elle avait déjà dû recevoir les résultats de l'analyse du prélèvement effectué dans la salle de bains, et si quelque autre résidu sanguin avait été trouvé elle aurait dû tenter de pousser Charlie dans ses retranchements, suivre la même routine que moi – *Je comprends ce qui a pu se passer, que vous ayez pu en venir à vous disputer, que la situation ait dégénéré...* Ou comment conduire gentiment un suspect en cellule pour le restant de ses jours comme si l'on était son meilleur ami.

Mais Delgado s'en était bien gardée. Bref, on n'avait retrouvé aucune autre trace de sang que l'éclaboussure que j'avais vue, laquelle ne suffisait pas pour étayer la thèse d'un meurtre. Kim s'était peut-être bel et bien coupée en se rasant les jambes.

L'équipe de Delgado avait passé au crible le yacht de Charlie amarré à un quai privé. L'hypothèse selon laquelle Sprague avait tué sa femme, porté son cadavre sur le bateau, levé l'ancre et jeté la dépouille en pleine mer n'était pas si mauvaise. Mais elle ne lui avait pas posé de questions à ce sujet, ce qui signifiait soit qu'ils n'avaient rien trouvé, soit qu'elle jouait au chat et à la souris en attendant de disposer d'éléments matériels supplémentaires pour enfoncer le clou.

Aussi, elle l'avait laissé tranquille.

Mais ça ne durerait pas. Elle interrogerait leurs amis, à Kim et à lui, leurs relations communes. Enquêterait sur la situation économique de Charlie, ses partenaires commerciaux, ses associés.

– Donc, si tu as du linge sale, c'est le moment de le laver, lui dis-je.

Je lui expliquai que c'était une bonne nouvelle, que Delgado n'avait pas marqué le but espéré et qu'elle relancerait donc les recherches concernant Kim.

Je calculai.

Douze heures s'étaient écoulées depuis la dernière fois qu'on avait vu la jeune femme. Les chances de retrouver quelqu'un en vie diminuent à chaque minute qui passe. Au bout de quarante-huit heures, elles deviennent presque nulles.

Depuis que les médias avaient couvert mon sauvetage de Hailey Hansen, je recevais des tas de lettres qui me brisaient le cœur. Des personnes désespérées m'écrivaient que tel ou tel être cher avait disparu depuis un mois, six mois, un an, six ans. Elles me suppliaient de le retrouver.

J'envoyais une réponse à chacune, mais elle ne variait pas. La pire chose à faire est de donner de faux espoirs, or, dans ces affaires-là, ils le sont presque toujours. À de rares exceptions près. Et, sans les moyens financiers et humains de mener cette traque, il y a toutes les chances d'aller dans le mur.

Je détestais devoir le faire, mais ne pas accéder à leur demande était encore le plus grand service que je pouvais leur rendre.

Pour ce qui concernait Kim, notre seul espoir à ce stade était qu'elle soit partie de son plein gré – et ne veuille pas qu'on la retrouve.

Je devais faire à Charlie un topo sur ce qui allait se passer.

– On élargira les recherches. Le comté de Miami-Dade demandera à la police d'État de pratiquer des contrôles dans les régions voisines – routes, autoroutes. Je dois te prévenir, Charlie : ce qu'ils auront dans leur ligne de mire, c'est un cadavre. Ils feront draguer l'Intercoastal Waterway[1], les lacs… Il y a une réserve naturelle dans le coin, non ?

– Matheson Hammock Park. Plus au sud.

– Ils y organiseront une battue. Ils feront appel à des volontaires – si tu ne t'y opposes pas.

1. Réseau de canaux situé le long du littoral américain côté océan Atlantique et golfe du Mexique.

– Bien sûr que non.

– L'autre chose, ce sont les journalistes. Delgado a plutôt réussi à les contenir jusqu'à présent, mais ils vont se déchaîner. T'assaillir, Charlie. Ça va être infernal – voitures de presse, caméras…

Le cirque s'installerait en ville dès le lendemain matin.

La presse et la télévision apprendraient la disparition d'une ex-reine de beauté reconvertie dans la haute société en épouse d'un magnat de l'immobilier, et Monsieur Loyal, éléphants, singes savants, clowns, phénomènes de foire et femmes à barbe se pointeraient tous à Solano Prado.

– Mais c'est une bonne chose, non ? demanda Charlie. La publicité.

Je répondis que c'était à double tranchant. Comme toujours avec les médias. D'un côté, cela permettait d'atteindre des millions de gens, l'un d'entre eux pouvant avoir vu la personne disparue ou donner un indice. D'un autre côté, la publicité attirait des tas de fêlés et on s'embourbait dans les fausses pistes.

J'étais sûr d'une chose : nous devions agir, donner aux reporters des indications de première main, pour éviter qu'ils ne se lancent dans leurs propres investigations au risque de rendre très troubles les eaux des rumeurs et des hypothèses, de diffuser des informations dont on préférerait qu'elles ne circulent pas.

– Miami-Dade nommera un officier des relations publiques, dis-je. Qui viendra t'aider à gérer ton rapport aux médias.

– M'aider en quoi ?

– Te dire quelles infos lâcher ou ne pas lâcher. Te parler du devoir de réserve, par exemple.

– Ce qui veut dire ?

– Ce que ça veut dire : taire deux ou trois éléments cruciaux que seul un témoin privilégié peut connaître, de manière à éliminer les détraqués, ceux qui cherchent à attirer l'attention sur eux.

Ainsi que les faux aveux, pensai-je par-devers moi.

Dans les jours qui suivraient, une dizaine de types se présenteraient pour avouer avoir enlevé Kim Sprague. Il nous faudrait disposer d'éléments non rendus publics.

– Es-tu prêt à parler aux médias ? m'enquis-je.

– Si tu penses que c'est utile.

Sur ce point-là aussi j'étais partagé. D'un côté, des membres de la famille donnant des conférences de presse offrent une satisfaction malsaine au taré qui a tué ou enlevé leur proche. D'un autre côté, un appel personnalisé motive les témoins et les volontaires potentiels.

– Je crois que oui.

– *Quid* d'une récompense ?

– N'en propose pas.

– Pourquoi ?

– Dans les jours... les semaines à venir, nous allons récolter des pseudo-informations de tous les barjes du pays. Avec une affaire comme celle-là, les givrés sortent du bois plus sûrement que les nuits de pleine lune. Ajoutes-y de l'argent, et tu attires aussi les escrocs. Toute la Floride du Sud sait que tu as les poches profondes ; demain après-midi, le monde entier le saura. Si tu offres une récompense, tu compliqueras tout.

– Mais si on l'a enlevée ? Son ravisseur doit bien savoir que je suis riche. Un million de dollars achète bien des vérités.

– Et aussi bien des mensonges.

– Je veux seulement que Kim rentre à la maison.

– Charlie, prépare-toi à faire un grand tour de montagnes russes. Il y aura des hauts et des bas, des espoirs nourris puis balayés, des pistes qui mèneront ici ou là et d'autres nulle part. On te dira que Kim a été retrouvée saine et sauve, puis qu'on a découvert son corps, aucune de ces deux déclarations ne correspondra à la réalité. La route sera longue, mon pote, et la destination demeure incertaine.

– Feras-tu le chemin avec moi, Deck ?

J'acquiesçai.

– Nous laisserons la police enquêter. Delgado me paraît douée, honnête. De plus, ça ne ressemblerait à rien que j'écume les routes de Floride.

– Alors que vas-tu faire ?

– Imagine-toi devoir pêcher un poisson unique en son genre dans un vaste océan. Les flics vont jeter leur grand filet et voir ce qu'ils remonteront. Moi, je serai le plongeur armé d'un harpon. Je me glisserai sous les radars, hors de vue, je m'intéresserai aux pistes que les autorités ne pourront ou ne voudront pas suivre, une à la fois, jusqu'à ce que la bonne me mène à Kim.

Si la procédure officielle ne donnait rien au bout d'un mois, la police, sans refermer le dossier, le reléguerait au rang d'une affaire non résolue. C'était compréhensible – des faits divers tragiques, elle devait en traiter de nouveaux tous les jours et était déjà submergée de travail.

Moi, non.

Ma seule occupation, c'était retrouver Kim Sprague.

Et je comptais bien m'y employer.

Prendre le temps qu'il faudrait.

Car, désormais, j'avais deux raisons pour cela.

Ramener Kim et innocenter mon ami de meurtre.

Désireux de ne pas me trouver chez Charlie à ce moment-là, j'étais reparti de chez lui avec un carton contenant les dossiers et les photos que je voulais, avais roulé jusqu'au Marriott, m'étais douché, accordé deux petites heures de sommeil et relevé pour me mettre au travail.

La chambre disposant d'une cafetière, je me préparai un café, puis m'assis devant mon ordinateur, me connectai au site du Centre national d'informations sur les crimes et tapai le code que le FBI m'avait donné pendant l'affaire Hailey Hansen.

Delgado avait rempli la fiche de signalement de disparition de personne.

S'il est complété dans les règles, le rapport préliminaire, long de trente-six pages, est une véritable mine d'or côté infos.

En premier lieu, je remarquai que Delgado avait classifié Kim comme EmE.

Super, Delgado ! Merci.

La fiche contenait l'identité de Kim, sa date et son lieu de naissance, son sexe et sa race. Taille : 1,67 mètre, poids : 54,5 kilos, yeux bleus, cheveux blonds, peau blanche. Empreintes digitales jamais relevées. Suivaient ses numéros de sécurité sociale et de permis de conduire, ainsi que l'État d'obtention et la date d'expiration de ce dernier.

Aucune des cases de la section « Risques et état de santé » – armé(e) et dangereux(se), tendances violentes, pratique les arts martiaux, connu(e) comme consommateur(trice) de drogues, alcoolique, allergie(s)... – n'était cochée.

Groupe sanguin : B négatif.

La case pour « Profil ADN exploitable », elle, était cochée – je m'attendais donc à trouver un rapport d'analyse d'ADN auprès du Centre d'identification humaine de l'université du Nord Texas.

Étaient précisés les nom, prénoms, adresse et numéros de téléphone de Charlie ainsi que ses liens avec la disparue.

Sous l'intitulé « Amis proches/parents proches » se trouvait le nom « Sloane Payton ».

Les « Lieux fréquentés par la personne disparue » incluaient une salle de sport avoisinante, plusieurs restaurants et Merrick Park Village.

Suivait la section des « Informations médicales » avec les noms et coordonnées du médecin généraliste et du dentiste de Kim.

Puis une liste : partie du corps artificielle éventuelle (aucune), difformité (idem), os fracturé (non), grain de beauté – un sur la joue droite, un autre sur l'épaule gauche et un troisième dans le creux des reins.

Cicatrices : une sous le menton et une sur la jambe droite.

Aucune dépigmentation de la peau.

Aucun tatouage ni trace d'effacement de tatouage.

Aucune case cochée sous la rubrique « Troubles du comportement (passés et présents) » – autisme, dépression, schizophrénie, tendances suicidaires. Idem pour « Traitements thérapeutiques ». Ni antidépresseurs ni anxiolytiques.

Partie suivante : « Types de bijoux ».

Longue liste.

Kim portait une montre Chopard « L'Heure du diamant », avec des petits diamants soulignant les heures et le tour du cadran. Une bague de fiançailles Robert Pelliccia sertie de diamants taille émeraude six carats d'une valeur de cent trente-sept mille dollars. Une alliance en or. Et une parure de chez Van Cleef.

Delgado avait déjà dû envoyer ses équipes chez les prêteurs sur gages et les receleurs de haut vol pour vérifier si tout ou partie de ces pièces y avaient fait leur apparition.

Puis venait l'alinéa « Divers » : diminutif (« Kim »), tenues vestimentaires, chaussures, fumeur(se) (non), destination(s) possible(s), espèces en sa possession.

Ce dernier paramètre me semblait primordial.

Je savais que Kim n'avait ni utilisé ses cartes de crédit ni retiré d'espèces à un distributeur bancaire. Si elle était partie de son plein gré, il ne fallait pas perdre de vue que, selon Charlie, elle avait sur elle au minimum deux cents dollars.

Par ailleurs, elle portait, grosso modo, pour cinq cent mille dollars de bijoux et, si elle savait où les écouler, pourrait vivre un bon moment grâce à cet argent.

Apparaissait le fait que Kim était gauchère.

Puis venaient des croquis au crayon représentant une femme lambda – de face, de dos et de profil, gauche et droit – sur lesquels étaient indiqués les emplacements des grains de beauté et cicatrices signalés plus haut.

Une autre page portait la photocopie de la signature de Kim, un espace pour un cliché anthropométrique (vide) et le maximum autorisé de dix photos d'elle : celle que Sprague m'avait montrée en premier, les autres liées à divers événements, et dont l'illustration, qui fendait le cœur, de leur carte de Noël.

Le reste du rapport se consacrait à son dossier dentaire.

Sadique. En principe, il sert à identifier un cadavre. Dans l'espoir de prélever une mâchoire, supérieure ou inférieure, intacte sur un corps par ailleurs en décomposition.

Je n'étais pas encore prêt à envisager cette issue, mais néanmoins ravi de disposer de cette information.

Après avoir jeté quelques notes par écrit, je consultai le site web du Centre de l'identification humaine et j'appris que Delgado lui avait envoyé l'ADN de Kim. Une autre vérification m'indiqua qu'elle l'avait également expédié au système national d'indexation des ADN.

Elle avait aussi adressé un rapport au ViCap, le programme d'arrestation des délinquants violents, qui permettrait aux Feds de recouper des informations sur la disparition de Kim avec des cas similaires.

Delgado avait fait un travail minutieux, compétent.

À mon tour de faire le mien.

Chaque enquêteur a sa propre méthode. Bien sûr, il y a le « règlement », qui dicte la voie à suivre, mais il laisse beaucoup de liberté d'action et c'est surtout une question de priorités, l'important n'étant pas tant ce que vous faites que l'ordre dans lequel vous le faites.

Dans le cas d'une disparition, la plupart des enquêteurs commencent leurs recherches par le moment où la personne a été vue pour la dernière fois. Ça relève de la logique, mais pas la mienne. J'aime fouiller le plus loin possible dans le passé du sujet, car, pour toute affaire – enlèvement, cambriolage, homicide –, je crois avant tout à la chronologie des faits.

L'un succède à l'autre.

Chaque événement découle d'un précédent, et l'on ne sait pas toujours lequel, jusqu'au moment où l'on a une vision d'ensemble de tout ce qu'il s'est produit.

J'ai donc classé les renseignements que je tenais de Charlie en commençant par les parents de Kim.

Charlie m'avait raconté que le père, sorte de diplomate pour le Foreign Office, avait souvent été absent pendant l'enfance de Kim. C'était sa mère, bibliothécaire, qui faisait bouillir la marmite.

Je m'attaquai au contenu du carton et trouvai une de ces photos-portraits de studio sur laquelle John et Elaine Woodley se tenaient debout devant un cyclorama gris, regardant très loin, en profil perdu. John affichait une beauté classique : cheveux argentés, yeux bleus, nez aristocratique, menton ciselé.

Il aurait pu être sénateur.

Elaine, elle aussi, était belle, altière, les cheveux blond cendré. Ces deux-là auraient pu poser pour la couverture du mensuel WASP, à supposer qu'un tel magazine existe.

Je pris toutes les photos de Kim enfant et les classai dans l'ordre chronologique. Je dois dire qu'elle-même m'apporta une aide précieuse dans ce processus, car elle avait pris soin de dater chacune d'elles au verso.

J'avais sous les yeux une série de portraits de Kim à divers âges, la montrant dans une succession d'écoles américaines à l'étranger. Puis de Kim à l'université de Floride. Je m'attendais à ce qu'elle ait rejoint une sororité, mais rien ne me le confirma.

Je tombai aussi sur des clichés et diplômes de concours de beauté auxquels elle avait participé.

Et qu'elle avait presque tous remportés.

Je trouvai un DVD tourné lors du concours de Miss Floride, le glissai dans le lecteur et actionnai l'avance rapide pour visionner les passages où elle apparaissait. Elle jouait une sonate de Chopin – avec brio, selon moi. C'était beau – opinion partagée par une partie du public, les autres semblant trouver le temps long.

Peut-être était-ce juste un mauvais choix musical.

Mélancolique, romantique, un peu plaintif.

Regarder une personne disparue ou morte en photographie, c'est une chose, mais la voir vivante – bougeant, respirant, interagissant avec le monde qui l'entoure – en est une autre. Ça crée une sensation d'angoisse, mais cela fournit aussi des renseignements. Et ce que j'appris en visionnant ces images et en écoutant Kim jouer du piano, c'était qu'il émanait d'elle de la profondeur, de la sensibilité, de l'intelligence.

Elle s'oubliait, s'égarait dans la musique, dans les réactions que celle-ci lui inspirait. Elle se retrouvait dans son propre monde, où les artifices du « glamour » du concours de beauté avaient disparu. Il n'y avait plus que Kim et son âme.

Et autre chose aussi.

Une indéniable tristesse.

Que Laura avait remarquée le jour du mariage.

Discrète, mais présente.

Je me demandai quelle en était la raison. Cela ne pouvait pas être l'accident mortel de ses parents puisqu'il ne s'était produit que quelques semaines plus tard.

Alors quoi ?

Objet suivant : je pêchai un faire-part bordé de noir du service commémoratif pour les Woodley.

Puis le diplôme universitaire de Kim, une licence en beaux-arts assortie d'un certificat d'aptitude à enseigner en école primaire. Mais pas de photo de la promotion.

Ensuite, je regardai les shootings de son époque top model, certaines photographies étant des copies de celles que j'avais vues dans son press-book. Il y avait celle du salon nautique où Sprague et Kim s'étaient rencontrés.

Sprague était sous le charme, ça se voyait. Kim, elle, avait l'air de faire son travail, bien que semblant un peu gênée d'être en bikini jaune.

Je tombai sur leur acte de mariage et sur une invitation à la cérémonie.

Sur trois photos sur lesquelles je figurais : une où je conduisais Kim à l'autel ; une où je me trouvais au côté de Charlie en ma qualité de garçon d'honneur ; une autre de tous les témoins : notre groupe de combat en Irak.

Ainsi que sur plusieurs d'elle et de Charlie que, là encore, Kim avait dûment datées au verso.

Il y avait aussi une copie de son permis de conduire.

Une femme très méthodique – jusque dans son rapport aux souvenirs.

Je classai tous ces documents par séquences successives pour voir si un fil narratif s'en dégageait, quelle histoire ils me racontaient.

Kim Woodley avait grandi en enfant unique dans une famille raffinée de la classe moyenne supérieure. C'était la fille cent pour cent américaine – pom-pom girl et reine de beauté.

Ses parents adorés étaient morts.

Bien que diplômée en musique et détentrice d'un certificat d'enseignement, elle avait décidé de devenir modèle et démarré une jolie carrière, jusqu'au jour où elle avait rencontré un promoteur immobilier milliardaire qu'elle avait épousé. Tout laissait penser qu'ils filaient le parfait amour depuis six ans, avec pour seule déception l'impossibilité pour elle d'avoir des enfants.

Deux semaines avant Noël, Kim Sprague était partie faire du shopping, s'était volatilisée.

Je me levai et allumai le téléviseur.

Le cirque avait commencé. Camionnettes de chaînes de télévision, cameramen et journalistes grouillaient devant la villa de Charlie.

J'augmentai le volume.

« … du promoteur immobilier multimilliardaire Charles Sprague qui a disparu mardi soir… »

Je changeai de chaîne.

« … de Merrick Park Village sans laisser de trace. La police dit ne pas avoir de pistes et en appelle aux citoyens… »

Autre pression sur la télécommande.

« … mais demeure la question : où est passée Kimberley Sprague ? Les porte-parole du MDPD ont annoncé la tenue d'une conférence de presse qui devrait commencer d'une minute à l'autre, donc nous obtiendrons peut-être quelques réponses, Ted… »

Je me préparai une deuxième tasse de café et m'assis devant la télé. Quelques minutes plus tard, Charlie sortit de chez lui accompagné de Delgado et d'une autre femme, sans doute, pensai-je, la responsable des relations presse.

Les appareils photo crépitèrent tels des armes légères. Je devais reconnaître que le perron de la villa, au second plan, créait un décor saisissant. Charlie arborait un costume gris et une chemise blanche fermée par une cravate indigo. Il avait l'air vanné mais serein.

La RP, le sergent Bustamante, ouvrit le bal en faisant un bref récapitulatif de la situation depuis la disparition de Kim, puis elle présenta Delgado comme étant l'officier de police en charge de l'enquête.

Delgado donna le signalement de Kim et décrivit la tenue vestimentaire qu'elle portait ce soir-là, mais passa sous silence la montre Chopard – ce serait donc l'élément non divulgué. Elle n'indiqua pas non plus que Kim avait une cicatrice sur la jambe droite. Elle en appela au concours des citoyens et indiqua le numéro de la ligne de signalement.

Puis elle présenta Charlie.

Il s'avança devant le micro et regarda droit la caméra.

« Kim, se lança-t-il, je t'aime et tu me manques. Si tu me vois ou si tu m'entends, s'il te plaît téléphone ou prends contact. Si vous avez enlevé Kim et la retenez prisonnière, je vous supplie de ne pas lui faire de mal, de faire preuve d'humanité et de la relâcher. Tout ce que je veux, c'est retrouver ma femme. Si, parmi les téléspectateurs, quelqu'un sait quoi que ce soit, ou a vu Kim, je vous en prie, s'il vous plaît, appelez le numéro que le sergent Delgado vient de communiquer. »

Du beau travail.

Bustamante donna la parole à la presse.

Et ce fut le début de la curée.

Delgado servit d'amuse-gueule.

Que faisait la police de Miami-Dade ? Comment se pouvait-il qu'une femme disparaisse en un clin d'œil de Merrick Park sans qu'on découvre la moindre piste ? Pouvait-on encore considérer qu'il soit sans danger de se promener dans les rues de Coral Gables ? Sur combien d'affaires de disparition de personne avait-elle enquêté ? S'estimait-elle compétente pour diriger une telle investigation ? Avait-on fait appel au FBI ?

Delgado s'en sortait plutôt bien. Elle répondait sans détour et sans s'agacer.

Frustrés, les journalistes se rabattirent sur Charlie.

Ils commencèrent par lancer des balles molles, mais je savais que la caillasse suivrait.

Depuis combien de temps Kim et lui étaient-ils mariés ? Se rendait-elle souvent à Merrick Park pour faire des courses ? Avaient-ils des enfants ? Comptait-il créer un site web ?

Six ans. Oui. Pas encore. La police lui disait qu'un site web était prématuré.

Jusque-là, Charlie s'en tirait avec les honneurs.

Puis on lui jeta la première pierre.

Je me doutais que ce ne seraient pas les journalistes télé qui la lanceraient, car ils ne voulaient pas passer pour des salauds aux yeux de leurs téléspectateurs, mais un de leurs confrères de la presse écrite, qui, en rivalité avec eux et ceux d'Internet, n'avaient rien à perdre.

« Avez-vous des problèmes de couple, monsieur ? »

Charlie parut surpris.

« Non. Aucun.

– À votre connaissance, votre épouse a-t-elle une liaison ? »

Delgado et moi-même lui avions posé la question, mais Charlie savait que nous le lui demandions pour nous aider à retrouver Kim, alors que ces ordures ne le faisaient que pour donner un coup de pouce à leurs chiffres de vente. Il fusilla du regard le journaliste en balançant :

« Je trouve votre question insultante pour mon épouse.

– Ce n'est pas une réponse. »

Charlie n'avait pas l'habitude de capituler devant l'ennemi. Ni au combat ni en affaires.

« C'est pourtant celle que vous obtiendrez. »

Mais il se ravisa et déclara, laconique :

« Mme Sprague n'entretenait pas de liaison. »

Ce changement d'attitude fut un filet de sang sur lequel ils se ruèrent.

« Et vous, en avez-vous une ?

– Votre épouse a-t-elle disparu ? Ne vous aurait-elle pas tout bonnement quitté ? »

Bustamante devait intervenir ! J'avais envie de le lui crier… Ah, elle faisait un pas vers le micro… mais Charlie l'arrêta d'un geste.

« Non, laissez-moi répondre. Je n'ai pas de maîtresse. J'aime ma femme. Si elle est partie de son plein gré, je voudrais juste qu'elle rentre à la maison et que nous réglions nos problèmes personnels en privé. »

Non, Charlie, non, songeai-je. On ne peut pas offrir de la chair fraîche aux vautours en pensant qu'ils se contenteront de peu. Ils ne seront rassasiés que lorsqu'ils t'auront rongé jusqu'à l'os.

« Quels problèmes ? s'écria une voix. Vous venez de dire que votre couple n'en traversait pas.

– Je répondais seulement à la question… qui insinuait que… C'était une vue de l'esprit.

– Autre vue de l'esprit : avez-vous des ennuis financiers ?

– Cela ne vous… Nous n'avons pas d'ennuis financiers. Aucun.

– Faites-vous partie des suspects, monsieur ?

– La police vous a-t-elle interrogé ? »

Delgado s'empara du micro.

« Aucun élément ne nous autorise à considérer M. Sprague comme une personne impliquée dans la disparation de sa femme.

– Pour vous, s'agit-il d'un enlèvement ou d'un homicide ?

– Nous gardons bon espoir et restons optimistes quant à… »

Alors un journaliste, dans les derniers rangs, cria :

« T'as tué ta femme, Charlie ? »

Il arracha le micro des mains de Delgado.

« Je n'ai pas tué ma femme ! Jamais je… »

Je vis venir le coup.

Non, Charlie, ne fais pas ça.

Mais il le fit.

« J'offre, annonça-t-il, un million de dollars de récompense à quiconque fournira des renseignements qui nous permettront de remonter jusqu'à Kim. Et si, Dieu m'en préserve, on ne la retrouvait pas… vivante… ce million irait à la personne qui me livrera son assassin. »

Tu fais chier, Charlie ! pestai-je intérieurement. Si, jusqu'à présent, ce n'était pas un rapt, là c'en est devenu un, tu viens de donner ton prix plancher. Et tous les tarés, tous les barjes, tous les escrocs, tous les taulards cherchant à gagner le gros lot vont se ruer sur leur téléphone.

Charlie regarda la caméra d'un air de défi jusqu'à ce que Bustamante le prenne par le coude et l'éloigne.

Les journalistes se précipitèrent, chacun de son côté, pour faire leur stand-up.

« Charles Sprague, le promoteur immobilier milliardaire, l'homme qui est derrière le projet très controversé "Lumina", offre un million de dollars de récompense… »

« Un milliardaire hors de lui vient de poser un million de dollars sur la table… »

« Charles Sprague, sur la défensive, nie toute implication dans… »

« … et offre un million de dollars à toute personne qui… »

J'éteignis la télévision.

La machine était lancée.

Je m'accordai deux minutes pour me calmer, puis contactai Delgado. Quand elle prit l'appel, je râlai :

– Un million de dollars ! Putain ! Mais qu'est-ce que… ?

– Ça peut attendre, m'interrompit-elle.

On avait trouvé un cadavre.

– Charlie est au courant ? demandai-je à Delgado en m'asseyant dans sa voiture.

– Pas encore. J'attends la confirmation de l'identité de la victime.

Oui, et aussi d'avoir rassemblé toutes les preuves forensiques avant de confronter celui qu'elle soupçonnait d'être le meurtrier.

Elle ne voulait pas que cette information soit relayée par les médias. Quand on l'avait prévenue par téléphone, elle avait déjà regagné le poste de police, si bien qu'elle avait filé par-derrière ni vu ni connu au volant d'un véhicule banalisé, et les policiers qui participaient aux fouilles avaient été prévenus de ne pas utiliser, en communiquant par radio, le code de procédure « Corps retrouvé ».

Sympa de sa part de m'avoir averti et, qui plus est, d'avoir fait un crochet pour passer me chercher, car seul je n'aurais jamais pu franchir le ruban jaune de scène de crime. Je savais néanmoins qu'elle avait une bonne raison de le faire : je pouvais formellement identifier le corps.

Donc, nous roulions vers le nord sur la Route 1.

On avait trouvé le cadavre d'une femme dans Hugh Taylor Birch State Park, près de Fort Lauderdale, entre l'autoroute et le canal. Blanche, blonde, un mètre soixante-huit, yeux bleus.

Pas de concordance vestimentaire puisqu'elle était nue.

Inutile de parler du million de dollars de récompense maintenant. En ce qui me concernait, si Charlie était disposé à verser cette somme à la personne qui l'aiderait à retrouver le coupable, ça m'allait.

Surtout si je le coinçais d'abord.

Alors son million de dollars servirait à venir en aide aux enfants défavorisés.

Delgado interrompit ma rêverie :

– Les shérifs du comté de Broward nous ont appelés. Ils s'efforcent d'agir avec discrétion.

J'espérais qu'ils y réussiraient. Autant éviter qu'un journaliste colle son micro sous le nez de Charlie en lui demandant ce qu'il ressentait après avoir appris la mort de sa femme.

– J'ai besoin de votre promesse, dis-je. Je veux l'annoncer moi-même à Charlie.

– Hors de question.

– Il aurait tué sa femme à Coral Gables, puis roulé des kilomètres jusqu'à Fort Lauderdale pour se débarrasser du corps ? Un peu de sérieux…

Delgado haussa les épaules.

– J'ai vu des choses plus étranges que ça.

– Dites donc, les riches vous font bander, on dirait. On peut savoir pourquoi ?

– Vous vivez parmi les nantis ?

– Non.

– Moi, oui. Depuis toute petite. Mon père roulait des cigares pour gagner sa vie. Ma mère était boniche. Nous, les Delgado, depuis notre descente du bateau on récure la merde des Blancs.

– Ce n'est pas pour autant que Sprague a tué sa femme.

– Ni qu'il ne l'a pas fait.

– C'est moi qui informe Charlie ou je n'identifie pas le corps. Vous pourrez être présente si vous tenez à prendre votre pied.

– Vous êtes un vrai petit con.

– Ouais. Marché conclu ?

– Oui.

Un policier nous attendait sur le parking. Delgado lui montra son insigne, puis le mec me jaugea de la tête aux pieds.

– C'est bon, indiqua Delgado. Ex-collègue.

Nous le suivîmes sur une courte distance le long d'un sentier de randonnée qui s'enfonçait dans la forêt d'un vert luxuriant. Devant nous, je distinguai la scène de crime : adjoints du shérif, techniciens, le ruban jaune qui me donnait toujours la nausée.

– Des randonneurs l'ont découverte ce matin, nous informa le policier.

– Où sont-ils à présent ?

– Au poste. On les garde au chaud en les interrogeant. Je ne pense pas qu'ils appelleront les médias. Ils sont très choqués.

– Ont-ils pris des photos ? Une vidéo ?

– Non. J'ai vérifié.

Delgado se tourna vers moi.

– Prêt ?

– Ouais.

Nous rejoignîmes le petit groupe et j'abaissai le regard.

Le corps pâle gisait, face contre terre, parmi les fougères au bord du lagon. La main gauche, tendue, effleurait l'eau du bout des doigts. Pas de bagues. Les cheveux blonds recouvraient les épaules maculées de boue. Des éclaboussures de sang séché tachaient les plantes aquatiques, mais ce n'était pas là qu'on l'avait tuée.

Celui qui lui avait porté les coups sur le côté du crâne avait fait ça ailleurs, puis transporté le corps. Il n'y avait pas de traînées visibles sur le sol, donc le type était assez costaud pour l'avoir portée et jetée à cet endroit.

Elle semblait si fragile.

C'était ce que je détestais le plus dans ce genre d'affaires. L'agression ne cessait pas au moment de la mort. Maintenant, elle était allongée là, nue, à la merci d'inconnus susceptibles de la prendre en photo et de la lorgner sans vergogne.

Le pire était à venir.

Le légiste s'approcha de Delgado. Il semblait la connaître.

– Traumatisme dû à un objet contondant. Ça me semble évident, mais je ne me prononcerai qu'après l'autopsie.

– Je te présente Frank Decker. Il peut procéder à l'identification.

Le toubib me donna une paire de gants en latex que j'enfilai, je m'accroupis dans la boue à côté du cadavre et, avec précaution, le retournai pour voir le visage de Kim Sprague en me souvenant que je l'avais touchée pour la dernière fois au moment où j'avais tendu sa main à Charlie le jour de leur mariage.

Je relevai la tête vers Delgado.

– Ce n'est pas elle.

– Vous en êtes sûr, Decker ? demanda Delgado. C'est que… son visage est tellem…

– Ce n'est pas elle.

Certes, d'après son aspect, ce cadavre gisait là depuis près de quarante-huit heures, ce qui correspondait au moment de la disparition de Kim. Par ailleurs, le visage mutilé ne permettait pas l'identification. Je regardai sa jambe droite.

– Pas de cicatrice. Kim en avait une.

– Nous vérifierons l'ADN, intervint le légiste.

– Bien sûr. Mais cette jeune femme n'est pas Kim Sprague.

J'ignorais de qui il s'agissait. Je savais seulement qu'une autre famille, quelque part, se demandait ce qu'il était arrivé à cet être qui lui était cher. Ou peut-être que non, si cette inconnue faisait partie des égarés de ce monde, des tristes esseulés qui survivent en marge de la société, toujours à deux doigts du prochain coup de malchance qui les enverra valdinguer de la surface de la terre.

C'était chose faite.

De même, semblait-il, pour Kim.

Qui dégageait elle aussi une impression de tristesse. Mais la solitude ? Kim avait un mari qui l'aimait, des amis. Elle s'investissait dans des associations, la défense de grandes causes. Elle se rendait aux galas de bienfaisance, aux manifestations culturelles ou aux soirées paillettes. Mais qui peut mesurer la solitude de son prochain ?

J'avais été marié pendant huit ans avant de découvrir que mon épouse se sentait seule.

Et que moi-même préférais le rester.

Alors, qui peut savoir ?

Toi, me dis-je.

C'est ton boulot de savoir et, si tu ne sais pas, de trouver.

Je me retournai en entendant du bruit dans mon dos. Les chroniqueurs surgissaient telle une meute de chacals pour la curée. Plusieurs shérifs adjoints allèrent au-devant d'eux afin de leur barrer le passage, cependant j'entendis les questions qu'ils criaient :

– C'est Mme Sprague ?

– C'est Kim ?

Et le fin du fin :

– Elle a été violée ?

Il y avait eu une fuite… Je saisis mon téléphone et appelai Charlie.

– Ce n'est pas elle.

– Oh, Seigneur, Deck… Tu en es certain ?

Sa voix tremblait.

– Ce n'est pas elle.

– Merci, mon Dieu.

Les pisse-copie tournoyaient comme des abeilles autour des policiers. Et voilà que je vis un photographe entrer dans le lagon, s'enfoncer dans l'eau jusqu'aux genoux, contourner le cordon de sécurité et photographier la morte.

Je me redressai, marchai jusqu'à lui.

– Arrêtez, lui intimai-je. Elle mérite un peu de respect.

– Liberté de la…

Je lui arrachai son appareil photo des mains, l'ouvris et en sortis la carte mémoire, que je jetai dans l'eau.

– Vous n'avez pas le droit de faire ça, geignit le paparazzo. C'est une agression ! Ceci m'appartient !

– Vous préférez que je vous rende votre appareil ou que je le balance aussi à la flotte ?

– Vous n'oseriez pas.

Je lui rendis son matériel.

– Cassez-vous avant que je ne cède aux instances des anges déchus de ma nature humaine et ne me décide à vous faire du mal.

Il sortit stylo et calepin.

– Donnez-moi vos nom et matricule.

– Inspecteur Sipowicz…
– Qui s'écrit ?
– Comme bon vous semblera. Matricule : 92 036.
– Je vais porter plainte.
– Faites. Mais d'abord retournez dans votre voiture.
– Vous aurez des nouvelles de mes avocats.
Il n'empêche qu'il rebroussa chemin.
– Sipowicz ? s'étonna Delgado en me rejoignant.
– C'est le premier nom qui m'est passé par la tête.
Nous jouâmes des coudes pour fendre la foule des envoyés spéciaux, à qui Delgado déclara :
– Pour le moment, nous ne pensons pas qu'il s'agisse de Mme Sprague. Nous vous saurions gré de ne pas ébruiter cette information tant qu'elle ne nous a pas été confirmée. Dès que ce sera fait, nous organiserons une conférence de presse afin de vous tenir au courant…
Elle poursuivit son chemin en me chuchotant, en aparté :
– Ça, on me le paiera !
Je n'en doutai pas.
Nous regagnâmes la voiture banalisée, et Delgado démarra.
Elle murmura :
– Deux jeunes femmes blondes. Même taille, même corpulence, à peu près le même âge… Vous ne pensez pas que… ?
– Le même soir ? Non.
– N'empêche.
– Je vois ce que vous voulez dire.
Un taré, un *serial killer*.
– Il se peut qu'il taille la route vers le nord, reprit Delgado. Miami, Fort Lauderdale… prochaine étape Orlando ?
– Où serait le corps de Kim ? Il ne s'est pas trop cassé pour dissimuler celui-ci.
– Il aime peut-être les déposer près de l'eau.
Elle lança un appel radio et donna pour instructions de vérifier une nouvelle fois les abords des voies navigables, Matheson Reserve ainsi que les parcs urbains où se trouvaient des lacs ou des étangs.
La théorie du tueur en série me déplaisait. D'un, il y en a plus sur les écrans de télévision ou de cinéma que dans la vie réelle. De

deux, le cours que prenait l'enquête ne me disait rien qui vaille. Les flics aiment boucler leurs investigations le plus vite possible, effacer leur ardoise sur le dos d'un suspect. Je ne pensais pas que Delgado le ferait, mais son service, c'était possible.

Nous parlâmes peu, jusqu'au moment où, s'étant garée sur le parking de mon hôtel, elle me regarda en ayant l'air de me demander : « Qu'est-ce que vous attendez ? », à quoi je réagis par :

– Ça vous a fait changer d'avis sur Charlie ?

– Disons que ça ouvre une nouvelle perspective. Mais, tant que nous n'aurons pas identifié cette victime, rien ne nous permet de penser que ces meurtres ne sont pas liés.

– Ah ! Maintenant Charlie Sprague est un *serial killer* ? Vous savez bien que ces types-là ne s'en prennent jamais à leur épouse.

L'épouse tombe toujours des nues. *Bill était si gentil… Non, il ne me racontait jamais où il allait quand il partait seul faire un tour en voiture. Il aimait s'échapper de temps en temps, voilà tout.*

– Je n'affirme rien, rétorqua Delgado. Je vous dis juste que je ne sais pas.

– C'est un progrès, j'imagine.

J'ouvris la portière.

– Merci de votre coopération.

– De rien, balançai-je en mettant un pied dehors.

– Hé, Decker !

– Ouais ?

– Qu'y a-t-il entre Sprague et vous ? Et ne me dites pas que c'est parce que vous avez combattu ensemble…

– Je lui ai promis de retrouver sa femme.

– C'est aussi simple que ça ?

– Ouais.

C'était aussi simple que ça.

Au moment où j'entrai dans la chambre, le téléphone sonna. C'était Laura.

– Deck, je viens de regarder le journal télévisé, ils ont parlé de Kim Sprague.

– Sur quelle chaîne ?

– CNN.

Génial ! Échelon national.

– Mon Dieu ! se lamenta Laura. Que s'est-il passé ?

– C'est ce que nous nous efforçons de découvrir.

Un léger soupir lui avait échappé lorsque j'avais dit « nous ». Elle se reprit, demanda :

– Comment réagit Charlie ?

– Comme on est en droit de s'y attendre.

– Et toi ? Comme je suis en droit de m'y attendre ?

– Je vais prolonger mon séjour ici. Si c'était le sens de ta question.

– Je ne cherchais pas à provoquer une dispute, Deck.

– Je sais.

Je lui révélai ce que je pouvais. Quand j'en eus terminé, elle souffla :

– C'est trop horrible.

J'abondai dans son sens, puis changeai de sujet :

– Et toi, comment vas-tu ?

– Super.

– Le travail ?

– Oui, super.

Elle ménagea une pause, si bien que j'attendis qu'elle lâche le morceau.

– On m'exhorte à me présenter aux élections municipales. On m'affirme qu'on n'aura aucun problème pour financer la campagne, et...

Avocate d'affaires, Laura nourrissait depuis toujours des ambitions politiques. Elle en avait eu d'autres pour moi – chef de la police ou, au moins, inspecteur principal. Je ne partageais pas ses aspirations, alors je les avais quittées, la division et elle.

Après toute l'attention dont j'avais été l'objet pour avoir retrouvé Hailey Hansen, les propositions d'embauche avaient afflué. Pas des forces de police – qui eussent été mal inspirées d'inviter un loup solitaire à réintégrer leur bergerie –, mais de sociétés de sécurité privées, de grandes banques et grosses entreprises. Un géant de l'agroalimentaire qui, pour ainsi dire, possède tout le Nebraska m'avait proposé un salaire à six chiffres à titre de « médiateur-chef », mais j'avais vite compris que ses équipes voulaient surtout disposer d'un cheval de foire pour leurs relations publiques.

Parfois, je me dis que Laura et moi aurions peut-être repris notre vie commune si j'avais accepté une de ces propositions – nous aurions pu jouer ensemble à « Que le meilleur gagne », et le travail m'aurait vissé au foyer.

Pitoyable.

C'est juste que je ne m'imaginais pas enfiler un costard tous les matins et me rendre dans un bureau pour glander jusqu'au moment de me lancer dans mon petit trot en extérieur à l'heure de la grande parade du déjeuner, puis retourner au taf et y rester jusqu'au moment où Laura et moi sortirions dîner en compagnie des mêmes personnes, toujours.

Bref, il se disait que le pouvoir entrepreneurial en place l'avait eu mauvaise que je rejette ses offres.

Les gens en veulent à ceux qui refusent de devenir comme eux.

Ils pensent qu'on les juge, mais ce n'était pas mon cas – je voulais simplement gagner ma vie en faisant quelque chose d'utile.

Et pour quoi j'étais doué.

Or j'étais doué pour retrouver des gens.

Je l'avais fait en Irak pour les éliminer.

À présent, je le faisais pour les ramener vivants.

– C'est formidable, Laura ! Quand vas-tu te présenter ?

– Je ne sais pas. Je trouve que c'est prématuré, mais on m'assure que c'est le bon moment…

– Tu devrais foncer. Tu t'en tireras très bien.

Le silence s'étira entre nous, puis elle demanda :

– Tu vas donc tout faire pour retrouver Kim ?

– Je vais m'y employer.

– Et ce jusqu'à ce que tu aies réussi.

Je perçus la crispation dans sa voix.

– Je dois la vie à Charlie, Laura, lui rappelai-je.

– Toute guerre a une fin, Deck.

Tu crois ? songeai-je. Pourtant, les guerres ne finissent jamais. Les combats, peut-être, mais pas les conflits.

– Je te rappellerai, Laura.

– S'il te plaît, oui. J'espère que tu vas la retrouver.

Ça, c'était une réplique de fin, alors nous raccrochâmes.

Je rouvris le dossier de Kim avec un regard neuf. J'avais dû passer à côté de quelque chose. Forcément.

Car personne ne s'enfuit pour le plaisir.

On quitte un ici pour trouver un ailleurs.

Je parcourus les documents, ce qui me prit une bonne heure, puis téléphonai à Sloane Payton.

Sloane décrocha dès la première sonnerie.

– Frank Decker ! Si tu savais comme je suis heureuse que tu t'en charges !

Charlie avait dû la mettre au courant.

– Merci. J'aimerais beaucoup te parler.

– Quand tu veux.

– Maintenant ?

– Absolument. Mais je suis en ville. On peut se retrouver quelque part ?

– Où tu veux. Dis-moi.

– The Bar. 172 Giralda Avenue.

Charlie et moi nous y étions rendus le soir de la disparition de Kim.

– Dans vingt minutes ?

– À tout à l'heure, là-bas.

*

Je me garai au parking, puis pénétrai dans le bar.

Sloane était assise au comptoir, son tabouret tourné de telle sorte qu'elle voyait qui franchissait la porte d'entrée. Elle portait une robe noire ultra courte, ses cheveux bruns effleuraient ses épaules dénudées.

Quand elle me vit, elle posa ce qui ressemblait fort à un gin-tonic, se leva et enroula ses bras autour de moi.

– Oh, mon Dieu, Decker. Kim…

– Ouais.

– Mais putain, c'est quoi ce bordel ? Tu as une piste ?

– Pas encore.

Le comptoir en acajou était parfaitement astiqué, les assises des tabourets doublées de tissu à motif zèbre.

Je pris place à côté d'elle, commandai un Schweppes citron.

– Tu ne bois pas d'alcool ? s'étonna Sloane.

– Pas pendant le boulot.

– Admirable !

– Indispensable.

Le barman fit glisser le verre d'eau gazeuse jusqu'à moi.

– Je suis a-né-an-tie par ce qui arrive à Kim. Comment puis-je t'aider ? J'ai déjà raconté tout ce que je savais à l'enquêtrice.

Donc, Delgado l'avait interrogée.

– Parle-moi de Kim et toi, lançai-je.

– Mon Dieu, par où commencer ?… Je travaillais pour une agence de mannequins et Kim est venue passer une audition pour un shooting. Notre amitié a été ins-tan-ta-née. Dans la seconde.

Un flic repère le mensonge tel l'épervier le mulot. À une différence infime dans l'aspect de l'herbe. Cette fois, ce fut une hésitation légère – la fraction d'une fraction de seconde –, mais indéniable.

Cependant, il était trop tôt pour tirer ce fil.

Laisser parler le témoin.

– Nous sortions en célibataires à South Beach. À ceci près que Kim se réveillait toujours seule entre ses draps alors que moi…

Elle laissa durer le silence pour, croyait-elle, ménager un effet comique.

–… non !

C'était bien rodé. De l'autodérision qui se voulait séduisante tout en valorisant les charmes dont elle ne manquait pas.

Mais je me demandais pourquoi elle éprouvait le besoin de me raconter tout ça.

Aussi bien sur Kim que sur elle.

– Donc, vous viviez ainsi, dis-je, et puis…

– Kim a rencontré Charlie, puis moi Brad. Brad Payton. Mon ex. Divorce exprès, six mois après notre mariage. Vais-je garder mon nom de femme mariée ? Affaire à suivre.

OK.

– Vos couples se fréquentaient-ils ?

– Pas vraiment. Charlie et Brad s'entendaient bien, mais sans plus. À mon avis, Brad était un peu jaloux. Il n'est que millionnaire, Charlie est milliardaire, et ça, c'est un gouffre social é-nor-me à Miami.

– Mais Kim et toi êtes restées très proches ?

– BFF[1]. Nous nous voyons trois ou quatre fois par semaine. Déjeuner, shopping, spa, club de gym, yoga, tennis. Nous ne donnons pas que dans le narcissisme, Frank, nous faisons toutes les deux partie d'un comité qui soutient l'achat d'instruments de musique pour les enfants pauvres.

– Les Clés pour la vie.

– Tout à fait.

– Qu'en est-il de cette femme ? demandai-je en posant devant elle la photo des Trois Grâces. Kim la fréquente-t-elle toujours ?

– Andra ! s'exclama Sloane, sourire aux lèvres. Ouais, nous étions cojogging girls. Nous travaillions ensemble, nous nous amusions ensemble. Andra est retournée en Europe avant que Charlie et Kim se marient. Nous ne sommes plus en contact avec elle.

– Kim doit se confier à toi.

– Nous nous disons tout.

– Vit-elle mal le fait de ne pas pouvoir avoir d'enfant ?

– Bien sûr.

– Toi-même, tu en as ?

– Mes deux ex-maris étaient des enfants, ça compte ?

Elle leva l'index pour commander un autre verre.

– Kim est-elle malheureuse en ménage ? repris-je.

– Tu connais Charlie… Il veut tout contrôler. Il est habitué à ce qu'on lui obéisse au doigt et à l'œil. Et il est Charles Hanning Sprague, troisième du nom. Malgré sa bonhomie de façade, genre « on est tous potes », il ne laisse pas oublier son origine sociale.

– C'est un problème pour Kim ?

– Elle-même n'est pas une bâtarde. Quand Charlie lui fait son « grand numéro des triplés », comme nous disons, elle le remet à sa place.

1. *Best Friends Forever* : meilleur(e) ami(e) toujours.

– Donc, ils n'ont aucun problème dans leur couple.

– La réponse est non. Elle l'aime vraiment malgré son…

Elle se tut.

– Son visage ?

– Je suis horrible, hein ? J'avais posé la question à Kim au début de leur relation. Genre : « Ses cicatrices ne te bloquent pas ? » Tu sais ce qu'elle m'a répondu ? « Je ne les vois pas. Je perçois l'être humain caché dessous. » C'est tout Kim. Elle est bien meilleure que moi. Moi, je ne pourrais pas. Je craque pour les beaux mecs.

Le moment était venu de gratter le vernis.

– Sloane, y a-t-il quelque chose, concernant Kim, dont tu n'aies pas parlé à la police ?

Elle réfléchit quelques instants.

– Non.

– Peut-être essaies-tu de la protéger…

– Non.

– Ou bien Charlie.

Son regard intense se fixa sur le mien.

– Ce que ça doit être dur d'être toi, soupira-t-elle.

– Pourquoi ?

– Nourrir des soupçons, sans arrêt.

– Je me débranche quand ce n'est pas nécessaire.

– Et ça marche ?

– Pas toujours.

Sloane sourit. Ça semblait constituer une sorte de victoire pour elle.

– Tu n'as pas répondu à ma question. Quant à savoir si tu couvres Charlie.

– La réponse est non. Pourquoi joues-tu au plus fin tout à coup ?

– C'est mon job.

– Un peu la question de la poule et de l'œuf, n'est-ce pas ? Est-ce que ce sont les flics qui deviennent cons ou les cons qui deviennent flics ?

– À t'entendre, on croirait que tu en as épousé un.

– Excuse-moi, c'était grossier de ma part. C'est sans doute de parler de Kim. Ça me remue.

– C'est compréhensible.
– Tu es un type bien, Deck.
– Tu devrais parler à mon ex.
– Je suis partante. Comment a-t-elle pu te laisser filer ?
– De ma faute. À cent pour cent.
– Charlie m'a raconté.
Je haussai les épaules.
– J'espère que tu retrouveras Kim, murmura Sloane.

Dans ce cas, pourquoi mens-tu sur les circonstances de votre rencontre ? songeai-je. Enfoncer le clou me tentait, mais je décidai que le moment et le lieu étaient mal choisis. Je manquais de faits pour la confronter à ses contradictions, alors cela n'aurait servi à rien.

Pourtant Sloane mentait. Il devait bien y avoir une raison.

Elle jeta un coup d'œil à sa montre.

– Ça va te paraître a-tro-ce-ment banal, mais j'ai rendez-vous pour dîner. « Quand on tombe de cheval… » comme on dit… Sinon, je te proposerais bien de…

– Bien sûr. Autre chose : si tu pouvais me communiquer une liste d'autres amis de Kim…

– Donne-moi ton adresse mail, et je…

– Si ça ne te dérange pas, je préférerais passer la prendre chez toi.

Je voulais voir comment Sloane vivait.

Elle me tendit sa carte de visite.

– Je te contacterai, dis-je.

– Je m'en réjouis d'avance.

Elle fit signe au barman de lui donner l'addition, mais je lui dis que c'était pour moi.

– À l'ancienne ! s'étonna-t-elle en sautant au bas de son tabouret.

– Coupable.

– Non, j'adore ça.

Sloane m'embrassa sur la joue.

– Retrouve Kim.

Une de mes règles cardinales veut que le présent s'explique toujours par le passé, or un détail m'intriguait dans celui de Kim.

La tristesse que Laura avait décelée dans son regard le jour de son mariage.

Le décès de ses parents.

J'allumai mon ordinateur, remontai à l'année où Kim avait concouru pour le titre de Miss Floride et recherchai des articles sur l'accident de la route dans lequel John et Elaine Woodley avaient trouvé la mort.

Je lançai une simple recherche sur Google, laquelle ne donna rien.

Curieux que la presse n'ait pas couvert ce fait divers...

Rien non plus sur les sites des journaux et magazines de Floride.

Idem pour les actualités télévisées locales.

Puis je me connectai au service d'état civil de l'État pour consulter les actes de décès.

Toujours rien.

Je revins au rapport de police initial – le RPI – et appris que Kim était née à Jasper. Un coup d'œil rapide à MapQuest m'apprit que cette bourgade se trouvait dans le comté de Hamilton, en Floride, si bien que je me connectai à son site, où je trouvai l'acte de naissance de Kim.

Lequel était au nom de Carolynne May Woodley.

Sur tous les rapports de police, dans tous les reportages et même sur le RPI, elle apparaissait sous celui de Kim.

Elle avait toujours signé « Kim ».

Pourtant, j'avais sous les yeux :

Carolynne May Woodley.

Sexe féminin.
Née le 17/09/84.
Hôpital du comté de Hamilton, Jasper, Floride.
2,353 kg.
Race : blanche.
Père : John Curt Woodley ; Profession : Ouvrier agricole.
Mère : Elaine Katherine Woodley – (Nom de jeune fille : Shelby) ; Profession : Sans.

Or Charlie m'avait affirmé que le père de Kim était diplomate et sa mère bibliothécaire.

Je tapai « Jasper, Floride ». Le siège du comté de Hamilton, situé dans le Panhandle, à une quinzaine de kilomètres au sud de la frontière de la Géorgie. La population actuelle s'élevait à près de deux mille habitants, un peu plus de la moitié étant blancs, le reste afro-américains pour la plupart. Le revenu individuel moyen n'atteignait pas treize mille dollars annuels, et la majorité des gens vivaient sous le seuil de pauvreté.

On était bien loin de Coral Gables.

Je découvris une adresse actuelle : Woodley, John et Elaine, 99 Rural Road, Jasper.

Ma main tremblait pendant que je composais le numéro – je me demandais ce que j'allais bien pouvoir inventer si jamais j'entendais « Carolynne ». Bon Dieu ! Avait-elle fui Charlie pour retourner auprès de parents dont elle avait nié l'existence ?

– Allô ?

Une voix féminine qui semblait trop âgée pour être celle de Kim.

– Bonjour, pourrais-je parler à John Woodley, s'il vous plaît ?

– De la part de qui ?

– Dan Hayes, Isolation Thermique Plus…

– Non, merci.

– Est-ce que M. Woodley est là, m'dame ?

– Il est à son travail.

Elle raccrocha.

Je me revis à l'entrée de la nef, Kim à mon bras, gagnée par les larmes en exprimant son regret que ses parents ne puissent être présents.

Je montai dans Bleue et fonçai vers le nord.

Les parents de Kim étaient vivants.

Toutes les petites villes se ressemblent, et pourtant chacune est unique.

Quand on habite dans le Nebraska, on les connaît bien, car il n'y a pour ainsi dire que ça, mais, si elles ont beaucoup de points communs – la grand-rue (souvent l'ombre d'elle-même désormais), des habitants tous plus ou moins parents ou se fréquentant, le self-service, une ou deux églises –, on sait aussi que chacune d'elles possède une histoire propre.

Jasper avait été érigé sur le site d'un ancien campement séminole – à savoir une clairière sur un tumulus, le reste consistant en forêts de pins – que les pionniers avaient « acheté » aux Indiens d'Amérique en 1823. Les Séminoles avaient émigré sur l'autre rive du fleuve Suwannee mais ils avaient lutté contre ces colons – qui pour la plupart venaient de Géorgie ou de Caroline du Sud – à intervalles réguliers jusqu'en 1858.

À l'origine, la ville ne portait pas le nom de « Jasper ». Pour certains, c'était « Pulaski », pour d'autres « Wall » mais, au final, tout le monde s'était accordé sur « Jasper » – en hommage à un vétéran de la guerre d'Indépendance – en 1841.

Les colons cultivaient le coton et le tabac. Un régiment de la ville avait combattu sous les ordres du général Stonewall Jackson pendant la guerre de Sécession.

En 1865, le chemin de fer atteignait cette bourgade et, là comme ailleurs, il avait changé la vie des habitants. Coton et tabac avaient cédé la place au débardage du pin puis à la récolte de la térébenthine, et l'âge d'or de Jasper s'était étendu sur les quarante ans allant de 1890 à 1930 – ce qui est vrai pour beaucoup d'autres petites villes.

Nombre des bâtiments urbains avaient été érigés durant cette période – l'hôtel de ville en briquettes rouges, l'église, la prison, le tribunal.

Enfin était survenue la Grande Dépression, le commerce du pin et de la térébenthine s'était tari et Jasper avait sombré dans la torpeur rurale, perdant commerces et habitants.

De nos jours, appris-je à l'occasion de mes recherches, la population gagnait sa vie grâce à deux activités.

L'extraction du phosphate.

Et la prison.

Le centre pénitentiaire de Hamilton, prison d'État située à la périphérie de la ville.

On s'amusera peut-être que je range cet établissement parmi les commerces, pourtant c'en est bel et bien un. Les maisons d'arrêt créent de nombreux emplois dans les zones rurales. Avant, les collectivités entraient en concurrence pour décrocher l'implantation d'usines dans leur secteur, à présent, c'est pour décrocher les séjours pénitentiaires.

J'arrivai par la grand-rue, *alias* la Route 129, passai devant le vieux tribunal, la prison et l'église méthodiste.

Tenaillé par la faim, je m'arrêtai aux Sandwichs de Myra, qui se targuaient de faire les meilleurs burgers du coin. J'ignore combien Jasper compte de fast-foods, mais chez Myra c'était sacrément bon. Cela dit, je ne suis pas un fin gourmet. Donnez-moi un bon hamburger et vous ferez de moi le plus heureux des hommes. Je commandai aussi un thé glacé parce que j'étais dans un État du Sud, alors pourquoi pas, mais le trouvai beaucoup trop sucré à mon goût.

Bon, si vous attendez que des petits Blancs du Sud consanguins et racistes coulent des regards hostiles en direction de l'inconnu du Nord qui débarque chez eux en lui sortant des trucs du genre : « T'es pas du coin, toi, hein ? », ou qu'un agent de la police de l'État portant des lunettes de soleil aviateur bougonne : « On cueille pas le coton avec les étrangers par ici », eh bien, je vais vous décevoir. Chez Myra, la clientèle était sympa et semblait peu curieuse à mon égard.

Après avoir déjeuné, je fis un petit tour dans le centre et tombai sur le Westmount Inn, le seul et unique hôtel à Jasper, où je fis une réservation.

Un chouette endroit, avec accès Internet et machine à café dans la chambre.

Je me douchai, me changeai – chemise blanche et pantalon kaki –, jetai mon blazer bleu sur le siège passager et pris la route pour me rendre chez les Woodley.

Certes, il eût été plus poli de leur téléphoner pour annoncer ma venue, et en général je suis un garçon bien élevé, cependant je voulais éviter qu'ils se préparent à ma visite. Ça semble un peu cynique, je le reconnais, mais on veut rencontrer les gens tels qu'ils sont et non leur laisser le temps de se fabriquer une image ou de s'accorder sur telle ou telle version des faits.

Mais surtout j'espérais tomber sur Kim.

Si elle se cachait chez ses parents, je ne voulais pas lui donner la possibilité de s'enfuir encore. J'ignorais ce que je lui dirais si je la trouvais là. Que tout le monde se faisait un sang d'encre et que ce serait bien gentil de sa part de passer un coup de fil à son mari.

Puis je préviendrais Charlie que sa femme était vivante.

Ils n'auraient qu'à régler leurs problèmes ensuite.

La maison des Woodley, située à une dizaine de kilomètres à l'est de la ville sur une route de campagne bordée par un épais rideau d'épineux, fut facile à trouver. Des panneaux prévenaient d'un risque de traversée de cervidés. J'avais des sifflets à chevreuils dans le coffre mais, n'ayant jamais croisé le chemin de ces ruminants, j'ignorais s'ils fonctionnaient. Les pins laissèrent la place à quelques fermes et caravanes le long de la route et, çà et là, des barbelés pour retenir le bétail. Je tournai à gauche pour m'engager sur un sentier de terre rouge jusqu'à ce que j'aboutisse à une clairière.

Où se dressait un préfabriqué – de plain-pied, relativement neuf, propre et bien entretenu, avec quelques jeunes arbustes plantés devant.

Je me garai à côté d'une Ford Taurus 2013.

Un sentiment indéfinissable vous saisit quand vous êtes sur le point de terminer votre traque. Je l'avais éprouvé en Irak sur la trace d'un membre d'Al-Qaïda, ou encore quand j'étais flic, à deux doigts de coincer un suspect ou un gars laissé en liberté sous caution qui cherchait à échapper à son contrôle judiciaire. Je le ressentais à présent : surexcitation, nervosité, satisfaction.

La porte s'ouvrit.

Une femme apparut sur le seuil et l'expression de son visage m'indiqua clairement que les Woodley recevaient très peu de visites à l'improviste.

Il ne pouvait s'agir que d'Elaine Woodley. Si on retirait à cette dame quarante kilos et vingt ans, on voyait Kim.

Mêmes yeux bleus.

Mêmes cheveux blonds.

Mêmes pommettes saillantes, malgré les traits lourds.

Elle examina ma plaque d'immatriculation du Nebraska.

Avant de descendre de voiture, je baissa ma vitre et criai :

– Madame Woodley ?

– Oui ?

Elle se méfiait, ce qui me confirma que Kim se trouvait à l'intérieur, lorgnant peut-être au carreau.

– Je m'appelle Frank Decker. Je suis à la recherche de votre fille. Elle est ici ?

Son regard bleu se glaça.

– Pour moi, ma fille est morte.

Nous nous assîmes à la table de la cuisine.

La maison sentait le propre sur fond de relents de tabac. Elaine, assise, fumait une Marlboro en me montrant des photos de Kim. J'en avais déjà vu certaines, d'autres, c'était la première fois, mais toutes constituaient pour elle sa manière de répondre à mon entrée en matière : « Parlez-moi de Carolynne. »

Elaine s'était rendue dans l'ancienne chambre de sa fille et en était revenue avec un carton rempli de photographies, de trophées, d'écharpes, de programmes et d'autres souvenirs qu'elle avait alignés sur la table.

– Quand j'ai eu Carolynne, j'avais dix-sept ans.

Puis elle ajouta, sans façon :

– Nous avions péché.

Elle avait envisagé de devenir mère célibataire, mais pas plus ses parents que ceux de John ne l'entendaient de cette oreille, si bien que ces deux-là s'étaient mariés. À l'époque, il récoltait le tabac, se faisant embaucher de ferme en ferme, payé à l'heure. Elle servait au comptoir chez Hardee's[1], avant de ne plus pouvoir y poser les commandes.

Elaine, à quarante-huit ans, accusait son âge. Son existence n'avait pas été facile. C'était là, visible dans son regard, sur sa peau – le monde s'était largement servi sur son dos tout en lui donnant très peu en retour, et, tandis qu'elle me montrait les photos, il devint évident pour moi que les années où Kim avait participé aux concours de Miss avaient constitué la meilleure période de sa vie.

1. Chaîne de restauration rapide.

Un peu de beauté, un brin de glamour, de l'attention, fût-ce par procuration.

– Je sais ce que vous pensez, dit-elle. Que je poussais Carolynne à participer à tout ça. Que j'étais une de ces mères comme on en voit à la télé qui veulent à tout prix que leur fille devienne Miss. Mais non. C'était Carolynne qui l'exigeait. Depuis qu'elle était bébé, ou tout comme.

Je me gardai de lui demander comment un bébé pourrait « exiger » ça, car j'étais venu non pour contredire cette femme mais pour découvrir ce qu'elle pensait et savait. Pourtant, une des photos me fit froid dans le dos : on y voyait Kim, à quatre ou cinq ans, en robe de soie blanche devant un cyclorama censé donner l'impression que des ailes sortaient de ses épaules.

La fillette regardait l'objectif en souriant vaillamment malgré la robe de princesse qui l'engonçait et la tiare calée dans sa tour de cheveux – les adjectifs me manquent pour en qualifier la hauteur. Elle était maquillée à outrance : mascara, ombre à paupières, fard à joues, rouge à lèvres, longs faux cils.

Elle ressemblait à une poupée.

Au sens propre du terme.

Mais je suppose que tel était le but recherché, car elle portait aussi une écharpe sur laquelle on lisait la légende : « Miss Baby Doll 89 ».

Elaine me confia une autre photo – annotée « Carolynne, 5 ans, John et Elaine – Jasper » – qui montrait l'enfant en compagnie de ses parents, posant, sur fond de pins filiformes, devant un mobile home au marchepied en parpaings.

Carolynne souriait à l'objectif.

Contrairement à ses parents.

Ils étaient, pour ainsi dire, des archétypes : lui en salopette et chemise en jean, casquette à chevrons vissée sur le crâne ; elle en robe imprimée à fleurs mal ajustée qui semblait provenir d'une friperie. Tous deux paraissaient épuisés, au bout du rouleau, avec, dans le regard, l'inquiétude de savoir s'ils pourraient payer le loyer.

Une chose était certaine : la riche jet-setteuse Kim Sprague avait grandi dans la pauvreté.

J'examinai l'une après l'autre les photos de Kim gravissant l'échelle des concours. Miss Baby Doll, Miss Junior Jasper, Miss Ado du comté de Hamilton, Miss Citrus…

Je vis ses diplômes des écoles primaire et secondaire, obtenus à Jasper.

Elle avait toujours été deuxième de sa promotion.

Les photos qui n'existent pas en disent aussi long que celles que l'on vous met sous les yeux.

Je n'en vis aucune de Carolynne en compagnie d'amis, de Carolynne au sein de son équipe de volley, de Carolynne parmi sa troupe de pom-pom girls – alors que je m'y attendais –, de Carolynne avec ses petits copains. Il y en avait une d'elle avec « Tyler », son cavalier au bal du lycée, mais sur l'image il apparaissait qu'elle entretenait une relation plus forte avec l'appareil photo qu'avec ce garçon. Tyler la dévorait des yeux, mais elle regardait droit l'objectif, si bien qu'il ne semblait pas près d'atteindre le sien.

Au fil des ans, les couronnes de Miss s'alignèrent sur ses étagères. Elle les raflait toutes, et il était facile de comprendre pourquoi. Les photos montraient l'évolution d'une jolie gamine se métamorphosant peu à peu en une beauté renversante. L'objectif l'aimait et elle le lui rendait bien, son attitude face à lui montrant qu'elle était consciente d'elle-même, sans complexe.

Mais ces concours devaient coûter cher : tenues de soirée et maillots de bain, sans parler des déplacements, régionaux au début puis, par la suite, dans des villes comme Gainesville, Jacksonville, Miami, en dehors de l'État jusqu'en Géorgie, au Mississippi, pour finir en Caroline du Nord. Essence, repas, chambres de motel, tout a un prix, et les petits sacres de Carolynne ne risquaient pas de les mener, sa mère et elle, très loin de leur point de départ. Sur les photos qui les représentaient chez eux, on voyait que leur mobile home était passé du modèle simple au format double, mais ça s'arrêtait là.

Et je me demandais si c'était sa mère qui l'avait poussée à participer à tous ces concours ou si Kim, en un sens, avait toujours su que là était son billet de sortie.

– M. Woodley vous accompagnait-il ?

– John ? Pas très souvent. C'est que… lui, avec son travail, tout ça…

J'étais convaincu qu'elle disait vrai, mais la crispation dans sa voix me laissa penser que son mari désapprouvait ces concours de beauté, et il était facile d'en deviner la raison. Il se cassait le cul pour maintenir le navire à flot pendant que sa femme claquait le fric en frivolités telles que déguiser leur gamine en poupée ou en angelot. Cela étant, c'était une supposition de ma part, si bien que je demandai :

– Que pensait-il de ces concours ?

– Pour lui, c'était de la foutaise.

– Mais il ne s'y opposait pas.

Un sourire matois, pour ne pas dire sournois, naquit sur son visage.

– Il savait que, s'il voulait que je lui donne son plaisir, il devait m'accorder le mien !

Dont acte.

– Carolynne avait-elle des petits amis ?

– Je ne lui en ai connu qu'un.

– Tyler.

– Tyler Gaines.

– C'était sérieux ?

– Pas autant que Tyler l'aurait voulu. Il ne demandait qu'à l'épouser tout de suite après le lycée.

– Mais Carolynne ne voulait pas en entendre parler.

– Je répétais depuis toujours à Carolynne qu'elle pouvait prétendre à mieux.

Son regard en disait long. Elle avait voulu convaincre sa fille de ne pas s'installer dans l'existence qu'elle-même menait.

– Savez-vous où se trouve Tyler à présent ? relançai-je.

– Toujours en ville. Il travaille à la mine.

Je mis dans un coin de ma tête l'idée d'aller bavarder avec lui. Ça faisait douze ans que Kim l'avait largué, mais le dépit amoureux se consume lentement.

– Je ne vois pas de piano chez vous, repris-je.

– Nous n'en possédons pas.

– Où Carolynne a-t-elle appris à en jouer ?

– Chez Wilhelmina Stanton.

Et de m'expliquer que cette femme habitait à l'autre bout de la rue et avait donné des cours à Carolynne.

Autre photo : Carolynne posait devant la porte d'une vieille église. Très sobre, bardages à clin, sans clocher.

– Nous sommes pentecôtistes, précisa Elaine.

Détail important. Dans le Nebraska, on discerne très vite le milieu social d'un individu selon qu'il est méthodiste, luthérien ou épiscopalien. En gros, les méthodistes travaillent dans les fermes que possèdent les luthériens dont les épiscopaliens détiennent les hypothèques.

Intéressant de savoir que Kim avait soit changé de foi soit menti à son époux en lui disant qu'elle l'avait fait.

– Carolynne s'y rendait-elle avec vous ? m'enquis-je. À l'église.

Elaine était sur la défensive.

– Carolynne aimait le Tout-Puissant, assura-t-elle.

C'était un sujet sensible.

Elle replaça les photographies dans la boîte.

– Je ne veux pas que John les voie. Ça le ferait sortir de ses gonds s'il apprenait que je les ai gardées.

– Pourquoi donc ?

– Parce qu'un beau jour Carolynne a pris ses affaires et elle nous a quittés. Elle est allée à l'université – nous n'étions plus assez bien pour elle, je suppose. Nous n'avons plus de nouvelles depuis des années. Vous me dites qu'elle a épousé un homme riche du sud de l'État…

– Charlie Sprague.

– Et maintenant, elle a disparu ?

Elle accusa le coup. Tout juste un énième revers dans son existence, où la peine était tout aussi inéluctable que les levers de soleil. Puis ses traits se durcirent à nouveau quand elle dit :

– Elle aura pris ses affaires et elle l'aura quitté lui aussi. Pour quelque chose de mieux.

– Pourquoi dites-vous ça ?

– Parce que c'est tout Carolynne.

Elle me regardait droit dans les yeux, me mettant au défi de la contredire.

– Votre mari va bientôt rentrer ?

Elle secoua la tête.

– Aujourd'hui, il fait les trois-huit dans ces boyaux.

– À la mine ?

– Non. À la prison.

John Woodley officiait comme gardien au centre pénitentiaire du comté de Hamilton.

Depuis bientôt cinq ans. D'où le pavillon, un préfabriqué tout neuf et la deuxième voiture, une occasion récente.

Et moi, j'étais mort de trouille.

Car, tout à coup, m'avait sauté aux yeux un autre mobile possible à l'enlèvement de Kim Sprague.

Je laissai ma carte à Elaine Woodley, ainsi que le numéro de téléphone de mon motel, et la priai de dire à John de bien vouloir me passer un coup de fil.

En me rendant chez Wilhelmina Stanton, je réfléchis sur le milieu carcéral.

Nous pensons que ce sont des lieux d'isolement, des mondes à part. Cela, en théorie, est juste, mais non pas, bien sûr, dans la réalité.

Les surveillants vivent à l'extérieur, dans un univers avec lequel les prisonniers n'ont que de brefs contacts. Nous supposons que les premiers dominent ces derniers, mais l'inverse est tout aussi vrai.

Certains détenus graissent la patte à des gardiens, puis les font chanter afin de les obliger à rendre des services. On sait que les gangs envoient quelques-uns de leurs membres dans des villes voisines des prisons où ils se font embaucher comme matons, ce qui leur permet ensuite de dealer intra-muros. Ou bien un détenu qui a une dent contre un autre et en appelle à son gang, extra-muros, pour le venger.

En cinq années de service à Hamilton, John Woodley devait s'être fait pas mal d'ennemis.

L'un d'eux pouvait avoir appris qu'il avait une fille canon qui vivait dans le sud de l'État.

Comme je l'ai dit, j'étais terrifié à l'idée qu'un ex-taulard prenne son pied en imaginant Woodley dans les affres de la douleur. Si tel était le cas, le scénario optimiste voulait que le corps de Kim soit au fond d'un étang, étendu dans un fossé au bord d'une route, ou pourrisse dans une décharge publique. Car dans l'autre option elle était encore vivante mais soumise à la torture à cause du comportement de son papa.

La fille d'un gardien de prison ?

Jeune, belle ?

En bonne logique, un taulard demanderait une rançon, mais celui qui connaît un peu ces gens-là sait que le bon sens et eux, ça fait deux. Leur esprit obéit à l'impulsivité, pas à la raison.

Il ne me restait plus que cinq minutes de route pour arriver chez Wilhelmina.

*

J'ai une théorie sur le paradis, auquel je ne crois pas.

S'il existe, il est entre les mains de femmes noires.

Dieu sait qu'elles le méritent.

Donc, dans mon Éden putatif, on arrive devant la porte du paradis, on bafouille des aveux et des justifications sur toutes les vacheries qu'on a pu faire dans la vie, et une femme dans le genre de Wilhelmina Stanton vous regarde dans les yeux et vous dit : « Entre, mon enfant. » Puis elle vous reçoit et vous nourrit.

Wilhelmina, à quatre-vingt-huit ans, était fort élégante.

Très petite, très mince, ses cheveux blancs tirés en arrière noués en chignon serré, elle portait une robe noire comme si elle s'attendait à recevoir de la visite, et n'exprima pas la moindre surprise quand je me présentai en lui expliquant que l'on m'avait engagé pour retrouver Kim Sprague, qu'elle devait avoir connue sous le nom de Carolynne Woodley.

Elle vivait seule dans ce pavillon cossu où sa petite-nièce venait l'aider à faire le ménage. Nous prîmes place dans son salon, et elle me proposa un thé glacé que je n'eus pas le cœur de refuser.

– Carolynne avait un don, déclara-t-elle.

– J'ai visionné une vidéo d'elle en train de jouer.

– Oh… Lors d'un de ces concours où les jeunes filles se pavanent en talons aiguilles et maillot de bain ?

– Oui, c'est ça.

– Pourtant, je n'ai jamais vu aucune d'elles nager. Et vous ?

– Non, moi non plus.

Wilhelmina dodelina de la tête.

– Je ne lui en parlais jamais, mais Carolynne valait mieux que ça. Elle aimait passionnément la musique. Je sais qu'elle l'étudiait pour bénéficier d'une bourse universitaire.

– Elle a obtenu un diplôme en musique, lui appris-je.

– J'en suis flattée.

– Vous deviez être une source d'inspiration pour elle.

– Ça, je l'ignore.

Wilhelmina but une longue gorgée de thé et reposa sa tasse sur le napperon en dentelle qui protégeait la table à côté de son fauteuil.

– Elle me disait qu'elle mourait d'envie de quitter cette ville, reprit-elle.

– Savez-vous pourquoi ?

Elle me sourit.

– Monsieur Decker, je ne sais pas d'où vous venez…

– De Lincoln, dans le Nebraska.

–… mais dans une ville aussi petite que la nôtre il est rare qu'une rose d'une telle beauté parvienne à éclore. Alors cette fleur regarde autour d'elle et s'aperçoit qu'elle est différente des autres et elle aspire… à un jardin plus verdoyant.

Je n'aurais su dire si elle parlait de Kim ou d'elle-même, puis me rendis compte que, bien entendu, c'était des deux.

– Avez-vous grandi à Jasper ? lui demandai-je.

– Oui.

– Et où avez-vous fait vos études ?

– À Howard, dans la capitale de notre pays.

Je n'arrivais pas à me représenter le périple d'une jeune Afro-Américaine de Jasper, en Floride, partie continuer ses études en fac à Washington, D.C., dans les années 1950. Je ne lui posai pas la question, ce n'était pas mes affaires.

– Eh oui, soupira Wilhelmina, devinant mes pensées. J'ai tout fait. Les sit-in, les manifestations de rue. Je me trouvais parmi la foule, en 63, quand Martin Luther King a prononcé son célèbre discours. Puis je suis revenue enseigner à Jasper.

– Puis-je vous en demander la raison ?

– Parce que chaque enfant contient le monde entier. Mais vous n'êtes pas là pour m'écouter philosopher, plutôt pour que nous parlions de Carolynne.

– Quand l'avez-vous vue pour la dernière fois ?

Elle réfléchit quelques instants.

– C'était juste avant son départ pour l'université.

– Et elle est venue vous voir ?

– Cela a été un moment très agréable. !

– Vous aurait-elle fait des confidences ?

– Pourquoi me posez-vous cette question, cher monsieur ? Il lui est arrivé quelque chose ?

– Elle a disparu.

Wilhelmina garda le silence un long moment.

– Alors j'espère qu'elle aura trouvé un jardin plus exotique, dit-elle enfin.

Je finis de boire mon thé, puis me levai pour prendre congé. Wilhelmina paraissait fatiguée.

Mais tandis que je m'éloignais vers la porte une idée me vint à l'esprit.

– Mademoiselle, Carolynne jouait-elle un morceau en particulier ?

Elle gagna le piano à pas comptés, s'y assit avec lenteur et joua – de mémoire – les premiers accords d'une mélodie lancinante.

– Chopin, m'indiqua-t-elle en levant les doigts du clavier. Nocturne n° 1 en *si* bémol mineur. Vous devez l'avoir identifié, même si, j'en suis sûre, mes doigts déformés l'ont massacré.

Je vis dans sa remarque une extrême élégance de sa part car, bien entendu, je n'avais rien reconnu du tout.

Mais c'était beau.

L'église de la Nouvelle-Espérance se dressait au milieu d'une vaste clairière bordée d'un parking en terre battue. Sur le côté se trouvait une mini-caravane. Je supposai qu'elle abritait le bureau du pasteur, si bien que je m'en rapprochai et frappai à la porte. N'obtenant pas de réponse, je marchai jusqu'à l'église et y entrai.

L'homme qui époussetait l'autel leva les yeux vers moi.

– Je cherche le pasteur Bennett, dis-je.

– C'est moi[1].

Je n'aime pas véhiculer des stéréotypes, mais le pasteur Bennett ne me facilitait pas la tâche. Blanc, la cinquantaine, grand, costaud, cheveux gominés en une coiffure rockabilly, il ressemblait trait pour trait à tous les télé-évangélistes que je voyais quand je rentrais à la maison après avoir travaillé de nuit et que j'allumais la télévision pour me sentir moins seul pendant que je buvais une bière.

Je les trouvais amusants, mais ils me mettaient aussi hors de moi, car ils terminaient toujours leurs émissions par un long baratin qui jouait sur la corde sensible pour récolter du fric afin de continuer à accomplir l'œuvre de Dieu – du moins, jusqu'au jour où on les coinçait dans une chambre de motel proche de l'aéroport en compagnie d'une jolie fille.

Le rejoignant, je me présentai et dis :

– Je cherche des renseignements sur Kim Sprague. Vous la connaissez peut-être sous le nom de Carolynne Woodley.

1. « C'est moi » : réponse que fait le Christ aux soldats venus l'arrêter au jardin des Oliviers.

Il la connaissait. Je le compris à son regard qui se durcit et à la question qu'il me balança :

– Qu'a fait cette fille, cette fois ?

– Elle a disparu.

Nous nous assîmes sur le premier banc.

– Je ne vois pas en quoi je pourrais vous aider, lâcha Bennett, aussi tranchant qu'un scalpel.

– J'essaie de me faire une idée d'elle, voilà tout. Vous l'avez connue. Elle comptait parmi vos ouailles quand elle était petite.

– Puis elle n'est plus venue aux offices.

– Normal : elle avait quitté la région pour poursuivre sa scolarité.

Je ne comprenais pas pourquoi je discutais avec ce type.

– Elle a fait ses choix, rétorqua-t-il.

– Est-ce à dire que vous les désapprouviez ?

– Elle s'est servie de sa beauté dans le monde. Une femme doit se servir de sa beauté pour satisfaire son époux et pour rendre gloire à Dieu.

– De quoi parlons-nous, au juste ?

– J'en ai touché un mot à ses parents, mais ils refusaient d'écouter. Elaine a persisté à inscrire sa fille dans ces concours, lui permettant d'engranger des compliments pour son physique et non sa personnalité – qu'espérait-elle ? Je suis sûr qu'elle s'en mord les doigts aujourd'hui.

Ce qui, je le parie, vous procure une certaine satisfaction, pensai-je.

Enfoiré !

– Êtes-vous sauvé, monsieur Decker ?

– Quand avez-vous vu Carolynne ou lui avez-vous parlé pour la dernière fois ? lui demandai-je, passant en mode flic, à savoir : *Les questions, c'est moi qui les pose.*

Bennett sourit, comme s'il savait déjà que ma rencontre avec le Christ, ou inversement, n'avait toujours pas eu lieu.

– Peu de temps avant qu'elle ne parte pour l'université. Elle est venue me voir pour solliciter mon conseil.

– Puis-je vous demander… ?

– Vous le pouvez, mais je peux aussi ne pas vous répondre. J'étais son pasteur, je suis donc tenu au secret professionnel. Je vous dirai seulement que Carolynne s'exposait à certaines tentations... avec son petit ami.

– Tyler Gaines.

– Et qu'elle ne savait pas comment gérer ces pulsions.

– Que lui avez-vous dit ?

– Que ces désirs lui venaient de Satan et qu'elle devait prier, prier, prier.

– Qu'est-ce que ç'a donné ?

– Carolynne est tombée enceinte.

Ah.

– Tyler Gaines était-il le père ?

Le pasteur se fendit d'un sourire finaud.

– Je le crois. Tyler le croyait.

– Les parents de Carolynne étaient-ils au courant ?

– J'ignore s'ils l'ont su à l'époque. Je ne l'ai moi-même appris que parce que Tyler s'en est ouvert à moi. Je l'ai exhorté à épouser Carolynne ou à confier le nouveau-né à l'adoption.

– Que s'est-il passé ?

– Carolynne était enceinte, elle est partie et elle ne l'a plus été.

Autre sourire finaud.

– Peut-être une fausse couche ? suggérai-je.

– Pas selon Tyler. Non, Carolynne a livré son bébé à la mort et vendu son âme à Satan. Voyez-vous, cher monsieur, aux yeux de Dieu, c'est une meurtrière.

Kim n'avait que dix-sept ans, songeai-je. Rien qu'une gosse terrifiée qui se voyait piégée par un mariage avec un garçon qu'elle n'aimait pas et coincée dans une ville d'où elle voulait s'échapper à tout prix.

– Est-ce la dernière fois que vous l'avez vue ? repris-je.

– Elle a eu la sagesse de ne pas remettre les pieds au temple. Elle savait que, de la chaire, je l'aurais interpellée pour chasser la putain qu'elle était.

J'avais envie de le gifler mais, me retenant, je me rabattis sur :

– Que pensez-vous de « Hais le péché, aime le pécheur » ?

– Baliverne gauchiste, rétorqua Bennett avec une assurance absolue. Si Carolynne recherchait le pardon, elle aurait dû se présenter devant les fidèles et confesser son péché.

– Vous auriez pu vous contenter de la mettre au pilori…

– Satan existe, monsieur. Vous vous en apercevrez quand vous croiserez sa route.

Quand je croiserais sa route…

Avant, j'étais sergent de police – le diable et moi, on bossait ensemble tous les jours que Dieu fait. Je m'étais assis en face de lui à des tables de salles d'interrogatoire, écoutant un violeur de gamins décrire les actes qu'il avait commis, un tueur d'enfant se faire mousser. Je n'avais pas besoin que ce connard aux grands airs me présente au diable.

– Pourtant, les parents de Carolynne comptent toujours parmi vos fidèles, dis-je.

– Elaine, oui. Elle se repent. John ne vient plus. Vous l'avez rencontré ?

– Je n'ai pas eu ce plaisir.

– Je doute que c'en soit un, répliqua Bennett en me resservant son sourire en coin. Bon, si je ne vous suis plus d'aucune utilité…

– Une dernière question. Que pensez-vous qu'il soit arrivé à Carolynne ?

– Je sais ce qui lui est arrivé.

– Quoi ?

– Elle est allée pourrir en enfer.

Je rentrai au motel.

En me demandant si un élément dans ce que j'avais appris pouvait, d'une manière ou d'une autre, être lié à la disparition de Kim. Je l'avais mauvaise qu'Elaine m'ait caché l'avortement de sa fille – la honte, supposai-je. Mais j'envisageais que cette IVG à l'adolescence ait pu entraîner sa stérilité.

Et j'étais en colère à cause des conneries onctueuses, sentencieuses et crétines que le pasteur Bennett m'avait servies ainsi que de son absence totale de compassion.

Elle est allée pourrir en enfer.

Ça me faisait flipper, peut-être parce que je craignais que ce ne soit vrai. Pas que Kim Sprague se trouve dans l'au-delà – ça c'était un conte à dormir debout –, mais plutôt qu'elle connaisse une descente aux enfers sur terre.

J'en revenais à ma théorie du détenu : Kim s'était fait enlever non parce qu'elle était l'épouse de Charlie, mais parce qu'elle était la fille de John.

Arrivé dans ma chambre, j'allumai mon ordinateur et je lançai une recherche sur le site du centre pénitentiaire de Hamilton.

C'était une prison de niveau 4 – avant-dernier palier en termes de sécurité – qui accueillait un maximum de onze cents détenus, tous des adultes de sexe masculin. Elle disposait aussi d'une annexe et d'un camp de travail attenant.

Je cliquai sur l'onglet « Informations sur les délinquants ». Un coup d'œil rapide à la première page me révéla que la population carcérale se composait environ pour deux tiers d'Afro-Américains, pour un tiers de Blancs et de quelques Hispanos. Je basculai sur les détails concernant certains de ces individus afin de me faire une idée de leur profil. Les crimes le disputaient aux délits : cambriolages, vols à main armée, coups et blessures, viols, agressions sexuelles sur mineurs… assassinats.

Beaucoup d'entre eux étaient détenus à vie.

En bref Hamilton abritait surtout des criminels violents.

Il eût été rebutant, pour ne pas dire impossible, de passer en revue tous les occupants du moment, sans parler de ceux qui avaient été libérés depuis que John Woodley travaillait là et pouvaient lui en vouloir. Peut-être s'agissait-il d'un prisonnier qui, ayant passé une sorte d'accord avec John, estimait que celui-ci l'avait lésé ou doublé.

Les seuls que l'on pouvait éliminer sans risque de se tromper étaient les rares détenus incarcérés depuis la disparition de Kim.

Nombre de suspects possibles : monumental.

J'optai pour une autre approche et recherchai sur Google « centre pénitentiaire de Hamilton » pour consulter les articles d'actualité. Il y en avait peu – les prisons font rarement la une, sauf en cas d'émeute ou d'exécution.

Je parcourus le récit de quelques incidents, dont la plupart remontaient à la fin des années 1990.

Soudain, bingo ! L'histoire, datant de 2013, d'un prisonnier poursuivant en justice l'État de Floride pour brutalités. Le plaignant, DeMichael Morrison, alléguait avoir été conduit dans la laverie et tabassé par…

Ouais.

Le sergent John Woodley.

Je cherchai Morrison dans le registre des délinquants sexuels et découvris qu'on l'avait transféré à l'Union Correctional Institution[1], plus connue sous le nom de prison Raiford. L'endroit avait une solide réputation de violence et de racisme.

Je cliquai sur « IDPD » – « Informations détaillées sur la population détenue » – et vis la photo d'un Afro-Américain. Son signalement indiquait qu'il mesurait un mètre soixante-dix-huit, pesait quatre-vingt-dix kilos et arborait une flopée de tatouages, signes

1. Prison à sécurité maximale de Floride.

d'appartenance à un gang. Il avait récemment fait l'objet d'un rapport à la suite de l'agression d'un gardien, une plainte ayant été déposée contre lui par l'administration pénitentiaire.

En clair, ils faisaient un exemple en s'en prenant à Morrison. Il avait été assez bête pour se plaindre d'un passage à tabac à Hamilton, on l'avait donc transféré dans un endroit pire pour qu'il s'y fasse de nouveau rouer de coups et, s'il résistait, accuser d'agression sur un gardien. De quoi ajouter cinq années de réclusion supplémentaires aux quinze qu'il purgeait déjà pour possession de cocaïne en vue d'en faire le trafic.

Morrison resterait toute sa vie coincé dans les méandres du système carcéral. Sa libération conditionnelle était déjà tombée aux oubliettes, on lui collerait cinq ans de plus, incarcération au cours de laquelle il se passerait autre chose pour le maintenir derrière les barreaux.

On frappa à la porte.

– Frank Decker ! ! !

J'éteignis l'ordinateur et allai ouvrir.

Le poing de John Woodley le devança dans la pièce.

J'esquivai le crochet du droit, et m'en félicitai, car il m'avait été décoché par un gros poing mû par de mauvaises intentions.

Emporté par son élan, l'homme perdit l'équilibre. Histoire de donner un petit coup de pouce aux lois de la physique, je le chopai par l'arrière de sa ceinture et le poussai vers l'avant. Il trébucha par-dessus la table basse et, après s'être cogné la tête contre un coin du bureau, s'étala au sol, qu'il heurta de tout son poids.

Il voulut se relever, mais je lui balançai un coup de pied dans le ventre – une belle cible. Ce qui lui coupa le souffle et me permit d'en placer une :

– On peut savoir ce que vous me reprochez ?

– Sale fils de pute ! Tu viens emmerder ma femme pendant que je suis au boulot…

Woodley portait toujours sa tenue de gardien de prison : uniforme marron, gros ceinturon et rangers. Pas d'arme à feu, mais je supposai qu'elle se trouvait dans sa voiture.

Je me tenais prêt à toute éventualité, au cas où, en se relevant, il déciderait de remettre ça. Woodley me dépassait d'une dizaine de centimètres et devait peser vingt-cinq kilos de plus que moi. S'il y a une chose que les gardiens de prison savent faire, c'est gueuler, car ils ont tout le loisir de s'y entraîner. Il avait bu. Son regard était vitreux, son haleine chargée.

– Quand je serai debout…

– Restez à terre. Et ne me traitez plus de fils de pute.

Woodley s'était entaillé le front. Je gagnai la salle de bains, fis couler l'eau du robinet sur un gant de toilette, revins et le lui tendis.

– Tenez.

Il le pressa contre sa tête.

Laquelle occupait pas mal de place. Grosse, le crâne rasé. C'était la mode parmi le personnel pénitentiaire. Elle offrait l'avantage d'empêcher les détenus de choper les matons par les cheveux.

– Votre femme vous a prévenu que votre fille avait disparu et que j'essayais de la retrouver ?

– Il y a bien longtemps qu'on l'a enterrée, cette salope.

– Quand elle a avorté ?

– C'était une pute. La pompe à essence de la ville. Tous les mecs du coin ont enfoncé leur pistolet dans son réservoir.

– Vous aussi ?

Il bondit sur ses pieds et se rua sur moi. Je fis un pas de côté et lui balançai un crochet du gauche. Il tomba à genoux, plié en deux par la douleur. Quand il eut repris son souffle, il marmonna :

– On peut me reprocher pas mal de choses. Mais pas ça.

– Très bien.

Là-dessus, je lui demandai :

– Vous connaissez DeMichael Morrison ?

*

– Qu'est-ce que cette petite frappe vient faire là-dedans ? grommela Woodley.

– Je l'ignore. Peut-être rien.

Je voulais découvrir quel rôle, selon lui, Morrison pouvait jouer. À condition qu'il soit capable de réfléchir.

À première vue, non.

Il plissa les yeux, puis la bouche en une moue dédaigneuse. À le regarder, on voyait un homme aigri qui estimait que la vie ne lui avait jamais rien accordé. Il était clair que Morrison n'était qu'un des nombreux exemples prouvant que le monde s'acharnait contre John Woodley.

– Parlez-moi de lui, repris-je.

Il n'y avait pas grand-chose à en dire, selon Woodley. C'était un « petit merdeux de guetteur » d'Overtown en détention préventive qui risquait d'écoper de huit à quinze ans de prison pour deal de coke. C'était « une grande gueule » – il tenait la dragée haute aux gardiens, fomentant des troubles, déposant sans cesse des réclamations.

– Je l'ai fait descendre dans la laverie pour lui remettre les yeux en face des trous, raconta Woodley. Cette petite frappe a porté plainte contre moi, ce qui m'a valu un mois de suspension de travail sans maintien de salaire.

– Il vous a fait un procès ?

– Le syndicat prend mes frais de justice à sa charge.

– L'affaire est en cours ?

– J'imagine que oui.

Pas étonnant – ces litiges traînent en longueur pendant des années, surtout quand le plaignant est à l'ombre.

– Ils l'ont transféré à la prison de Raiford, dis-je.

Woodley se fendit d'un sourire.

– Au moins, là-bas, il ne risque rien, ricana-t-il.

– À quel gang appartient-il ?

– Quelle différence ça fait ?

– Une grande, peut-être. Vous tabassez le membre d'un gang, ça vous coûte un mois de salaire et il vous traîne en justice. On le transfère, mais je parie que votre collègue maton lui a préparé une petite fête de bienvenue et lui casse les couilles, au sens propre comme au sens figuré. Morrison n'a rien de mieux à faire que de réfléchir à la manière de se venger, alors peut-être qu'il se tourne vers ses frères, qui ne trouvent rien de mieux que de kidnapper la fille de son tourmenteur. Alors ouais, John, il se pourrait bien que ça fasse une différence, c'est pourquoi je vous conseille de me dire à quel gang il appartient.

– Les GDM.

– Ce qui veut dire ?

– Les Gangster Disciples de Miami, marmonna Woodley.

– Ils sont basés à Overtown ?

Charlie m'avait signalé que les locaux d'un des projets de Kim – Les Clés pour la vie – se situaient dans ce quartier de Miami.

– Y a-t-il autre chose que vous souhaiteriez me dire à ce sujet ? poursuivis-je. Avez-vous un autre contentieux en cours avec Morrison ou les GDM, ou bien avec tout autre gang de Hamilton ?

– Comme quoi ?

– Sans blague ? Vous voulez encore jouer au plus fin ? D'accord. Comme introduire de la came en douce, par exemple.

Il me foudroya du regard, et en resta là.

– Je m'en moque, insistai-je. Je ne suis pas flic. Je n'en ai rien à cirer de ce que vous faites. Mais je compte bien suivre toutes les pistes susceptibles de me mener à votre fille, alors si vous avez quelque chose à me dire, c'est le moment.

– Je pourrais perdre mon boulot.

Perdre ton *boulot*, connard ? Tu as perdu ta *fille*.

– Voilà comment ça va se passer, repris-je. Ce que je n'apprendrai pas de vous, je le découvrirai par le District Attorney du comté de Hamilton. Ou par le procureur général de Floride. Ou bien je contacterai des potes à la DEA pour leur conseiller de s'intéresser au trafic de drogue à Hamilton. Puis vous perdrez votre travail et vous ferez de la taule, vous y rejoindrez ces merdeux que vous avez l'habitude de « mettre au pas ». Comment ça va coller entre vous, à votre avis, John ?

J'essaie de retrouver votre fille, bon sang ! songeai-je. De retrouver votre enfant. Pourquoi me refuser votre aide ?

– Il se peut que j'aie fait entrer quelques comprimés, reconnut John en regardant par terre.

– Une fois ? Ou à intervalles réguliers ?

– À intervalles assez réguliers.

– Que s'est-il passé ?

Il lâcha le morceau, lequel était pire que je ne le craignais. John et deux ou trois de ses collègues fournissaient des opiacés – Vicodin, oxycodone – aux membres de la Fraternité aryenne[1]. Morrison faisait entrer sa propre came par l'intermédiaire de visiteurs des GDM pour, ensuite, la vendre aux détenus blancs. La FA avait voulu mettre fin à son trafic.

– Pourquoi n'ont-ils pas neutralisé Morrison eux-mêmes ?

1. Gang de détenus fondé en 1964 dans la prison de San Quentin en Californie en réaction à la fin de la ségrégation.

Comme ils ont l'habitude de le faire en pareil cas.

– Personne ne voulait déclencher une guerre des races à Hamilton, expliqua-t-il. Nous avons préféré nous contenter d'avertir Morrison pour qu'il mette ses affaires en veilleuse.

– Donc il a eu droit à un passage à tabac en règle et à un transfert.

– On l'a transféré parce que c'était un mouchard.

John se releva.

Je ne fus pas mécontent de constater qu'il tenait encore mal sur ses jambes.

– Je ne pense pas pouvoir gagner un autre round contre vous, dis-je. Alors, si vous me chargez de nouveau, je vous tirerai une balle dans chaque genou.

Il me gratifia du coup d'œil « Je n'ai pas peur de toi » qui, devait-il penser, s'imposait, puis se dirigea vers la porte.

Mais il avait compris que je ne plaisantais pas, et c'était là le plus important.

Il y avait une dizaine de rades dans le quartier, et la chance me sourit à ma quatrième tentative : je tombai sur Tyler Gaines au Little Bar de Live Oak, à une trentaine de kilomètres de Hamilton, au bord de la 129, juste avant l'intersection avec la 10. Elaine Woodley m'avait signalé que ce gars-là aimait picoler et, ne l'ayant pas trouvé à son domicile, j'avais roulé à sa recherche.

Peut-être que j'étais un peu à cran.

Le Little Bar portait bien son nom.

Petit bar, en effet, construit en agglo peint en gris-bleu. Toit en tôle ondulée, fenêtre minuscule. Ma vieille Corvette était le seul véhicule garé devant à n'être ni un pick-up ni une Harley.

En un mot comme en cent, un bar de *rednecks*[1].

Une dizaine de types remplissaient la salle et presque tous me lancèrent un coup d'œil quand je franchis le seuil. Un juke-box diffusait sa musique country et western, bien entendu, et deux types jouaient au billard.

Dont Tyler Gaines.

Je le reconnus d'après sa photo de dernière année de lycée. Ses cheveux bruns étaient toujours aussi épais et aussi longs sous une casquette en tissu granuleux, son visage paraissait un peu plus joufflu et son ventre dessinait les débuts d'une bedaine par-dessus la ceinture de son jean, sous un T-shirt noir à manches courtes qui révélait des biceps très développés.

Musculature non de body-builder, mais d'ouvrier de chantier.

1. Ou « Nuques rouges » : terme péjoratif pour désigner les petits Blancs du sud des États-Unis.

Il était grand, beau mec et, si l'on se fiait à l'absence d'alliance à son annulaire, toujours célibataire.

Je m'installai au bar et commandai une Bud Light.

Le serveur me lança un regard genre « Je ne t'avais encore jamais vu ici, toi », en me servant ma bière, mais ne me posa pas de questions. Brad Paisley chantait que ça ne valait pas le coup d'aller au Mexique pour boire de l'eau et, dans le miroir du comptoir, j'observais Tyler qui se préparait à jouer une des boules de la base du triangle, qu'il blousa avec une efficacité nette et limpide, un brin agressive.

J'espérais qu'il ne serait pas ma deuxième bagarre de la soirée.

Je déteste me battre.

C'est bête, dangereux et, en général, douloureux même pour le vainqueur.

J'attendis que Gaines eut terminé sa partie, le vis accepter un billet de vingt de la main du perdant et me dirigeai vers lui.

– C'est vous pour la prochaine ? me demanda-t-il en jaugeant de la tête aux pieds cet inconnu qui l'apostrophait.

Je ne devais pas lui paraître à ma place, avec ma chemise en jean enfoncée dans mon pantalon kaki et mes chaussures de randonnée Merrell que je mets, d'habitude, pour aller pêcher.

– Non, j'aimerais juste vous parler.

– De quoi ? s'enquit Gaines. Qui êtes-vous ?

Notre échange, pour ce qu'il était, mit les bruits ambiants en sourdine et je sentis que les clients attendaient de voir si la situation allait dégénérer, auquel cas j'avais toutes les raisons de penser qu'ils prêteraient main-forte à Gaines.

J'aurais presque regretté d'être venu sans arme. Mais je sais d'expérience que si l'on se trouve dans un endroit où l'on doit sortir son flingue, c'est que, en général, il y en a d'autres alentour.

– Je m'appelle Frank Decker…

– J'ai déjà prévenu le proprio que je le lui paierais, son putain de loyer. Merde ! J'ai combien… ? Une semaine de retard ?

– … et j'aimerais vous parler de Kim Sprague. Carolynne Woodley.

Il l'aimait encore.

Je le compris à son expression.

Aussi triste qu'une chanson country sur trois accords.

Puis ses traits se durcirent, mais après un effort de sa part.

– Je suis en train de jouer.

– Combien pensez-vous gagner ?

– J'en sais rien. Une centaine de dollars, je dirais.

– Je vous en propose le double contre vingt minutes de conversation, et je vous offre la bière.

Du coin de l'œil, je vis un type – un biker baraqué qui, d'après son look, devait croire que Waylon Jennings était un vrai hors-la-loi[1] – se détacher du comptoir et venir vers nous. Puis prononcer les mots que je me doutais entendre sortir de sa bouche :

– Ce type t'emmerde, Ty ?

Je me tournai vers lui.

– Tu te prends pour sa mère ?

C'était l'ex-flic en moi qui avait parlé. Première règle pour maîtriser une foule : ne pas laisser le premier opposant se faire mousser. Il faut tout de suite lui couper le sifflet, sans quoi on devra bientôt affronter toute la meute.

La foule, justement, nous observait.

Le type parut un peu surpris, mais il me répondit :

– Non, j'suis pas sa mère.

– Alors je suppose qu'un adulte comme Tyler a le droit de parler avec qui bon lui semble, et que ça ne devrait poser de problème à personne.

L'homme parut déstabilisé.

– Euh… ouais.

Deuxième règle du contrôle de la foule : si l'intervenant fait machine arrière, le laisser en profiter pour sauver la face.

Je souris et dis :

– Bon, super, parce que je dois t'avouer que je n'aurais pas aimé devoir me battre avec un malabar de ton espèce, putain !

Je fis signe au barman de lui servir une bière.

Le biker hocha la tête en m'évaluant du regard, puis s'éloigna.

Je me retournai vers Gaines.

– Deux cents pour vingt minutes ? relançai-je.

1. Waylon Jennings (1937-2002) : chanteur dans la mouvance de l'outlaw country, la country hors la loi, née en réaction au Nashville sound.

*

Nous gagnâmes un box au fond de la salle.

Je lui redis qui j'étais, ce que je faisais. Avant d'ajouter :

– Parlez-moi de Carolynne.

– C'est sûr que je l'aimais grave – si vous saviez…

Avant elle et depuis, il n'avait jamais rencontré de fille aussi belle et n'en connaîtrait sans doute plus.

– Après elle, les autres femmes, les relations stables, tout ça, c'était fichu, poursuivit Gaines en hochant la tête. Quand on sort avec une fille pareille, après…

Il laissa sa phrase en suspens.

J'étais de tout cœur avec lui.

Il avait… quoi ? Une petite trentaine ?

Beau mec, vigoureux, travailleur. Il aurait dû avoir une épouse et des mômes, ou, du moins, une petite amie attitrée, une vie. Mais il venait dans ce bar en bord de route jouer au billard pour gagner le montant de son loyer, s'efforçant d'éteindre cette vieille flamme à coups de bière.

Cela étant, il se pouvait que les gens qui me rencontraient se demandent ce que je faisais de ma vie.

Merde ! Parfois, moi-même je me posais la question.

– Combien de temps êtes-vous sortis ensemble ? repris-je.

– À peu près un an – si on peut appeler ça « sortir ensemble ». Ses vieux étaient super stricts, très croyants, et presque tous les week-ends elle se barrait avec sa maman pour participer à des concours de beauté. Mais je la connaissais depuis toujours. Hé ! je pense que j'étais amoureux d'elle depuis que j'avais cinq ou six ans.

– Jill Gibian.

– Qui ça ?

– Cheveux roux, yeux verts, taches de rousseur. On habitait dans la même rue, quand j'avais six ans. On s'aimait à la folie.

– Que s'est-il passé ?

– Elle a déménagé. Ça m'a brisé le cœur.

Il choqua sa bouteille de bière contre la mienne.

– Pourquoi Carolynne est-elle partie ?

Gaines haussa les épaules.

– Vous avez vu la ville ? Ça ne lui suffisait plus, voilà. Tout comme moi. Je crois que je l'ai toujours su, simplement je refusais de l'admettre.

– Vous n'avez jamais envisagé de partir avec elle ? D'aller à l'université ?

– Ma moyenne générale était plus basse que ma vitesse sur quarante mètres. Un running back lent et blanc n'a aucune chance de rentrer sur le terrain dans l'équipe de l'université de Floride. De plus, je savais que Carolynne serait là-bas et, à ce moment-là…

Il but une longue rasade de bière.

– Mais vous l'aviez mise enceinte, lui fis-je remarquer.

– On vous l'a dit…

– Le révérend Bennett et moi n'avons pas la même acception du terme « confidentiel ».

– Tiens donc !

– Vous vous étiez confié à lui.

– J'étais jeune.

– Vous le vouliez, ce bébé ?

– Oui. Surtout, je suppose, parce que ça signifierait que je garderais Carolynne pour moi. Mais…

– Ouais, je sais.

– Oh, il vous a raconté ça aussi…

Il inclina sa bière vers sa bouche et la vida.

– Ouais, Carolynne est partie faire ce que Carolynne avait décidé de faire. Après, entre nous, c'était, comme on dit, fini.

– Quand l'avez-vous vue pour la dernière fois ?

– La veille au soir de son départ pour l'université. Et depuis je n'ai plus entendu parler d'elle.

Je surveillais son regard. Si Tyler Gaines s'était trouvé en contact avec Kim depuis qu'elle avait disparu, c'était un acteur de première, ce que je ne pensais pas de lui.

– Plus jamais, acheva-t-il.

– Elle ne vous a pas téléphoné ? Contacté par e-mail, SMS, Facebook…

– Rien.

– Tyler, on la recherche. Si jamais vous êtes en contact avec elle… Écoutez, je pourrais comprendre que, peut-être, vous ayez… comment dire ?… renoué tous les deux. Vous vous manquiez l'un à l'autre, elle n'était pas heureuse dans la vie, elle a peut-être pensé que vous pourriez repartir de zé…

– Non.

– Si tel était le cas, insistai-je, sachez qu'aucun crime n'a été commis. Son mari, sa famille, ses amis ont seulement besoin de savoir qu'elle va bien.

– Moi aussi, je donnerais tout pour le savoir.

– D'accord.

Je le croyais.

– S'il y a quoi que ce soit d'autre que vous puissiez me dire, repris-je. N'importe quoi qui m'aiderait un tant soit peu…

Il secoua la tête.

Je sortis mon portefeuille.

– Gardez votre fric, laissa tomber Gaines. Et retrouvez Carolynne, d'accord ?

Il se leva, retourna à la table de billard et attendis qu'elle se libère pour les « prochains ».

Je finis de boire ma bière et partis.

*

Peu après, il se mit à pleuvoir.

Un de ces violents orages d'hiver du Sud.

Je m'apprêtais à aller me coucher quand j'entendis un pick-up s'engager sur le parking, ses freins crisser tandis qu'un faisceau de phares balayait ma fenêtre.

J'ouvris ma porte et sortis pour voir de quoi il retournait.

Je pensais que ce serait John, mais c'était Gaines.

Et il était ivre.

Ivre mort.

– J'ai un truc à te dire…

Là, il s'interrompit.

Parut avoir honte.

Mon cœur se serra.

– Tyler, si vous avez fait quelque chose à Carolynne, il est temps de…

– Justement ! J'ai jamais rien fait à Carolynne. J'entendais raconter que tous les autres lui étaient passés dessus, mais moi, je l'ai jamais touchée.

– Que voulez-vous dire ?

– C'était pas moi le père de ce bébé. J'ai menti.

Après qu'il m'eut raconté toute l'histoire, je le chargeai dans Bleue et le déposai chez lui.

De là, je partis rendre visite au père du bébé de Kim.

La pluie me taillada le visage de ses aiguilles argentées quand je descendis de Bleue devant l'église de la Nouvelle-Espérance et tambourinai à la porte de la petite caravane.

Le révérend Bennett ouvrit.

– Vous savez l'heure qu'il… ?

– Dehors, mains en l'air, l'interrompis-je.

D'accord, je reconnais qu'après avoir déposé Tyler chez lui je m'étais arrêté pour acheter une bouteille. J'étais resté assis dans ma bagnole le temps de me décider, m'y attardant, peut-être, pour mieux rassembler mon courage, ma haine, avant de passer à l'action.

– Que faites-vous ici ? cria Bennett.

Je l'empoignai par son col de chemise et le tirai dehors, sous la pluie.

– C'est vous qui l'avez mise en cloque, éructai-je, et vous avez persuadé ce garçon d'endosser cette responsabilité. Ça n'a pas été difficile puisqu'il l'aimait et voulait l'épouser. Mais elle s'est barrée et a avorté. Vous lui avez collé la honte, vous l'avez appelée « la putain de la ville ». Alors mains en l'air, bordel, parce que, de toute façon, je vais vous cogner !

Il obtempéra.

Je n'en suis pas fier, mais je lui balançai un uppercut qui l'envoya par terre. Je m'agenouillai dans la boue au-dessus de lui et le frappai au visage, encore et encore, jusqu'à ce que, dans le pan de lumière provenant de la porte ouverte de la caravane, je voie le sang couler de sa lèvre.

Il pleurait.

Tournait la tête d'un côté, de l'autre, dans l'espoir d'esquiver mes coups de poing.

Chialait en se traitant de pécheur.

Peut-être que, moi aussi, je pleurais – difficile à dire avec la pluie qui ruisselait sur mes joues.

Je pense que non.

J'étais sûr que Bennett ne porterait pas plainte contre moi et qu'il aurait bien du mal à expliquer à ses ouailles, le dimanche matin, sa lèvre enflée, son œil au beurre noir, ses contusions.

Il pourrait toujours leur raconter qu'il avait rencontré le diable.

Je savais que je n'aurais pas dû.

Je le savais sur le moment et je le sais à l'heure qu'il est.

Mais, d'un certain côté, je pensais que c'était le moins que je pouvais faire pour Carolynne Woodley.

La plupart du temps, tailler la route en fin de soirée avec comme passager M. Springsteen est un vrai régal.

Mais il y a des fois où effectuer ce trajet en solitaire semble beaucoup moins cool, car on n'a d'autre compagnie que soi-même.

Je ne suis pas violent de nature, vraiment pas. Mais, si vieux jeu que cela sonne, la violence façon John Wayne reste le seul langage que certaines personnes comprennent. Ou, pour le moins, respectent. Il vaut mieux faire savoir aux autres qu'on ne rigole pas, qu'on ira jusqu'au bout et qu'on est une tête brûlée.

Cette triple menace leur fait peur.

Laura pensait que depuis mon retour de la guerre il restait en moi beaucoup de colère contenue, mais je me disais que ça aussi, c'était n'importe quoi.

C'est vrai, je n'avais jamais ne fût-ce qu'élevé la voix contre elle.

« C'est que ta colère est très intériorisée, disait-elle. Tu as ces manières douces de gars du Midwest, cet air de ne pas y toucher pour donner le change.

– C'est un argument "fantômes dans le placard", rétorquais-je. Si on ne les voit pas, c'est qu'ils se cachent bien. »

Bon, d'accord, j'étais en colère en quittant l'Irak.

En colère pendant les semaines passées à Landstuhl.

En colère quand on a fini par me laisser partir.

J'avais en poche un billet d'avion pour retourner aux États-Unis, mais je n'ai pas pris ce vol. J'en étais incapable – je ne me sentais pas encore prêt à reprendre la vie civile. Alors je me suis accordé une permission, j'ai acheté un pass ferroviaire et voyagé.

Surtout à pied.

C'est que, voyez-vous, je boitillais toujours et il me restait assez d'ego pour avoir envie de ne plus clopiner quand je rentrerais à Lincoln, Nebraska. Les médecins m'avaient prévenu que je garderais à vie une petite coquetterie dans ma démarche, mais que marcher pourrait l'« atténuer ». Après avoir mis la main sur un dictionnaire, je suis passé aux exercices pratiques.

Ah, ce que ça faisait du bien de remettre un pied devant l'autre ! Cette répétition « gauche/droite » avait quelque chose de franchement thérapeutique, comme si je ne sais quels rythme, ordre des choses, normalité reprenaient le dessus. En Allemagne, c'était l'hiver – froidure, pluie ou neige, ciel gris chargé de nuages plus gris encore –, mais je m'en moquais. Je parcourais des sentiers dans la campagne, des chemins de randonnée et des rues dans les villes.

Berlin, Munich, Hambourg, Cologne.

Je déambulais sur le Kufürstendamm[1] sans rien acheter, me baladais dans Kreuzberg[2] et Friedrichshain[3]. Je traînais dans la Kaufingerstrasse, à Munich, m'achetais du pain et du fromage au Viktualienmarkt[4], hantais les ruelles de la vieille ville. Je faisais du jogging dans le port de Hambourg, buvais des verres dans le quartier Schanze, errais parmi les vieux entrepôts en briques rouges de la Speicherstadt. Je marchais sur les bords du Rhin à Cologne, le long de l'enceinte médiévale, le Ring, zonais dans le quartier d'Ehrenfeld.

Je ne me suis pas transformé en « chasseur d'images », j'avais les miennes en moi. La simple répétition droite/gauche droite/gauche mettait mes souvenirs en veilleuse. Ils ne disparaîtraient jamais, mais devenaient plus supportables. Mon boitillement serait toujours visible, mais ma démarche devenait plus fluide, mon allure plus rapide.

Je séjournais dans les auberges de jeunesse ou les hôtels les plus abordables, dégotais les bars où l'on servait la bière la moins chère, faisais mes courses au marché. Je ne m'écartais pas du chemin que

1. Champs-Élysées berlinois.
2. Quartier turc et punk de Berlin.
3. Ex-quartier de Berlin-Est prisé par les étudiants et les artistes.
4. Marché alimentaire journalier.

je m'étais tracé pour aller à la rencontre de gens, ni même leur parler. Je dialoguais, avant tout, avec moi-même.

Je repense à ma période en Allemagne comme à mes jours sombres. Mon époque d'idées noires, de rêveries sans fin, de colère qui s'exprimait dans chacun de mes pas.

Puis j'ai pris l'avion pour rentrer au bercail.

Donc, Laura se trompait. Je n'éprouvais pas de colère – contenue ou autre.

Ma colère, je l'avais laissée en Allemagne.

Ces jours sombres avaient absorbé les miens.

C'était du moins ce que je pensais.

*

Qu'allais-je dire à Charlie ? Je m'interrogeais.

Savait-il déjà ce que sa femme avait enduré pendant son enfance et protégeait-il sa réinvention d'elle-même ? Si c'était le cas, c'était stupide mais compréhensible. Mais, s'il l'ignorait, me revenait-il de le lui dévoiler ? Avais-je le droit de révéler un secret que Kim avait si bien gardé ?

Et *quid* de sa meilleure amie, Sloane ?

Était-elle au courant ? Était-ce cela qu'elle cachait le jour où je lui avais parlé, ou autre chose ?

De fait, je disposais désormais d'une piste potentielle : quelqu'un ayant un mobile pour vouloir nuire à Kim Sprague.

Je téléphonai à Delgado et lui demandai où nous pourrions nous retrouver. Elle me donna le nom d'un *diner* sur la 95e Rue, au nord de la ville.

*

L'endroit tenait du restau de routiers où les gars peuvent prendre un bon repas et une bonne douche. Delgado m'attendait, assise dans un box. Elle portait un blouson noir, un pantalon assorti, elle semblait vannée.

– Où étiez-vous passé ? demanda-t-elle tandis que je me glissais sur le siège face à elle. Vous avez quitté votre hôtel.

– Vous me suivez à la trace.

– Mais carrément !

– J'ai pris ma voiture et roulé jusqu'à Jasper.

Elle reconnut le nom de la ville natale de Kim.

– Et elle s'y trouvait ?

– Non, répondis-je. En aucune manière.

Je l'informai de ce que j'y avais découvert – il fallait bien qu'elle en sache autant que moi : elle dirigeait l'enquête –, mais passai sous silence la dérouillée que j'avais réservée à ce bon révérend Bennett.

Delgado ne croyait pas trop à la piste DeMichael Morrison.

– Je ne sais pas quel genre de gangs vous avez à Lincoln, Nebraska – trafiquants de maïs, non ? –, mais les Gangster Disciples de Miami ne jouent pas. S'ils ont réellement enlevé Kim Sprague, ce dont je doute, elle est déjà morte.

– Alors je dois le découvrir. Du nouveau à propos de l'autre piste, le cadavre de Fort Lauderdale ?

– Inconnue au bataillon. Traces d'héroïne dans l'organisme, donc sniffeuse ou fumeuse. Une pute, sans doute – beaucoup d'entre elles tapinent au bord des grands axes pour les routiers. Certaines n'en reviennent pas.

Ce n'était que trop vrai. Cette fille faisait partie des anonymes. Quelque part, quelqu'un se demandait où elle était passée, la recherchait peut-être et ne la retrouverait jamais, à moins d'un sacré coup de chance.

Ces filles-là étaient si nombreuses…

Des fantômes dans les nuits américaines.

Delgado et moi étions assis dans ce restau pour routiers tels deux personnages d'un tableau d'Edward Hopper.

– Et donc, où cela nous mène-t-il ? demandai-je.

– Nulle part, sinon à en revenir à Charlie, et je ne veux pas discuter de ça avec vous.

– Je suis ravi que nous ayons établi une relation de confiance.

– La confiance n'est pas de notre monde, Decker.

La serveuse se présenta devant nous. Delgado commanda un café et une part de tarte aux bananes et à la crème, puis me conseilla de faire de même.

– C'est ce qu'il y a de meilleur ici, m'assura-t-elle.

– Bon, pourquoi pas ?

– Et maintenant, quelle est votre prochaine étape ?

– Vous avez déjà entendu parler de réciprocité ? Pourquoi devrais-je vous en dire plus que je ne l'ai fait ?

– Parce que c'est moi le flic en charge de cette affaire.

– Je veux parler à Morrison. Vous pouvez m'arranger ça ?

– Et vous, que ferez-vous pour moi ?

Je n'avais pas beaucoup d'atouts en main, alors j'en abattis un à contrecœur. Merdique, mais je n'avais pas le choix.

– Je ne raconterai pas tout de suite à Charlie ce que je sais du passé de sa femme, j'attendrai votre feu vert.

– Il doit déjà le savoir. Il a peut-être découvert que sa princesse était une pauvre souillon qui vivait dans un mobile home et a décidé d'arrêter les frais.

– Quelle chic fille vous faites !

– Si vous saviez comment on nous surnomme… D'accord, Decker, je vous aide à aller perdre votre temps à Raiford, et vous ne mettez pas Charlie au courant de ce que nous avons appris.

Les parts de tarte arrivèrent.

Delgado disait vrai : c'était délicieux.

– Comment comptez-vous faire parler Morrison ? demanda-t-elle. Vous ne pourrez pas lui proposer un accord.

– Je trouverai bien un moyen.

– J'en suis convaincue. Vous deviez être très doué en salle d'interrogatoire. Mais, quoi que vous fassiez, ne…

– Je ne marcherai pas sur vos plates-bandes, promis.

– Au moins c'est clair.

Quelque chose la préoccupait, j'étais assez intuitif pour le deviner. Je me contentai d'attendre – souvent, c'est encore le meilleur parti à prendre. Elle mangea plusieurs autres bouchées de tarte avant de demander :

– Vous avez discuté avec cette Payton, sa meilleure amie ?

– Ouais. Et vous ?

– Non, Decker, je suis une grosse conne incompétente.

– Et ?…

– Je ne sais pas, je la trouve un peu louche.

Nous avions eu la même impression.

– Dans ce cas, réinterrogez-la, suggérai-je.

Elle secoua la tête.

– Je ne pense pas pouvoir la déstabiliser.

– D'accord.

Je n'allais pas lui faciliter la tâche.

Quelques instants plus tard, elle insista :

– Vous, d'un autre côté… elle vous a à la bonne.

– Comme tout le monde.

– Non, pas comme tout le monde, Decker. Quoi qu'il en soit, vous pourriez tenter de transformer cet essai auprès d'elle.

– Je m'apprêtais à le faire.

– Génial, nous tombons d'accord sur un point. Tenez-moi au courant.

– Qu'allez-vous faire pour moi ?

– Je trouverai bien.

Elle poussa l'addition vers moi.

– Cette fois, c'est pour vous, dit-elle.

Je la ramassai.

– Vous êtes un rencard qui ne revient pas cher.

– N'allez surtout pas croire ça.

Elle baissa les yeux vers mes phalanges.

– Vos doigts sont enflés. Des bleus.

– J'ai boxé contre un mur, répondis-je. Le mur a gagné.

– Ouais, fit-elle en se glissant hors du box.

Puis, se penchant sur mon épaule, elle ajouta :

– Allez-y doucement avec les murs, hein, Decker ? Que vous ont-ils donc fait ?

Je la suivis des yeux tandis qu'elle sortait du restaurant puis remontait dans sa voiture. Elle me regarda à travers le pare-brise et éleva pouce et auriculaire à hauteur de sa bouche et de son oreille.

« Appelez-moi »

J'y comptais bien.

Quand j'aurais parlé avec Sloane Payton.

Je m'engageai sur la Route 1 en direction du nord jusqu'à la 95, traversai le centre de Miami et continuai vers l'est par la MacArthur Causeway jusqu'à Miami Beach.

Il était plus de deux heures du matin et South Beach restait animé.

Je filai sur Ocean Avenue puis Collins Avenue, laissant errer mon regard sur l'océan, les façades pastel des hôtels Art déco, les restaurants, les terrasses des cafés et, bien sûr, la vaste plage où se côtoyaient fêtards, buveurs, jeunes peu vêtus évoluant en rollers.

Je laissai derrière moi la fête en plein air et continuai ma route jusqu'au sud de Michigan Avenue et de la 3e Rue, dans le quartier de South Beach connu sous le nom de « So Fi » – *south of Fifth* – au sud de la 5e. Le coin était tranquille, loin de l'agitation touristique. Je repérai l'immeuble de Sloane. Blanc, balustrade aux barreaux en fer forgé assortie à la façade et, devant l'immeuble, enfilade de hauts palmiers. Après avoir tourné plusieurs fois, je trouvai une place sur le trottoir d'en face et m'armai de patience.

C'est nul de surprendre quelqu'un à deux heures du matin, mais j'ai découvert que les gens qu'on vient de réveiller sont moins doués pour mentir.

Je n'aurais pas dû m'inquiéter.

J'étais garé depuis quelques minutes à peine quand Sloane arriva au volant d'une petite Mazda bleue qu'elle engagea dans le parking souterrain. La Mercedes noire qui la suivait s'arrêta contre le trottoir. Un – à vue d'œil – quinquagénaire, grand escogriffe aux cheveux grisonnants, élégant dans son complet veston, en descendit, marcha jusqu'à l'immeuble de Sloane, tapa le code et entra.

Je notai l'immatriculation de la voiture et appelai Delgado.

– Vous avez fait vite !

– Vous pourriez vérifier un numéro de plaque pour moi ? Floride DS 1759.

– Pourquoi ?

– Je vous le dirai plus tard. C'est sans doute sans importance.

Hormis le fait que Sloane avait dû remonter en selle après son divorce, et c'était son droit, je m'interrogeais toujours sur la raison pour laquelle elle m'avait menti en me racontant qu'elle avait vu Kim.

Delgado me rappela.

– Le véhicule est enregistré au nom de John Cowling. 5732 Playa Del Ray, Biscayne Bay.

– Le coin des nantis.

– Oh, que oui !

– Vous pourriez regarder s'il a commis des infractions ?

Je patientai, puis l'entendis dire :

– Deux ou trois amendes pour excès de vitesse, c'est tout.

– Merci.

– Vous êtes sur quoi, Decker ?

– Si je le savais !

Je coupai la communication et attendis.

Une heure plus tard, John Cowling ressortait de l'immeuble et se dirigeait vers sa voiture.

Je descendis de la mienne, le rejoignis tandis qu'il déverrouillait sa portière, ouvris mon portefeuille, le brandis sous ses yeux puis le rempochai en disant :

– Monsieur Cowling, pourriez-vous m'accorder quelques instants ? Sergent Martin, brigade des mœurs de Miami-Dade.

Cela parut le déstabiliser, mais il se ressaisit très vite et me demanda :

– Pourrais-je revoir votre insigne, s'il vous plaît ?

– Vous voulez vraiment jouer à ça ? Ici, dehors ?

J'enfonçai la main dans mon blouson, mais Cowling arrêta mon geste.

– Ça ira. Que puis-je faire pour vous ?

– Il s'agit plutôt de ce que *moi* je peux faire pour vous. Et si nous nous installions dans votre véhicule ? Un peu d'intimité…

Il s'assit côté conducteur, et moi côté passager.

– De quoi s'agit-il ? demanda-t-il.

– Vous êtes marié ? Père de famille ?

– Oui.

– Bon. Et vous préféreriez que ne parvienne pas aux oreilles de votre petite famille ce que vous fabriquez avec Mlle Payton ?

– Serait-ce du chantage ?

– Non. Je veux vous rendre service. Nous planquons ici depuis pas mal de temps, nous dressons la liste des hommes que Mlle Payton reçoit et sommes sur le point de l'appréhender pour délit de prostitution. Par courtoisie, parce que vous n'êtes pas M. Tout-le-Monde, je tenais à vous mettre en garde. Qui sait ? Vous n'aviez peut-être pas l'intention de revenir traîner ici.

– C'est la première fois que je viens, je vous le jure.

– Je n'en doute pas. Je ne vous avais encore jamais vu. C'est pour cette raison que je me suis permis de vous aborder, de vous tendre la main.

– Me « tendre la main » ?

– Vous me semblez être un type bien. Je ne voudrais pas être responsable de votre déconfiture, mettre votre famille dans l'embarras en vous appelant à comparaître comme témoin privilégié.

– Oh, mon Dieu !

– Je vous demanderai juste de jouer franc-jeu avec moi. Expliquez-moi sans mentir pourquoi vous êtes venu ici ce soir, donnez-moi des renseignements de première main que je pourrai utiliser, et nous en resterons là, vous rentrerez chez vous retrouver votre épouse et vos gosses.

– Que voulez-vous savoir ?

– Combien avez-vous payé ?

– Deux mille dollars. En espèces.

– Pour une heure ? Je rêve !

– Que voulez-vous ? Vous savez ce que c'est…

– Oui, répondis-je, et je n'en ai pas les moyens.

Il sortit son portefeuille, y piocha plusieurs billets de cent dollars et les fourra dans ma main.

– Tenez. Ne me remerciez pas.

Je les lui rendis.

– Vous m'avez mal compris. Je voulais juste dire… Comment l'avez-vous connue ?

– Sur Internet.

– Craigslist, ce genre de site ?

– Celui d'une agence de mannequins.

– Vous avez donc déjà fait ça. Pas seulement avec Sloane ?

– Je vous en supplie…

– Calmez-vous, John. Quelle est l'adresse de ce site ?

– EliteModeling.com.

– D'accord.

J'ouvris la portière.

– Oh ! Et en plus vous vous appelez John[1] !

Il me regarda, l'œil hagard.

– Je plaisante, John.

– Oh…

– J'ai, entre autres renseignements sur vous, votre adresse, repris-je en descendant de voiture. Mais je ne devrais pas avoir besoin de vous recontacter. Vous vous êtes montré très coopératif, et j'apprécie votre bonne volonté. Passez une excellente nuit. Oh ! Autre chose… Le code d'entrée ?

– 483201.

– Merci, John.

Pour un peu, il démarrait avant que j'aie fini de refermer la portière.

Je traversai la rue et pénétrai dans l'immeuble de Sloane.

1. « John » désigne le client d'une prostituée.

Elle ouvrit la porte.

– Tu as oublié… ? Oh !

– Je peux ?

Sloane avait les cheveux mouillés, comme si elle sortait de sous sa douche. À présent, elle me souriait.

– Je ne pensais pas que tu viendrais si tôt, mais oui, je t'en prie, entre.

L'appartement était un duplex de quatre ou cinq mètres de hauteur sous plafond. Du blanc partout : murs, mobilier, appareils électriques, œuvres d'art, voilages filtrant le soleil qui pénétrait à flots dans la pièce. Sloane portait un court peignoir en soie blanc, des socquettes et des sandales blanches.

– Je te sers un verre ? proposa-t-elle en m'invitant, d'un geste, à m'asseoir sur le canapé blanc qui trônait au centre de la pièce.

L'idée était l'« open space », bien entendu, cuisine et coin salle à manger formant un tout aéré par une baie vitrée qui s'ouvrait sur un balcon.

– À moins que tu ne sois toujours en service.

– Tu as de la bière ?

– J'ai de tout.

Elle passa dans la zone cuisine, ouvrit le réfrigérateur et demanda :

– Dos Equis ou Wynwood ? Elle est locale, très bonne, paraît-il. Je ne sais pas, je n'en bois pas.

– Je prendrai une Wynwood, s'il te plaît.

Sloane revint, me tendit la bouteille.

– Pourquoi est-ce que je pense que tu es le style de mec à boire au goulot, tu peux me dire ? J'ai des chopes au frais, si tu préfères.

– C'est parfait.

Elle retourna au bar et se servit une Grey Goose, sans glace, puis revint s'asseoir à côté de moi sur le canapé.

– C'était bien, ton rencard ? attaquai-je.

– C'est la dernière fois que je passe par Match.com.

– On peut s'épargner les conneries ?… Comment Kim et toi vous êtes-vous vraiment rencontrées ?

– Oh ! fit-elle. Moi qui croyais que tu venais me voir pour mes beaux yeux… Je dois t'avouer que je suis un peu déçue. Voilà qui ne fait pas beaucoup de bien à l'ego d'une fem…

– Comment Kim et toi vous êtes-vous connues ?

– Je te l'ai déjà raconté. Elle était venue passer un casting…

– Je viens de bavarder avec John Cowling devant chez toi. Il ne demandait qu'à te laisser tomber. Elite Modeling ?

– Ces hommes d'affaires sont parfois de vrais dégonflés.

Elle but une bonne rasade de vodka.

– Bon ! s'exclama-t-elle. Où en est-on, au juste ? Tu viens me voir pour me sauter ou pour me traiter de pute – ou les deux ?

– Tu es majeure. Je n'ai rien à dire sur ta manière de gagner ta vie, ça ne me regarde pas. Mais Kim Sprague, oui. Tu vas me dire la vérité sur elle et toi…

– Eh bien non.

–… ou les services de police de Miami-Dade t'interpelleront et te mettront sous les verrous. Puis ils te donneront le choix entre purger une longue peine de prison et leur ouvrir ton carnet d'adresses, et ça te mettra dans un sacré pétrin – pas vrai ?

– Et moi qui te prenais pour un type sympa…

C'était le problème : un « type sympa » ne retrouverait pas Kim. Pour ça, il fallait être un salaud fini.

– Je vais te faciliter la tâche, repris-je. Vous étiez collègues de travail.

Sloane se mit à rire.

– « Collègues de travail ». Comme c'est mignon ! Comme c'est rétro !

– J'ai raison ?

– Et alors ? Qu'est-ce que ça change ?

– Tout. Imagine qu'un micheton…

– Écoute-toi !

– … l'ait vue en photo dans les pages d'une revue mondaine, l'ait reconnue et ait décidé de passer à la caisse. Il possède peut-être des photos, des vidéos. Et si, ce soir-là, elle avait eu rendez-vous avec un maître chanteur et que ça ait mal tourné ? Ou si elle avait décidé qu'elle ne supporterait pas une telle exposition et qu'elle ait filé ? Ou peut-être qu'un de ses « clients » était un psychopathe, un harceleur…

– Qui aurait attendu sept ans ?

– Ça s'est déjà vu. Ou bien elle travaille en ce moment même…

– Oh… pour arrondir ses fins de mois ? Syndrome de la bourge qui s'ennuie ? Tu regardes trop de vieux films à la télé.

Sloane finit son verre, puis se leva pour aller s'en servir un autre.

– Elite Modeling est vraiment une agence de mannequins. C'est juste que certaines filles ont des activités annexes. Kim n'était pas une escort girl. Il n'y a jamais eu de « micheton », pour reprendre ta terminologie. Disons que, de temps en temps, nous allions à une soirée, où nous ratissions peut-être quelques espèces, un peu de coke, deux ou trois bijoux.

– Comment ç'a commencé ?

– J'ai vu le book de Kim. Elle avait fait quelques shootings, mais ne gagnait pas assez pour en vivre. Je la trouvais super sympa, j'ai pensé qu'elle pourrait faire quelques extras, alors je lui ai proposé de m'accompagner à une soirée privée.

– Quand ? Où ?

– Tout ça s'est passé il y a sept ans. Je ne sais plus. Au Noral, je crois.

– A-t-elle remis ça ?

– Quand elle avait besoin d'argent.

Et elle me fit un dessin.

Sloane, Kim et Andra – les Trois Grâces, parfois flanquées de deux autres filles. Soirées, rendez-vous à trois, ou bien juste Kim et elle, ou encore Andra et elle. Il arrivait aussi qu'elles se rendent à ces « rendez-vous » en solo.

– Puis elle a rencontré Charlie et elle a tout laissé tomber, acheva Sloane. Plus tard, j'ai connu Brad et, moi aussi, j'ai raccroché. Par la suite, j'ai divorcé, j'ai eu besoin d'argent, j'ai rempilé.

– Combien de « top models » ?

– Moi comprise ? Cinq ou six. Ça bouge pas mal, tu sais.

– Charlie est-il au courant ?

– Pour un homme au fait de tout, il est d'une naïveté incroyable. Kim m'a suppliée de ne rien lui dire. Il ne l'aurait jamais épousée. Pas Charles Hanning Sprague III.

– Sait-il pour Jasper ?

– Qui est-ce ?

– Personne.

Kim avait caché son enfance même à sa meilleure amie.

– Tu n'as pas parlé d'Elite à Delgado, je suppose, dis-je.

– Tu sais comment sont les flics… Si c'est une prostituée qui disparaît, ç'a si peu d'importance – non ?

Ouais, je savais comment étaient les flics. Et qu'elle disait vrai : on ne recherche pas avec autant d'attention une femme évanouie dans la nature si elle appartient à la haute société ou si elle est pute. *Est-ce que ce sont les flics qui deviennent cons ou les cons qui deviennent flics ?*

– Et si elle revient ? poursuivit-elle. Tu penses que Charlie la reprendrait auprès de lui s'il l'apprenait ? Sans parler des cercles que je fréquente aujourd'hui… Si ça se sait… je perdrai ma clientèle.

– Y a-t-il des hommes en particulier dont tu te souviennes ? Qui auraient été un peu tordus, un peu étranges.

– Il y a eu des partouzes, Frank. Toutes un peu étranges…

– Kim t'a-t-elle parlé de quelqu'un ? Qui l'aurait importunée ? Harcelée ?

– Pas du tout. Ces soirées étaient super bien gérées, sous contrôle.

– Qu'entends-tu par là ?

– Le haut du panier. Dans ces cercles-là, on sait se tenir.

Elle se leva.

– Il fait chaud, tout d'un coup ! Si on ne baise pas, je vais faire entrer un peu d'air.

Sloane fit coulisser la baie vitrée et je la suivis sur le petit balcon.

– Je t'offre mon corps et tu le repousses, murmura-t-elle. Beaucoup d'hommes l'ont payé au prix fort, Frank. Mais tu ne veux pas qu'on en parle ?

– Informations.

– Je t'ai raconté tout ce que je savais.

– Noms.

– De mes clients ? Autant me trancher les veines, ça ira plus vite.

– Des personnes présentes aux soirées auxquelles Kim a participé. Les organisateurs… les invités… les Russes de North Miami… et les autres, le gratin dont tu parlais.

Le regard de Sloane se porta sur les lumières de South Beach.

– Frank, tu ne connais pas Kim, pas vraiment. Elle n'est pas la fille que tu crois.

– Des noms.

– Arrête, souffla-t-elle en se penchant vers moi pour m'embrasser.

Elle écarquilla les yeux, sa tête retomba du côté droit, elle s'effondra.

Je la rattrapai avant qu'elle ne touche le sol.

La baie vitrée était marquée d'un impact en toile d'araignée.

Je déposai Sloane doucement par terre puis me laissai tomber sur elle pour me protéger du tir suivant. Je regardai en bas à travers les barreaux, mais ne vis pas d'où le coup de feu était parti. Une autre balle fit tinter la rambarde et un morceau de métal se ficha dans mon front.

La première balle était entrée net dans la tempe gauche de Sloane pour ressortir de l'autre côté de son crâne. Posant deux doigts sur sa gorge, je tâtai son pouls.

Il ne battait plus.

Je me tenais prêt à faire feu quand les portes s'ouvrirent.

Personne.

Je partis en courant dans la rue.

Le tireur avait probablement détalé, mais je devais tenter le coup. D'après l'angle de tir, il s'était posté sur un toit, donc il allait redescendre. Je cherchai des yeux la voiture qui attendait sans doute le moment propice pour venir le récupérer au bas de l'immeuble. C'était un boulot de professionnel, alors il avait dû prévoir une stratégie de repli.

Ils travaillaient sûrement en équipe.

Le tireur, un chauffeur, et peut-être un troisième gars pour les couvrir.

À cette heure tardive, dans ce quartier paisible, un véhicule roulant ne passerait pas inaperçu. Je n'en voyais cependant aucun.

Puis, soudain, je repérai le type. Il émergeait d'une allée, un immeuble plus loin, côté nord. Il était descendu du toit par l'escalier de secours, housse à fusil à l'épaule.

Le voilà qui se mit à courir vers l'est à petites foulées régulières. Il savait où il allait, car, arrivé à un angle de rue, il n'hésita pas une seconde : il la traversa.

De là où je me trouvais, je ne disposais pas d'une position de tir, sans compter que le sang coulait de ma blessure au-dessus de mon œil droit, aussi me lançai-je à sa poursuite.

Entendant mes pas résonner sur l'asphalte, il tourna la tête, me vit et se mit à courir pour de bon. Il s'élança dans Michigan Avenue droit vers un grillage.

Prit son élan, sauta et le franchit sans effort.

J'étais en moins bonne forme que lui – il me fallut quelques secondes pour passer par-dessus puis me laisser tomber de l'autre côté – et je craignis qu'il ne m'ait semé, mais alors je le vis escalader la grille qui fermait l'autre extrémité du terrain de basket.

Je courus à perdre haleine derrière lui, escaladai à mon tour le grillage, atterris sur une pelouse et le vis traverser au pas de course Alton Road, large voie à double sens. Il me revint qu'une marina se trouvait par là-bas – nous y étions venus avec Charlie lors d'une partie de pêche.

Mais, au lieu de prendre cette direction, il bifurqua vers le nord, s'engageant sur Alton Road. Je me dis qu'il comptait rejoindre la MacArthur Causeway, où il pourrait sauter dans la voiture et regagner la ville.

Si cela se produisait, je le perdrais pour de bon.

Je pris sur moi et piquai un sprint. Il tourna la tête, me vit et accéléra encore l'allure, mais si peu que je compris qu'il fatiguait. Moi aussi – un point de côté m'élançait, que je me forçai à l'ignorer.

Je ne pouvais pas le laisser atteindre la MacArthur.

Je n'étais plus qu'à une dizaine de mètres de lui quand, soudain, il obliqua sur la gauche. L'espace d'un instant, je le perdis de vue dans des broussailles, puis je le revis sprinter vers les quais et sauter sur le pont arrière d'une vedette de pêche sportive qui leva l'ancre aussitôt.

Je ne le rattraperais pas.

Je rejoignis la rue sans ralentir et fonçai vers la MacArthur. Si le bateau voguait vers le sud, la pleine mer, j'étais refait. Mais s'il partait vers le nord, prenait Meloy Channel jusque dans Biscayne Bay, j'avais une chance.

Mes poumons me brûlaient, le sang dégoulinait dans mon œil tandis que j'atteignais la MacArthur, toujours cavalant.

Remontant le chenal, le bateau voguait vers le nord.

Le tireur, debout sur le pont arrière, tenait son fusil dans ses mains. Il regardait derrière lui et sur le côté.

J'escaladai le garde-fou et fis de mon mieux pour calculer la précision de mon saut.

J'allais faire une chute d'au moins cinq mètres.

J'atterris sur son dos et nous roulâmes à travers le pont. Le choc lui avait coupé le souffle mais, vite, il se ressaisit et se releva le premier. Conscient de manquer de temps pour me viser avec son fusil, il plaqua la main sur mon arme de poing pour tenter d'ouvrir le barillet. Je me dégageai, mais alors un autre type sortit de la cabine en pointant un .45 devant lui.

– Giorgi ! brailla-t-il.

Il prononça quelques mots dans une langue que je ne compris pas, mais il me parut évident qu'il ordonnait à Giorgi de laisser tomber et de se pousser de là, si bien que je saisis ce dernier par la taille et le fis pivoter de façon à le placer entre le tireur et moi pour m'en servir comme d'un bouclier.

Giorgi, du tranchant de la main, cognait sur mes doigts pour m'obliger à lâcher prise, en vain. Il eut alors l'idée de donner des coups de pied et de tête en arrière. Je sentis le monde vaciller et mes jambes se dérober sous moi, mais je tins bon.

Giorgi me fit reculer et me poussa contre le bastingage. Courbé en arrière, j'eus l'impression que ma colonne vertébrale allait se briser.

Il continua à m'immobiliser alors que l'autre mec se dirigeait vers nous pour me tirer dessus.

– Tiens-le bien !

Je décochai un coup – deux coups – de genou droit dans l'entrejambe de Giorgi, et le sentis s'affaisser sur lui-même. Puis je l'empoignai par le col, pris appui sur mes deux jambes et basculai en arrière par-dessus bord.

Giorgi et moi nous retrouvâmes à l'eau ensemble.

Je ne suis pas un excellent nageur mais j'ai été un Marine et notre instructeur, un sadique, nous obligeait à faire dans l'eau une flopée de conneries – même si, en Irak, j'ai vu très peu de rivières boueuses.

Je chopai de nouveau Giorgi à la gorge tandis que nous coulions, prêt à parier ma vie sur le fait que je pourrais retenir ma respiration plus longtemps que lui.

Il craqua le premier.

Nous étions sous l'eau depuis vingt secondes et il se mit à paniquer – une bonne chose, car la peur brûle l'oxygène. Il tenta de se dégager, s'agitant pour se libérer et remonter à la surface afin d'inspirer de l'air, mais je tins bon.

Trente secondes… quarante-cinq… une minute…

Giorgi battait des bras et des jambes. Je faillis lâcher prise pour, moi aussi, aller chercher de l'air, mais l'image du corps sans vie de Sloane m'aida à maintenir le fils de pute qui l'avait butée.

Je pouvais voir l'écume formée par les hélices lancer ses éclairs blancs juste au-dessus de nous et j'en déduisis que le bateau avait changé de cap.

Je nouai mes jambes autour de la taille de Giorgi.

Il tendit les bras vers le haut comme s'il tentait d'attraper de l'air.

Quatre-vingt-dix secondes, deux minutes…

Il but la tasse.

S'étouffa.

Je le lâchai pour qu'il remonte.

Je voulais le faire parler, pas le tuer.

Son corps fila vers le haut et je suivis le mouvement.

Ma tête fendit la surface des flots et je pus enfin respirer. Regardant autour de moi, je constatai que le bateau nous avait dépassés. Je disposais donc de précieuses secondes, le temps que les complices de Giorgi se rendent compte de la situation et nous repèrent.

À côté de moi, il crachait ses poumons.

Je le saisis à la gorge.

– Qui t'a envoyé ?

Il secoua la tête.

– Qui t'a envoyé ?

Le bateau fit demi-tour, mit le cap sur nous. À la proue, le type au .45 essayait d'ajuster son tir.

– Dernière chance, dis-je.

Giorgi de nouveau secoua la tête, alors je l'enfonçai sous la surface. Avec ses poumons à moitié gorgés d'eau, il était faible et facile à maîtriser. Au moment même où je m'immergeais avec lui, une balle siffla au-dessus de nous. Apparemment, ils se fichaient pas mal de toucher Giorgi.

Je nageai en l'entraînant avec moi à quelques mètres de là, puis lui sortis la tête de l'eau.

Il aspira l'air à longues goulées. Moi-même je commençais à fatiguer. Mes bras étaient en feu, j'avais les jambes dures comme du bois et je savais qu'en plus j'allais devoir nager pour m'enfuir de là.

– Donne-moi un putain de nom !

– *Nemaye.*

– C'est un nom, ça ?

– *Nemaye.*

– Tu vas retourner dessous, Giorgi.

– *NEMAYE !*

La balle du .45 lui arracha le sommet du crâne.

Voyant que le tireur s'apprêtait de nouveau à faire feu, je plongeai le plus profond possible. Les balles sifflèrent autour de moi et je pris conscience d'avoir perdu mon sens de l'orientation. J'ignorais si je nageais vers l'est, la plage de Miami Beach, ou vers l'ouest, Biscayne Bay, au risque de me noyer bien avant d'avoir touché terre.

Je retins ma respiration autant que possible, puis fus contraint de remonter à la surface, juste le temps de prendre un peu d'air. Jetant un coup d'œil en vitesse, j'aperçus des lumières et je nageai dans cette direction.

Ils devaient avoir remarqué des rides à la surface de l'eau, car ils essayèrent une nouvelle tactique : me rattraper pour m'assommer ou me réduire en bouillie avec les pales de l'hélice.

Je plongeai le plus bas que je le pus.

La coque m'érafla le dos et m'envoya vers le fond. J'entendis le vrombissement de l'hélice quand celle-ci passa au-dessus de ma tête.

Je ne la voyais pas, mais sentais et entendais ses vibrations.

Puis le bateau s'arrêta à l'aplomb de moi.

Le temps passe lentement sous l'eau.

Surtout quand on retient sa respiration, que tout le corps réclame de l'oxygène et que, à la surface, il y a des mecs qui veulent vous tuer.

Pour la première fois de ma vie, j'éprouvai de l'empathie pour les poissons.

On dit qu'on peut tenir quatre minutes sans respirer, quatre jours sans boire d'eau et quarante jours sans manger. On est à côté de la plaque. Peut-être y parvient-on si on est un plongeur en apnée hors pair ou un surfeur de l'extrême, mais je ne le conseille à personne.

Deux minutes maxi s'étaient écoulées quand je dus regagner la surface.

Redressant la tête comme une loutre, je vis deux mecs sur le pont de la vedette : celui qui était armé du .45 et un autre tenant un pistolet-mitrailleur qui me sembla être un de ces Vityaz-SN qu'affectionnent certains membres d'Al-Qaïda. .45 s'était posté à bâbord ; Vityaz allait et venait à tribord, de mon côté.

Il m'aperçut et tira une rafale.

Je plongeai et nageai.

Vers le bateau, parce que c'était encore l'endroit le plus sûr.

Ayant évalué la distance, je finis par l'atteindre. Je posai les mains à plat contre la coque, le long de laquelle je glissai à tâtons jusqu'à me trouver sous la proue, regagnai la surface et m'immobilisai.

Là où j'étais, ils ne pouvaient pas me voir.

Je les entendais parler, le bruit de leurs pas sur le pont résonnait juste au-dessus de moi.

Puis les sirènes retentirent.

Un habitant avait dû signaler des coups de feu sur l'eau, et la patrouille maritime de la police de Miami Beach intervenait.

Les mecs firent redémarrer la vedette. Je plongeai le plus loin possible et entendis le bateau repartir par le chenal.

Je me mis à nager vers la plage, ne remontant à la surface que pour reprendre ma respiration puis replongeant aussitôt.

Moi non plus je n'avais pas envie de me faire cueillir par les flics.

Le cadavre de Giorgi serait découvert tôt ou tard, et je préférais éviter de devoir répondre à des questions sur ce que je fabriquais là, à barboter dans les eaux de Meloy Channel au beau milieu de la nuit.

Je crawlai doucement jusqu'à la terre ferme, et regagnai Bleue.

Face au miroir de la salle de bains, je fis jaillir la plus courte lame de mon couteau multifonctions, et je m'en servis pour extraire de mon front l'éclat de la balle. Un centimètre plus bas et plus à droite, il se plantait dans mon œil.

Je tamponnai le sang qui coula de la blessure, inclinai la tête en arrière et versai de l'eau oxygénée sur ma joue. Ça moussa, ça picota, mais le saignement cessa. Normalement, la plaie ne s'infecterait pas.

Je regagnai ma chambre à l'hôtel et m'assis au bureau.

Sloane Payton pouvait-elle être la clé de la disparition de Kim ? En savait-elle trop ? Était-ce pour cette raison qu'on l'avait éliminée ?

Mais qui était ce « on » ?

Les « gens puissants » ?

Tout ça, les soirées et les Trois Grâces, c'était il y a sept ans. Or quelqu'un avait assassiné Sloane deux heures plus tôt.

Les médias feraient le rapprochement entre ce meurtre et l'enquête sur la disparition de Kim Sprague et, dès lors, le grand cirque battrait son plein.

Des filles de la jet-set qui s'évaporent dans la nature et sont assassinées… Deux meilleures amies…

Je téléphonai à Charlie.

– Seigneur, Deck ! Tu as appris pour Sloane ? On ne parle que de ça aux infos.

Bon, les nouvelles allaient vite.

– Ouais, j'ai entendu.

– Tu penses que c'est lié, hein ?

– Pas de conclusions hâtives, Charlie.

– Mais tu vas quand même creuser de ce côté-là.

– De tous les côtés.

– Tu as une piste pour Kim ?

– Je te tiens au courant.

Je coupai la communication et m'apprêtai à appeler Delgado, sauf que je n'en eus pas le loisir car on frappa à la porte.

– Sloane Payton a été assassinée, m'annonça-t-elle en entrant.

– Je sais.

– Et comment ça ?

Je lui déballai tout. Ce que Sloane m'avait raconté sur Kim, sur Elite Modeling, qu'elle s'apprêtait à me donner des noms quand on lui avait tiré dessus. La course-poursuite avec le meurtrier, la bagarre sur la vedette, la mort de Giorgi.

– Et vous pensez que ces types-là étaient russes.

– À l'oreille, oui, répondis-je.

– Par ici, les Russes sont légion. À North Miami Beach, il est plus facile de se faire servir un *blintz* qu'une *empanada*. Que diable voulez-vous que je fasse de tout ça ? Et de vous ?

– Bossons ensemble.

– Pendant que les cadavres s'empilent ?

– C'est signe que nous progressons. Nous disposons de deux pistes : la filière Sloane-Russes et DeMichael Morrison. Vos supérieurs vous mettront la pression tant que vous n'aurez pas résolu l'affaire Sprague. Ils se font déjà chauffer les oreilles par le maire, la chambre de commerce… et voilà qu'une autre jet-setteuse se fait buter alors qu'elle est sur sa terrasse, à South Beach ! Ils vont vous virer si vous ne trouvez pas quelque chose, et vite fait !

– Je vous embarque, Decker. Ne m'obligez pas à vous passer les menottes.

J'en avais appelé à son ambition, en vain.

Alors j'en appelai à son âme :

– Si vous faites ça, ça deviendra le méga-plantage de votre brigade et nous ne découvririons jamais la vérité.

Delgado le savait. Je le lus dans ses yeux bruns. Je sentais aussi que la vérité lui importait.

– Vous pouvez me faire confiance, ajoutai-je.

– Je ne sais rien de vous.

– Il n'y a pas grand-chose à savoir.

– Ah bon ?… Soit, je ne vais pas vous conduire au poste ce soir. Je veux réfléchir à tout ça. Vous me pardonnerez le cliché, mais… ne quittez pas la ville.

– Pas de souci.

– Néanmoins je m'en fais. Je n'y peux rien. Ne m'obligez pas à penser que je commets une erreur avec vous.

– Comptez sur moi.

– Et c'est un sursis, pas une grâce.

– Compris.

– Vous me marchez sur les pieds, Decker.

– Dommage. Vous portez de si belles chaussures, Delgado.

– Et vous n'avez encore rien vu…

– Je ne demande que ça.

Elle me transperça d'un regard dur, inquisiteur. Puis elle martela :

– Rendez-nous service à tous les deux, d'accord ? Restez dans votre chambre, faites une grasse mat. Évitez les ennuis.

– Ça me paraît raisonnable.

Delgado secoua la tête.

– Quoi ? demandai-je.

– Je n'arrive pas à vous cerner.

On était deux.

J'ouvris l'œil vers midi.

Sombres, mes rêves. Sombres couloirs en Irak, sombres pièces et sombres actions que nous menions là-bas. Sombres et interminables nuits à l'hôpital, sombres journées en Allemagne.

Les rêves n'ont aucun sens, bien sûr. Pendant l'heure que me parut durer celui-ci, j'errais dans les rues berlinoises, argentées par la brume hivernale, où Laura se trouvait aussi, çà et là, se transformant en Kim Sprague que je filais sous le couvert des arbres de l'avenue d'apparat qui, autrefois, s'appelait la Siegesallee – l'allée de la Victoire –, mais elle me semait et le brouillard s'épaississait peu à peu, au point que la femme finissait par disparaître dans ses volutes tandis que moi je m'étais perdu.

Je craignais de ne jamais me réveiller.

Lorsque j'y parvins, ce fut en sursaut et sous le coup de la prise de conscience que nous étions le 24 décembre. En dépit de toutes les illuminations dans les rues, j'avais oublié les fêtes ou, du moins, je n'y avais pas accordé d'attention.

Je me levai, courbatu par les efforts que j'avais dû fournir la veille. Je n'avais plus fait ce genre de conneries depuis mes classes au camp de Marines, et mes muscles se chargeaient de me le rappeler.

C'est vrai ce qu'on dit : aucun de nous ne rajeunit.

La douche aida, mais pas tant que ça. Une tasse de café corsé me donna un moment l'ambition de me raser et de m'habiller.

Mais je me ravisai puis, après mûre réflexion, téléphonai à Laura.

– Joyeux Noël !

– Joyeux Noël à toi aussi, Deck ! Tu es toujours en Floride ?

– Ouais.

– La chance te sourit ?
– Je ne dirais pas ça.
– Désolée.
Silence.
Puis elle reprit :
– Que fais-tu pour Noël ?
– Une descente en canoë de Swanson River. Et toi ?
– J'irai demain chez mes parents. Fête familiale habituelle.
J'entendis, en fond sonore, une voix s'enquérir : « Laura ? »
Un homme.
– J'espère que c'est Tim, dis-je.
Son frère.
– Non, ce n'est pas lui.
– Oh…
– Deck…
– C'est ton droit le plus strict. Bref, je t'appelais juste pour te souhaiter de passer de bonnes fêtes.
– C'est gentil à toi.
– Tu ferais mieux d'y aller.
– Il le faut. Je suis grossière.
Et, grossiers, nous aimerions tant ne jamais l'être, songeai-je en coupant la communication et en me traitant de dernier des idiots.
Je composai le numéro de Delgado, qui m'informa qu'elle me ferait citer comme témoin ordinaire du meurtre de Payton.
– *¡ Feliz Navidad !*
– C'est tout ce que vous savez dire en espagnol ? s'enquit-elle.
– À peu près.
– Nous allons devoir vous donner quelques cours.
Cela ne me disait rien qui vaille.
– Je suis à la morgue, reprit-elle. Je ne sais pas si vous êtes au courant, mais nous souffrons d'une épidémie de meurtres. Une femme tuée par balle à South Beach, et aujourd'hui un corps rejeté par la marée sur les rives de Star Island. *Obtenga su culo aquí*, Decker.
– Ce qui veut dire ?
– Ramenez vos fesses.

*

Giorgi n'était plus le même homme sur la table de dissection. Le sommet de son crâne avait été emporté par la balle, les poissons avaient bouffé ses yeux, sa peau était d'un blanc pâteux.

Pourtant c'était bien lui.

J'adressai à Delgado un signe de tête affirmatif.

– Sortons de là avant qu'ils commencent à poser des questions, m'intima-t-elle.

Je la suivis jusqu'à sa voiture.

S'ils demandaient des explications, les réponses mèneraient à moi et ils voudraient savoir pourquoi Delgado ne m'avait pas déjà coffré.

Je me laissai tomber sur le siège passager et m'enquis de notre destination. J'espérais que ce n'était pas le poste.

– On va chez moi. À Little Havana. Oubliez ces endroits surfaits comme Coral Gables, Biscayne Bay. Je vais vous emmener dans le véritable Miami.

Et elle s'engagea sur la Calle Ocho[1].

– Dans les années 1930, c'était le quartier des Juifs et des pauv' Blancs, reprit-elle. Nous nous y sommes installés après la guerre d'Indépendance. Aujourd'hui, c'est presque cent pour cent latino. Il y a surtout des Cubains, bien sûr, mais aussi des Nicaraguayens... des Honduriens...

Ce furent les couleurs qui me frappèrent en premier – façades rouge, jaune et bleu vifs –, puis les peintures murales – magnifiques et éblouissants portraits d'anonymes, de célébrités cubaines, de saints.

Les drapeaux de Cuba flottaient partout, aussi bien dans ces fresques qu'au bord des balcons et aux appuis de fenêtres.

C'était comme arriver en terre étrangère.

Delgado se gara devant un bungalow au jardinet clôturé.

– Chez moi, annonça-t-elle.

La petite maison était impeccable. Un coin salon contigu à la cuisine, un bout de couloir qui devait mener à la chambre et à la salle de bains. Un mini-sapin de Noël artificiel dans un coin.

1. Avenue la plus célèbre du quartier de Little Havana, la Petite Havane.

Delgado jeta son sac sur le canapé.

– Je vous sers un café ? Du cubain, pas ce pipi de chat que vous autres buvez.

– Merci.

Nous passâmes dans la cuisine. La pièce était d'une propreté immaculée, comme souvent chez les flics célibataires. Nous n'avons guère le temps de nous préparer de bons petits plats.

Delgado ouvrit un paquet de Bustelo et en versa dans une cafetière italienne qu'elle posa sur le gaz. Quand l'espresso fut prêt, elle laissa tomber quelques cuillerées de sucre en poudre dans un pot à mixer puis, lentement, versa le café par-dessus et le remua jusqu'à le faire mousser.

Elle m'en offrit une tasse.

– Goûtez-moi ça. L'essayer, c'est l'adopter.

J'en bus une gorgée, qui lui donna raison : je décidai de m'acheter ce matos sitôt rentré à la maison.

– Buvez-le à la cubaine, reprit-elle. Sans vous presser. Dégustez-le.

Je m'assis, suivis ces instructions, puis, pendant qu'elle s'en préparait une tasse, dis :

– Vous allez recevoir les empreintes digitales et l'identification de Giorgi. Ainsi que son casier judiciaire. Nous devrions pouvoir remonter à son commanditaire.

Je lui forçais la main, ce qui lui déplaisait.

– Ah ouais ? Et comment j'organiserais tout ça, Decker ? Cette affaire dépend désormais de trois juridictions au moins, alors, si je me pointe pour consulter les dossiers de tous les truands russes connus, vous croyez que je n'éveillerai pas les soupçons ?

Je savais que je l'avais mise dans de sales draps.

La section Homicides du comté de Miami-Dade enquêtait déjà sur le meurtre de Sloane Payton. Une femme abattue alors qu'elle se trouvait sur la terrasse de son duplex par un sniper lui-même tué par balle à South Beach, ça sentait le dossier d'envergure, et Delgado disposait en ma personne d'un témoin oculaire susceptible d'aider à l'élucider. Mais au lieu d'être vissé sur une chaise dans une salle d'interrogatoire je me trouvais perché sur un tabouret en train de déguster du café.

– Permettez que, moi, je vous pose une question, dis-je. Voulez-vous découvrir ce que ça cache, ou au contraire avez-vous peur de le découvrir ?

– Qu'entendez-vous par là ?

– Ne faites pas l'innocente. Je vais vous dire pourquoi vous ne m'avez toujours pas placé en garde à vue… À l'instant où vous le ferez, ça remontera aux oreilles de vos supérieurs, or vous craignez qu'« affaire aux gradés » signifie « affaire étouffée ».

– *¡ Chinga te !* Et ça, vous savez ce que ça signifie ?

– D'aller me faire foutre. Sauf que j'ai raison, et que vous redoutez une chose ou une autre : qu'on enterre soit la vérité, soit votre carrière. Laquelle est-ce ?

– Peut-être les deux.

– C'est compréhensible. Je ne vous blâme pas. Quoi qu'il en soit, il n'y a qu'une seule façon de vous en sortir : résolvez cette affaire. Éclaircissez ces meurtres et vous devenez une héroïne. Vous serez intouchable.

– Vous vous figurez que je ne l'ai pas déjà compris ?

– Je sais bien que si. C'est pour cette raison que je suis ici. Travaillons ensemble, Delgado – vous ne pourrez pas résoudre cette affaire seule.

– Vous croyez ? Laissez-moi vous dire une chose, Decker : tout ce que j'ai fait dans la vie, je l'ai fait en solo.

– Peut-être est-il temps de changer.

– Venant de vous, c'est à se tordre de rire.

Elle marquait un point.

– Je vais me laver pour me débarrasser des relents de la morgue, poursuivit-elle. Ne bougez pas d'ici. Si je dois vous courir après, je vous embarque direct au poste, menottes aux poignets.

Je levai les mains en l'air.

À tomber à la renverse.

Robe rouge décolletée à bretelles spaghettis. Cheveux bruns dénoués retombant sur les épaules, créoles en argent. Mascara, eye-liner, rouge à lèvres.

Et les escarpins.

Waouh !

– Seigneur ! m'exclamai-je. Ce doit être une super soirée. Où allez-vous ?

– Là où *nous* allons. *Cena de Navidad.* Repas de Noël. *A la casa de mi abuela.* Chez ma grand-mère.

– Je ne voudrais pas m'imposer dans votre famille.

– Vous ne vous imposez pas. Je vous invite. Tant que vous restez avec moi, je sais où vous êtes et ce que vous faites.

– Je ne suis pas habillé pour la...

– Vous êtes très bien comme ça. Déboutonnez votre col de chemise, elle prendra un faux air de *guayabera.*

J'obtempérai.

– Eh bien voilà !

– Qui sera là ? m'enquis-je.

– Ma famille. Maternelle et paternelle. Mon frère, sa femme et leurs enfants. Ma sœur, son mari et leurs enfants. Mon autre sœur, son mari et leurs enfants. Mon cousin Arturo, ma cousine Angela... Vous voyez le tableau. Vous n'aurez qu'à leur dire que vous êtes mon petit ami. Ils se réjouiront que j'en aie un, même si c'est un Américain.

*

Nous marchâmes jusque chez sa grand-mère.

Avant même d'être dans le jardin, je sentis une odeur de porc rôti.

Un homme faisait tourner un cochon entier à la broche au-dessus d'un feu en plein air. Un autre, à côté de lui, attendait de prendre le relais.

– *Lechón asado*, m'indiqua Delgado. Ils l'ont fait cuire toute la journée.

– Incroyable, l'odeur !

– Mariné dans les oranges et le jus de citron, souligna-t-elle avant de me présenter à son père et son oncle qui, tous deux, me réservèrent un accueil chaleureux.

Nous entrâmes dans la maison.

Elle grouillait de femmes qui préparaient le repas de Noël, d'enfants qui couraient dans tous les sens, d'hommes qui bavardaient et buvaient. La *abuela* de Delgado, sa grand-mère paternelle, était une petite vieille aux cheveux blancs qui dirigeait les opérations comme une reine – elle goûtait, rectifiait.

Elle me glissa un verre dans la main.

– *Crema de vie.*

– Spécialité cubaine, me souffla sa petite-fille.

J'eus un coup au cœur et mon expression dut me trahir.

Delgado s'esclaffa.

– Du rhum.

Son *abuela* et elle discutèrent un moment en espagnol, et Delgado s'improvisa traductrice.

– Elle voulait savoir si vous êtes mon petit ami, je lui ai répondu que nous n'en étions qu'au début de notre relation. Elle demande d'où, à Cuba, vient votre famille.

– De la région au nord : le Nebraska.

– *El no es Cubano, abuela.*

Sa grand-mère me jaugea, l'air méfiant, et je craignis qu'elle ne me reprenne le verre des mains. Puis elle s'adressa à Delgado, qui se chargea encore de traduire.

– Elle a dit : « Ah, les vieilles filles ne peuvent pas faire les difficiles, c'est bien connu. »

– Vous êtes vieille fille ?

– Dans ce quartier-ci, oui.

Delgado m'entraîna et me présenta à sa mère, sa tante, sa sœur, son beau-frère, son frère, une ribambelle de cousins et cousines, de nièces, de neveux et d'amis de la famille.

– Demain matin, dans Little Havana, tout le monde saura que je sors avec un Américain. Mini-scandale assuré.

– Je suis navré.

– Non, c'est très bien. Ça leur donnera de quoi se plaindre d'autre chose que de Castro.

*

Nous ne dînâmes pas avant vingt et une heures – très tard en comparaison des habitudes du Midwest. Entre-temps, plusieurs autres *cremas de vie*, cidres cubains et au moins un *mojito* me furent servis. Pas question de refuser.

Le repas fut incroyable.

Le porc rôti était accompagné d'un monceau de riz aux haricots noirs et de fines lamelles de bananes plantains frites servies avec de la sauce *mojo*.

Après quoi fut apportée de la *natilla al ron*, de la crème au rhum vanillée dont la *abuela* fit une montagne dans mon assiette. J'en vins à bout vaillamment. Fut ensuite ajouté à cela du *boniatillo*, du pudding de patate douce, suivi de *buñuelos*.

La *abuela* me surveillait du coin de l'œil pour s'assurer que je prenais de tout. Peut-être tentait-elle de me faire la peau pour m'empêcher d'épouser sa petite-fille.

Mais au moins je mourrais rassasié.

Pour une femme mince en robe fourreau, Delgado mangeait comme quatre. Je n'en revenais pas de la voir engloutir autant de nourriture tout en bavardant, gaie et souriante, avec les membres de sa famille. Sans compter le vin, le café *cubano*…

Puis les hommes sortirent dans l'arrière-cour pour fumer.

Je tentai de botter en touche, mais Delgado me prévint :

– Vous devez y aller, sinon mon père ne vous respectera pas.

Je n'aurais su dire pourquoi, mais cela m'aurait ennuyé, si bien que je rejoignis les hommes à l'extérieur, où l'on m'offrit un cigare gros comme un bâton de dynamite, et du feu. À peine cinq secondes plus tard, la tête me tournait, mon ventre protestait et mes jambes menaçaient de se dérober sous moi.

Néanmoins, je m'assis avec ces hommes et les écoutai bavarder tranquillement, ne comprenant rien à ce qu'ils se racontaient sauf aux moments où, se rappelant ma présence, ils revenaient à l'anglais et orientaient la conversation sur les Dolphins de Miami, au sujet desquels ils pensaient – c'était gentil de leur part – que j'avais quelque chose à dire.

J'avais du mal à rassembler mes idées, mais je fis l'effort de formuler quelques phrases bien senties sur les attaquants et autres banalités d'usage.

– Qu'est-ce que tu fais dans la vie, Frank ? me demanda tout à coup Delgado père.

– Je suis flic. Enfin, je l'étais. Maintenant, je recherche autre chose.

Il me coula un regard par-dessus son cigare dont, d'une chiquenaude, il fit tomber la cendre à ses pieds.

– Bref, tu es sans emploi, en conclut-il.

Delgado me secourut en venant annoncer qu'il était temps de partir à la messe.

– Vous pourrez me déposer à…

– Non, m'interrompit-elle. Nous marchons. Et vous venez avec nous. Un chouïa de Dieu pourrait vous être utile dans l'existence, je crois.

Je m'apprêtais à lui répondre que Dieu et moi étions en froid depuis Falloujah, que nos relations ne s'étaient pas arrangées en Allemagne, avant que j'y mette le point final la première fois que j'avais vu un enfant assassiné, mais je me ravisai en me disant que le moment était mal choisi.

Je me levai et, d'un pas chancelant, les accompagnai, sa famille et elle, à la messe de minuit.

On eût dit que le quartier tout entier avait envahi la rue, et avançait vers l'église. Des flots de gens échangeaient leurs vœux à la ronde, se souhaitaient « *¡ Feliz Navidad !* », se donnant l'accolade, se serrant la main, et c'était un moment paisible et heureux comme je n'en avais pas connu depuis fort longtemps.

Si ça, c'était « un chouïa de Dieu », Delgado disait vrai : ce pouvait m'être utile dans l'existence.

Mais mon téléphone sonna : Charlie.

Et ce qu'il m'annonça changea tout.

Delgado, en s'aidant d'un pied après l'autre, ôta ses escarpins puis accéléra à fond.

Nous arrivâmes chez Charlie en un temps record. Il nous attendait devant sa porte.

– Ils ont exigé : « pas de flic » ! brailla-t-il en voyant Delgado.

– Quoi d'autre ? demandai-je tandis que nous entrions.

Cinq millions de dollars.

Du cash.

En petites coupures dans un sac marin.

– Ça fera une demi-heure qu'ils m'ont téléphoné, enchaîna Charlie. Ils doivent rappeler pour me donner leurs instructions.

– Je vais demander qu'on vous mette sur écoute, intervint Delgado.

– Non, protesta Charlie. Nous ferons exactement ce qu'ils veulent.

– « Ils » ? Avez-vous eu plus d'un interlocuteur au téléphone ?

– Non, un seul mec. Mais j'entendais des voix dans le fond.

– Des accents ? demandai-je.

– Je n'en sais rien. Noir, peut-être.

– Qu'est-ce qui vous fait dire ça ? interrogea Delgado.

– Rien qu'une impression. Et puis Kim s'est investie dans tout ce bénévolat à la con au profit d'Overtown !

Delgado me jeta un coup d'œil, et je compris pourquoi. Les autres thèses venaient de voler en éclat. Elle pensait aux Gangster Disciples et se posait la même question que moi : pourquoi avaient-ils attendu tant de jours pour exiger une rançon ?

Les réponses possibles faisaient froid dans le dos.

Ils avaient obtenu ce qu'ils voulaient de Kim et désiraient maintenant passer à la caisse en vendant ce qu'il restait d'elle à son richissime mari.

En supposant qu'elle soit encore en vie.

Pour eux, c'était gagnant-gagnant.

Se venger de John Woodley.

Et toucher une méga-prime.

Charlie surprit le regard que nous échangeâmes.

– Quoi ? s'écria-t-il.

– Rien, rétorquai-je.

– Conneries ! Dis-moi.

– Charlie…

– On ne s'est jamais menti, Deck. Ne commençons pas.

Je lançai un autre coup d'œil à Delgado.

Elle opina de la tête. Charlie n'était plus suspect.

Alors je lui dis :

– Nous devons parler.

*

Nous gagnâmes le salon, où je lui servis un scotch bien tassé.

Personnellement, je m'en dispensai. J'avais de nouveau les idées claires, libérées des effets de l'alcool et des bons petits plats de la *Cena de Navidad*, et je voulais en rester là.

Je savais ce qu'il me restait à faire.

Je lui racontai tout.

De l'enfance de Carolynne à son interruption volontaire de grossesse jusqu'à la période où elle avait travaillé avec Sloane pour Elite Modeling.

Il m'écoutait, buste vers l'avant et visage entre les mains.

– Je n'avais pas la moindre idée de tout ça, murmura-t-il. Pas la moindre.

– Tu n'étais pas au courant ?

Il se redressa, l'angoisse déformant ses traits.

– Pourquoi ne m'a-t-elle rien dit ? Ça n'aurait rien changé. Je l'aimais. Je l'aime toujours. Je prie juste pour avoir encore une chance de le lui dire. Je veux simplement la prendre dans mes bras, lui murmurer…

Le téléphone sonna.

Charlie sursauta et saisit le combiné.

Je lui fis signe de rester muet, le temps que j'aille décrocher un autre poste.

Delgado prit l'écouteur.

– Tu te mettras en route dans une heure, ordonna l'homme. Tu appelleras à ce numéro, on te dira où aller. S'il y a un flic, on le sentira, et alors on lui collera deux balles dans la tête, à ta nana. Elle les sentira passer.

Le gars semblait sûr de lui. L'enlèvement à la galerie marchande s'était déroulé sans bavure, du travail de pros. C'était bon et mauvais – ces gens-là sont plus coriaces, mais ils ne font pas les erreurs que commettent les amateurs.

Or les erreurs entraînent la mort de gens.

– Je veux parler à ma femme, dis-je.

– T'as envie de l'entendre hurler ? Je l'aspergerai d'acide, histoire qu'elle te ressemble. À vous deux, on pourrait obtenir un visage potable.

Charlie paraissait terrifié. M'adressait des signes de tête véhéments.

– Ne faites rien, je vous en prie, suppliai-je dans le combiné. Je viendrai.

– Avec le fric.

L'homme raccrocha.

– Je vais les payer, décréta Charlie.

– Nous n'avons aucune preuve que Kim est en vie, rétorquai-je.

– Tu l'as entendu.

– C'est dans leurs habitudes de…

– Je ne veux pas courir de risque, décréta Charlie.

– Monsieur Sprague, intervint Delgado, vous devez savoir que leur apporter la rançon est aussi risqué que ne pas le faire. Laissez-nous jouer cette partie-là. Les mener en bateau. Nous pouvons les localiser, nous avons des équipes de…

– Je veux leur filer ce fric.

Ce ne sont pas des marioles, insista-t-elle. C'est une vraie armée. Ils ont des armes automatiques, des mitraillettes. Les Gangster Disciples de Miami contrôlent tout le marché de l'héroïne dans Overtown. Ils tuent pour de la petite monnaie ; que croyez-vous qu'ils soient prêts à faire pour cinq millions de dollars ? Si vous allez là-bas, vous n'en ressortirez pas vivant. Permettez-moi de…

– Déjà, peux-tu réunir cette somme en une heure ? demandai-je à Charlie.

– Un coup de fil à ma banque et un coursier me l'apportera.

– Permettez-nous au moins de vous équiper d'un micro, reprit Delgado. Ils n'y verront que du feu. Vous leur remettrez la rançon, et ensuite nous interviendrons.

– Pas de micro, décrétai-je. Pas de renforts. S'ils reniflent ce coup-là, ils la tueront.

– Il ne peut pas… protesta Delgado.

– Il ne le fera pas, dis-je. Moi, oui.

– Pas question ! déclara Charlie. Ils se rendront compte que ce n'est pas moi.

– Quand ils verront le fric, ils s'en ficheront, rétorquai-je.

– Je peux le faire, assura Charlie.

– À quand remonte la dernière fois que tu as manié une arme ?

– Un Marine restera toujours un Marine.

Ouais, « *Semper Fi* » et toutes ces foutaises, mais la rouille c'est de la rouille, et Charlie était rouillé. Moi, je m'étais entraîné au champ de tir pendant toute la période où j'avais été flic.

– Parce que tu as un pistolet ? répliquai-je.

– Un Beretta. Dans mon coffre.

– Je suis la meilleure chance de survie de Kim, et tu le sais.

– Non, c'est trop risqué.

– Charlie ! Tu m'as demandé de te la ramener. Alors laisse-moi faire.

Quelques instants plus tard, il grommelait :

– D'accord.

Ouf, me dis-je. Si Kim était encore en vie, il se pouvait qu'ils imaginent prendre l'argent puis la tuer. J'avais de meilleures chances que Charlie de déjouer leurs plans.

Les Gangster Disciples formaient peut-être une armée…
Mais nous étions des putains de Marines.

*

La somme fut livrée dans la demi-heure.

Avec Charlie, je dénichai deux vieux sacs marins dans la remise près de son anneau d'amarrage, y fourrai les billets de vingt dollars et les jetai sur le siège passager de sa Mustang.

– Tu es le seul mec en qui j'ai confiance. Ramène-moi Kim.

– Compte sur moi.

Charlie regagna sa villa.

Delgado en sortait.

– Tout cela ne me dit rien qui vaille.

– Moi non plus je ne trouve pas ça génial, mais c'est encore notre meilleure chance de ramener Kim.

– Decker…

– Je sais.

Il y avait de fortes chances qu'elle soit déjà morte.

– Ne vous faites pas tuer, d'accord ? me dit-elle.

– Je m'y emploierai.

– Et ne m'obligez pas à vous arrêter pour meurtre.

Elle avait lu dans mes pensées.

Car si Kim était morte, j'allais traquer tous les membres du gang un à un.

Et les buter.

Je roulai sur Solano Prado, me demandant si les ravisseurs m'observaient déjà. Les deux sacs marins bourrés de billets étaient posés à côté de moi, l'un sur le plancher, l'autre sur le siège passager.

Je composai le numéro de téléphone.

– Prends la 1 vers le nord, m'indiqua l'homme, le même qui avait téléphoné pour exiger la rançon. Rappelle quand tu verras Downtown.

Il coupa la communication.

Je jetai un coup d'œil dans le rétroviseur, mais ne vis pas de voiture qui me suivait.

Je longeai la côte, traversai Coconut Grove. Au moment d'aborder Downtown, j'appuyai sur la touche de rappel automatique.

– Prends la 95 en direction du nord, rappelle quand tu auras dépassé la 932.

Clic.

Je m'étais attendu à devoir entrer dans Overtown, mais l'itinéraire prescrit me fit dépasser ce quartier, puis traverser Hialeah. Inattendu, mais compréhensible : les Disciples ne chiaient pas là où ils bouffaient.

Avisant l'embranchement pour la Route 932, j'appuyai de nouveau sur la touche de rappel.

– Tourne à gauche, vers l'est, sur la 924, Westview Avenue. Tu verras Amelia Earhart Park sur ta gauche. Rappelle à ce moment-là.

Re-clic.

J'entrai dans Opa-Locka, au nord-ouest de Miami. Une banlieue délabrée. Entrepôts, immeubles à l'abandon.

Logique que le ravisseur de Kim l'ait amenée là.

Si le nom de la ville venait de la langue séminole, le promoteur immobilier à l'origine du projet s'était inspiré des *Mille et Une Nuits*. On y voyait beaucoup de bâtiments étranges, arabisants, et de voies qui portaient des noms tels que Ali Baba Boulevard, Sultan Avenue et Sesame Street.

La Floride, terre de tous les fantasmes.

D'où sa célébrité.

Des panneaux indiquaient le parc. Je téléphonai.

– Prends la 65e Est, puis tourne à droite dans le parc.

– Et après ?

– Roule pendant un quart d'heure et rappelle.

– Combien de temps allons-nous jouer à ce petit jeu ?

– Aussi longtemps que je voudrai.

Je m'engageai dans le parc et roulai au hasard pendant une quinzaine de minutes, passant devant un lac artificiel, des terrains de football, quelques tables de pique-nique.

Et je rappelai.

Cette fois, l'homme me dit :

– L'aéroport d'Opa-Locka est du côté nord. Vas-y et gare-toi là.

Je trouvai ledit aéroport sans problème.

Il était déjà fermé pour la nuit, n'étant pas ouvert au trafic voyageurs, juste aux avions-cargos et aux jets privés. Il me vint à l'esprit que les ravisseurs pourraient bien prendre le fric et s'enfuir par les airs. Il ne me restait plus qu'à espérer qu'ils laisseraient Kim derrière eux.

Vivante.

Je m'engageai sur le parking. Cinq ou six véhicules y étaient garés, éparpillés. Je ne descendis pas de voiture, me disant qu'on m'observait pour s'assurer que j'étais venu seul.

Les endroits d'où on pouvait le faire ne manquaient pas.

Mon portable sonna.

– Descends de bagnole.

Je m'exécutai.

– Fais-en le tour sans te presser.

Je décrivis une lente orbite autour de la Mustang de Charlie.

– T'es pas Sprague, lâcha l'homme.

– T'as trouvé ça tout seul, petit génie ?

Il était temps d'inverser le rapport de force.

Il s'énerva :

– Je vais la buter.

– J'ai cinq millions dans la bagnole. Pour une femme en vie, pas pour un cadavre.

Il y réfléchit pendant quelques secondes, puis aboya :

– T'es flic ? T'es qui ?

– Je suis le mec qui va te flinguer si jamais elle meurt. Sprague met cinq millions de dollars sur la table et a engagé au prix fort un grand talent pour récupérer sa femme. À ton avis, combien serait-il prêt à me payer pour se venger ? Ça ne s'arrêtera que le jour où je lui tendrai le DVD de toi hurlant à la mort.

Il cogita encore, puis ordonna :

– Écarte les pans de ton blouson… Mieux que ça…

J'obéis, montrant à celui qui me surveillait que je ne portais ni holster ni micro espion.

– Retourne t'asseoir dans la caisse.

Lorsque ce fut fait, il demanda :

– Tu disposes d'un GPS sur ton portable ? Localise le 13 300 Alexandria Drive. Tu as sept minutes pour t'y rendre. Le GPS signalera qu'il en faut dix, alors, à ta place, je me grouillerais.

Je mis le contact et décollai. Charlie entretenait ses voitures comme tout le reste, et la Mustang démarra en flèche. Priant qu'aucune patrouille de flics locaux ne fasse de ronde dans le coin, je roulai pied au plancher et atteignis le 13 300 Alexandria Drive en six minutes et demie.

Un hôtel à l'abandon ou, peut-être, un immeuble résidentiel, qui ressemblait plus à un fort. Un bloc rectangulaire en béton haut de deux étages et muni de petites fenêtres à barreaux, dont le vieux crépi s'effritait, s'élevait du sol telle une tour de guet. Les projecteurs avaient été arrachés du mur, leurs fils électriques pendillant mollement tels des bras cassés.

Dans l'aile latérale, de petits appartements pareils à des chambres de motel aux portes en contreplaqué se succédaient le long d'une coursive bordée, à hauteur de taille, d'une rampe en fer forgé jadis peinte en blanc.

Devant, la pelouse était envahie de mauvaises herbes et jonchée de détritus – bouteilles d'eau en plastique, cannettes de bière, quelques mignonnettes, de celles qui sont offertes dans les avions ou vendues aux caisses des magasins d'alimentation au côté de billets de loterie destinés à appauvrir encore plus les pauvres.

Un autre immeuble abandonné se dressait à sa droite avec, sur la gauche, un parking désert.

Je roulai jusque-là en sachant que je tombais dans un piège.

Les ravisseurs pouvaient se trouver dans le premier building ou dans n'importe quel appartement de l'aile latérale. Dans un cas comme dans l'autre, ils disposaient d'un bon angle de tir sur moi. Ils devaient être non pas au rez-de-chaussée, mais au premier ou au deuxième étage, d'où ils pouvaient surveiller, tirer vers le bas.

Je me garai de travers, histoire de leur compliquer la tâche, puis coupai le moteur et répondis au téléphone qui sonnait.

– Bon boulot. Maintenant, sors les sacs et pose-les sur le parking. Puis remonte en voiture et barre-toi.

Sa voix me paraissait plus tendue qu'auparavant : les inflexions d'un homme à deux doigts de devenir riche, mais qui doit encore faire un dernier effort pour atteindre son but.

– Dès que nous aurons récupéré le fric, poursuivit-il, nous la relâcherons.

– Va te faire foutre ! répondis-je.

Même par téléphone, je sentis qu'il se crispait.

– Qu'est-ce que tu dis ?

– Je te dis d'aller te faire foutre. Tu n'auras pas un dollar tant que je ne l'aurai pas vue.

S'ils détenaient Kim, ils la tueraient dès qu'ils auraient mis la main sur la rançon. Je devais jouer les prolongations, tenter une approche. Ce n'était pas le moment de battre en retraite.

– Je sortirai le fric quand elle traversera le parking, pas avant. Elle montera en voiture et, là, nous partirons.

– Comme je te l'ai déjà expliqué, c'est moi qui donne les ordres.

– Ça, c'était avant. Maintenant, tu n'es plus qu'à quelques mètres de cinq millions de dollars. Le goût de ce fric te picote la gorge. Il est tout près de toi, tout ce qu'il te reste à faire, c'est de m'envoyer la femme. Il n'y a pas de flic, pas d'appareil photo. Tu prendras cet argent et tu partiras vivre ta vie.

J'entendis parler à voix basse.

Ça argumentait.

Bon. Ils étaient donc au moins deux.

Il reprit la ligne et en remit une couche :

– Tu laisses les sacs ou on la tue maintenant.

– Elle n'est rien pour moi. Sprague me paiera autant pour vous buter que pour la lui ramener. Voire davantage. Alors faites ce que vous voulez.

Silence.

– J'ai une idée, repris-je. On se retrouve à mi-chemin. Envoie-moi un de tes gars, je lui file un sac. Il te le rapporte, elle sort et je laisse l'autre sac.

Re-discussion, puis :

– D'accord. Descends de voiture.

– Non, merci. Je préfère ne pas être une cible facile pour vous.

Je sentais que je pouvais le pousser à bout. Le fric le rendait dingue, il commettrait des erreurs.

– Les sacs sont du côté passager. Ton pote vient, il en prend un. Tu auras l'autre quand elle sera assise dans ma voiture.

Long silence.

Ponctué par le rythme des battements de mon cœur.

Si je me plantais, si j'avais mal joué ce coup-là, j'avais signé l'arrêt de mort de Kim.

À supposer qu'elle soit encore en vie.

Puis j'entendis le mec dire :

– D'accord.

Après deux minutes horriblement longues, une porte s'ouvrit au milieu du premier étage.

À présent, je savais où elle se trouvait.

En tout cas, où eux se trouvaient.

Il était grand, maigre, portait un sweat à capuche grise, avait les deux mains enfoncées dans la poche frontale et dévalait les marches. Quand il s'engagea sur le parking, je vis son visage, ce qui, en soi, était une mauvaise nouvelle. Pas de masque, pas de déguisement, autrement dit leur intention était de tuer Kim.

Jeune, Black, traits émaciés.

Je baissai la vitre côté passager.

– La portière n'est pas verrouillée.

Il l'ouvrit, regarda les sacs, voyant en eux un avenir meilleur pour lui-même. Bagnoles, femmes, transat sur la plage.

– Un, pas deux, lui rappelai-je. Je ne suis pas le Père Noël.

– Comment je sais qu'ils contiennent le fric ? lança-t-il.

Je me penchai vers les sacs, ouvris celui posé sur le siège et l'inclinai vers le type afin qu'il voie le magot. Il sourit jusqu'aux oreilles, puis dégaina le flingue de sa poche.

Je fus plus rapide que lui, piochant le Beretta de Charlie à côté des billets et lui tirant deux balles en pleine face.

Les flashs crachés par la bouche du pistolet trouèrent la nuit de rouge.

Il était mort avant de glisser le long de la carrosserie et de s'écrouler par terre.

Je m'aplatis sur mon siège le plus possible tandis que les rafales pleuvaient sur la voiture, plusieurs balles percutant la vitre. Une avalanche de bris de verre s'abattit sur moi alors que, accroupi, je descendais par la portière passager ouverte, saisissais le sac et tirais vers le haut, là d'où venaient les salves.

Je ne le toucherais pas, je le savais, mais je pouvais au moins lui tenir la dragée haute le temps de me faufiler à travers le parking et de courir me mettre à l'abri à l'intérieur de l'immeuble.

Il ne me repéra pas tout de suite, continuant de canarder la voiture de Charlie comme un malade, et j'avais presque atteint ma destination quand des balles commencèrent à faire voler des éclats de goudron à mes pieds.

Je me réfugiai sous un passage couvert, me tapis derrière un distributeur de boissons à l'abandon, puis sortis mon téléphone portable et l'appelai.

Il pétait un câble :

– Je vais la buter ! Je vais la buter ! Elle est morte, cette pouffe !

Je m'efforçai de calmer ma respiration et les battements de mon cœur. C'était comme en Irak, me dis-je : pénétrer dans un immeuble et en extraire un terroriste.

– Doucement, dis-je. Réfléchis. On peut toujours s'arranger. La seule différence, c'est que tu ne devras plus partager le magot.

– Tu as tué Marcus !

– Il a merdé. Il aurait dû me tirer dessus tout de suite, quand j'ai ouvert la portière. Écoute, on peut encore respecter notre marché, mais maintenant tu sais que je ne te laisserai pas nous buter, ni moi ni Mme Sprague. Je vais monter avec le fric. Si tu me tiens en joue, je te tiens en joue. Tu me remets Mme Sprague, je me barre, tu t'en vas. Tu peux même prendre ma caisse – elle ne m'est plus d'aucune utilité maintenant.

Je le tenais.

Personne ne renonce à cinq millions de dollars.

– Monte.

– Je veux lui parler au téléphone.

– Je ne…

– Je monterai de toute façon, insistai-je. Si j'entends qu'elle va bien, je fais de toi un homme riche. Sinon, tu es un homme mort.

Il s'écoula quelques secondes, puis j'entendis :

– Mon chou, c'est moi.

Voix douce, traînante. Accent du Sud.

Très thé glacé du Mississippi.

Mais tremblante.

– Tout va bien ? demandai-je.

– Ou… ou… oui.

– Ne t'en fais pas. Je viens te chercher.

Il reprit l'appareil.

– Satisfait ?

– J'arrive.

Une porte métallique donnait sur l'escalier. La serrure était cassée. Je sortis le Beretta et, d'un coup de pied, ouvris le battant.

L'Entonnoir de la Mort.

Si quelqu'un planquait dans l'escalier, on y passait. Grenade, bombe artisanale, tirs en rafale – pas d'échappatoire.

Charlie insistait toujours pour ouvrir la marche.

Il m'arrivait parfois de le précéder, mais le plus souvent non.

À présent, j'avançais seul, tenant le pistolet à deux mains, pointé devant moi. Je gravissais les marches en regardant vers le haut – sur le qui-vive, essayant de deviner une présence. Puis j'atteignis le palier.

Je me figeai, aux aguets.

S'il était malin, il allait me tirer dessus maintenant, avant même que je fasse irruption dans l'appartement. Il me buterait dans la cage d'escalier, redescendrait, irait récupérer le fric dans ma bagnole et se casserait. S'il avait un complice, voire deux, ceux-ci devaient m'attendre, postés au-dessus de moi. Auquel cas, ils étaient doués, plus que le dénommé Marcus, car ils ne se déplaçaient pas et ne faisaient aucun bruit.

Une des choses les plus difficiles à faire quand on est sous pression : patienter sans bouger.

J'inspirai à fond et gravis la volée de marches suivante.

Rien.

J'arrivai devant une autre porte. Je l'ouvris d'un coup de pied et débouchai sur la coursive qui desservait les logements. Me plaquant contre le mur, j'avançai au ralenti dans les espaces entre les fenêtres jusqu'à ce que je parvienne à la bonne entrée.

Numéro 223.

J'entendis pleurer à l'intérieur de la pièce.

Une femme.

Toujours aplati contre le mur, je donnai un coup de talon dans le battant, qui s'ouvrit.

Un autre Entonnoir de la Mort.

Le canon de l'AR-15 cracha des éclairs aveuglants quand l'homme tira deux salves au-dessus de ma tête, mais je ripostai par deux coups qui l'atteignirent en pleine poitrine et le firent chanceler. Son doigt déjà mort se crispa de nouveau sur la détente et des balles s'écrasèrent sur les murs et au plafond avant qu'il ne tombe à la renverse.

Je me relevai et, par sécurité, lui en collai deux autres dans le crâne.

Il portait un T-shirt en mailles. Violet. Épaules baraquées, cou de taureau. Du bout du pied, je fis glisser le fusil d'assaut loin de sa main, au cas où il aurait d'autres soubresauts.

Puis je me tournai vers la fille.

Elle était assise sur un lit crasseux.

Bras serrés autour du torse, bouche grande ouverte en un cri silencieux.

Maigreur de junkie.

Cheveux blond filasse.

Pas même vingt ans.

Traces de piqûres visibles sur les bras et sur les jambes au-dessous du short sale.

Je pointai le pistolet sur elle.

– Où est Kim Sprague ?

– J'en sais rien.

– Je peux te tuer toi aussi sans aucun état d'âme. Je vais te reposer la question : où est-elle ?

– J'en sais rien.

Elle ferma les yeux et se boucha les oreilles, dans l'attente du coup de feu.

Je déteste devoir l'admettre, mais une part de moi-même avait très envie de la buter. Parce que Kim était morte, en partie à cause de cette junkie.

– Ils l'ont tuée ?

Elle secoua la tête.

– Dis-moi.

– Non, sanglota-t-elle. Jamais ils… Il m'a forcée à te parler au téléphone. Moi, j'voulais pas.

Alors je compris, et je m'en voulus d'avoir été aussi bête.

Ils ne l'avaient jamais détenue.

Après avoir appris la disparition de cette femme appartenant à la jet-set, épouse d'un multimilliardaire, ils avaient décidé de monter cette arnaque. Quand j'avais obligé le gars à me passer « Kim » au téléphone, ayant cette fille sous la main, elle lui avait servi de doublure, ce qui avait permis à cet escroc de m'attirer là, dans l'espoir de me faire la peau puis de récupérer le fric.

C'était minable, sadique, mais courant dans les affaires de disparition.

Quand il y a de l'argent à se faire.

Je devais vérifier ma théorie.

J'appuyai la bouche du pistolet contre les cheveux gras de la fille.

– Décris-la. Mme Sprague.

– J'peux pas. J'l'ai jamais vue.

– Comment était-elle habillée ?

– J'en sais rien !

– C'est le moment de dire tes dernières volontés.

Elle redoubla de sanglots. J'abaissai mon pistolet. Du menton, je désignai le mec qui gisait sur le sol.

– Ton petit ami ?

– Non… c'était l'autre.

– Le jeune dehors ? Marcus.

Elle fit « oui » de la tête.

– C'était quoi, son nom de famille ?

– Heaton.

– Il faisait partie des Gangster Disciples ?

– J'en sais rien. J'sais pas de quoi tu m'parles.

– Et lui, c'est qui ?

– Il s'appelle James. C'est notre dealer. Il nous a promis que, si on l'aidait, il…

– Tu connais un certain DeMichael Morrison ?

– Non.

– Tu as déjà entendu ce nom ?

Elle secoua la tête. Elle disait vrai. Elle avait trop peur pour mentir.

– Comment t'appelles-tu ?

– Brittany.

– Tu as un nom de famille, Brittany ?

– Cooper.

– D'où es-tu ?

– Des environs de Charleston. Caroline du Sud.

– Quel âge as-tu ? Ne mens pas.

– Dix-sept ans.

– Tu as fugué ?

Elle acquiesça. Elle tremblait.

– Où est ton kit ?

– Dans la salle de bains. James voulait pas que je me shoote avant que tout ça soit fini.

Je passai dans la pièce contiguë. Le lavabo se trouvait par terre – raccords en laiton arrachés. Il y avait une douche – pommeau retiré. Dans le lavabo, j'avisai un sachet en plastique contenant un kit.

Je le lui apportai.

– Vas-y.

– Je peux ?

Je lui fis signe que oui. Je n'avais pas envie qu'elle soit en manque, nous n'avions pas de temps à perdre. Des coups de feu avaient été tirés – autrement dit, les flics n'allaient pas tarder à se pointer.

– Va te piquer à côté, dis-je. Je ne veux pas voir ça.

Brittany se leva et gagna la salle de bains.

Elle me parut plus calme quand elle en ressortit.

– Qu'est-ce que tu comptes faire de moi ? demanda-t-elle, complètement dans le cirage.

Le mieux était de la supprimer. Stone comme elle l'était, elle ne le sentirait pas passer. Et les chances qu'elle mène une vie normale étaient minces, pour ne pas dire inexistantes.

Je fus incapable de prendre la bonne décision.

Ce n'était qu'une gamine.

J'ouvris le sac marin et comptai mille dollars.

– Tu les claqueras sans doute en smack, mais prends quand même le car jusqu'à Charleston. Ou tente une désintox. À tout le moins, fais un ou deux repas complets.

Je l'aurais bien mise moi-même dans le car, mais j'ignorais ce qu'elle avait fui. Ça pouvait être pire que ce qu'elle vivait à présent.

– Écoute-moi bien, repris-je. Tu n'as jamais mis les pieds ici. Jamais. Et tu ne m'as jamais vu. Jamais. Tu n'as jamais rencontré les dénommés Marcus ou James, même si les flics emploient la manière forte pour te le faire dire. Si tu le leur avoues, tu deviendras la complice de ces gars et tu passeras le restant de tes jours en taule. Tu comprends ce que je te dis ?

– Ouais.

– Maintenant, barre-toi.

Brittany se barra. Je la suivis des yeux tandis que, à pas chancelants, elle descendait l'escalier, traversait le parking et s'éloignait dans la rue. Sans même accorder un regard au cadavre de son petit ami.

Je ramassai le flingue de James, regagnai le parking et en profitai pour tirer une rafale dans le corps de Marcus. Puis je repris son pistolet – un vieux calibre 25 merdique –, regagnai l'étage, en mis deux autres dans la tête de James et déposai l'arme près de ses mains.

Aucun flic digne de ce nom ne s'y laisserait prendre, mais ça ralentirait les investigations. Avec de la chance, deux vieux gradés alcoolos proche de la retraite ne s'absenteraient que très peu de temps de leur « happy hour » pour le meurtre de deux jeunes Blacks et classeraient l'affaire sous l'étiquette « AAEHI » – « aucun autre être humain impliqué ».

J'entendis des sirènes approcher. Au petit trot, je regagnai la Mustang.

Je remis le pistolet de Marcus dans son sweat-shirt, montai en voiture, mis le contact et, à ma surprise, le moteur démarra.

Cela dit, ç'avait bien marché pour Steve McQueen.

Charlie décrocha avant la fin de la première sonnerie.

– C'était bidon, dis-je. Elle n'était pas entre leurs mains.

– Tu en es sûr ? Laisse-moi leur causer.

– Impossible.

Il comprit. Nous parlions le même langage en Irak.

– Attends deux ou trois heures et signale le vol de ta voiture. Delgado est là ?

– Ouais.

– Passe-la-moi. Et, mec, je suis désolé.

– Tu auras essayé, Deck.

Delgado prit l'appareil.

– Où êtes-vous ? Que s'est-il passé ?

– Je me le demande. Soit j'ai eu affaire à une bande de losers junkies qui tentaient de toucher le jackpot, soit Morrison joue à un jeu de tordu avec nous. Mais je vais trouver.

– Où êtes-vous ?

– Je vais abandonner la bagnole de Charlie et aller récupérer la mienne.

– Je vous retrouve à votre hôtel.

Sans attendre mon accord, elle coupa la communication.

*

À mon arrivée, Delgado m'attendait sur les lieux. Après avoir jeté un coup d'œil à la Mustang, elle s'enquit :

– Qu'avez-vous fait ?

– Un deal de drogue a mal tourné à Opa-Locka.

– J'ai entendu l'info à la radio. Deux DOA constatés sur place.

Elle me foudroya du regard.

– Ça n'a pas été une exécution, dis-je.

– Loin de moi cette idée.

– Une des deux victimes est un petit jeune, Marcus Heaton. Sans doute un junkie qui leur servait de coursier. L'autre, c'est James – je ne connais pas son nom de famille –, dealer d'héroïne à la petite semaine.

– Ce qui pourrait le lier aux Gangster Disciples de Miami. Mais comment avez-vous obtenu l'identité des deux morts ?

Je lui parlai de Brittany Cooper.

– Vous direz à Charlie qu'il lui manquera mille dollars.

Nous déposâmes les sacs marins dans sa voiture.

– Où allons-nous ? demanda-t-elle.

– À Raiford. Pour avoir une conversation avec DeMichael. Le jour sera levé avant mon arrivée là-bas. Vous m'avez arrangé le coup ?

– Et puis quoi encore ! Je vous accompagne.

– Non, non. Vous vous êtes déjà assez compromise comme ça. Le mieux que vous puissiez faire, c'est de remonter la filière russe.

– Je croyais que c'était une impasse.

– Moi aussi, mais un détail m'intrigue.

Si James et Marcus se trouvaient au motel abandonné, qui me surveillait à l'aéroport ?

– Écoutez, je suis navré de vous avoir entraînée là-dedans. Si vous voulez m'arrêter pour ces meurtres, je comprendrai. Je ne risque rien : c'est un cas de légitime défense. Mais si, avant, vous me laissez aller parler à Morrison, si vous me donnez, disons, quarante-huit heures, je vous en serai éternellement reconnaissant.

C'était beaucoup demander.

Elle dissimulerait non seulement le témoin oculaire de deux homicides, mais aussi un assassin.

Le premier cas de figure pouvait briser sa carrière, le second la jeter derrière les barreaux.

Pour elle, le mieux était encore de hausser les épaules et de laisser cette enquête glisser vers les affaires non élucidées.

N'étant pas plus douée que moi pour agir au mieux, elle céda :

– Allez-y.

Et elle regagna sa voiture.

Je conduisis la Mustang au fond du parking et en retirai les plaques. J'essuyai le pistolet pour effacer les empreintes de Charlie et le posai sur le siège passager. Si ça en arrivait là, les enquêteurs concluraient qu'on avait volé la Mustang pour faire le coup, puis qu'on l'avait abandonnée après avoir liquidé Marcus et James.

Je m'installai au volant de Bleue et partis vers le nord.

Ce soir-là, j'avais tué deux personnes.

Soit elles étaient impliquées dans l'enlèvement de Kim, soit c'était juste de minables escrocs.

Je le saurais par Morrison.

Mais, quoi qu'il advienne, deux nouvelles vies figuraient dans mon agenda karmique.

Côté plus, j'avais peut-être sauvé une femme.

Pas la bonne, mais c'était mieux que rien.

Je pensai à Kim en roulant vers Raiford.

Elle avait quitté sa réputation de pute locale et la vie qu'elle menait à Jasper pour se réinventer. S'était créé des parents imaginaires, un passé qui n'avait jamais existé, et était devenue l'Américaine moyenne par excellence. S'était servie de son expérience de « baby doll » pour se tailler une place au soleil dans un monde de paillettes, faire des études et s'imposer comme modèle.

Puis elle avait connu Sloane et amorcé un virage.

Parachevé sa transformation grâce à sa rencontre avec Charlie pour se muer en princesse. Sauf qu'elle ne lui avait pas révélé son passé de Cendrillon. Elle s'était fait passer pour une vierge effarouchée pendant toute la période où il l'avait courtisée. En versant des larmes de crocodile sur le tragique destin de ses parents.

Je ne lui reprochais rien, j'avais mal pour elle.

Dans sa vie, tout le monde excepté un gentil professeur de piano avait usé et abusé de son corps. C'est pour ça qu'elle jouait du Chopin de manière si belle et si mélancolique.

Désormais, je disposais de deux théories contradictoires sur la disparition de Kim.

Un, elle faisait partie d'un nettoyage systématique de tout ce qui, de près ou de loin, avait un rapport avec l'agence Elite Modeling et les Russes de Miami.

Deux, elle était liée au démêlé entre DeMichael Morrison et John Woodley. Morrison croupissait toujours en prison, mais il avait pu transmettre l'ordre aux Gangster Disciples de s'occuper d'elle.

Il en existait une troisième que, au fond, je préférais ne pas envisager.

Charlie avait découvert le passé de sa femme et l'avait tuée avant que le scandale ne les éclabousse, sa famille, lui et son entreprise.

Je n'y souscrivais pas.

Ça ne ressemblait pas à Charlie.

En fait, il existait une quatrième possibilité.

Kim s'était tout bonnement tirée. Elle en avait eu sa claque et, ailleurs, espérait, encore une fois, se réinventer.

Si tel était le cas, c'était son droit ; mais c'était aussi celui de Charlie de le savoir.

*

Les prisons sont les pires endroits au monde.

Elles font surgir un seul mot à l'esprit : « désespoir ».

Désespoir devant le gâchis, la perte, l'absence d'avenir et de but, le triste engourdissement, pur et simple, de tout.

J'ai jeté pas mal de gens en prison. De la plupart je pensais qu'ils y seraient à leur place, de quelques-uns je ne le croyais pas. Mais jamais je ne me suis bercé de l'illusion d'une possible réinsertion – ce sont des entrepôts.

Des cages où les âmes vont mourir.

À petit feu.

De jour interminable en jour sans fin.

Nous disposons d'une loi interdisant les « punitions cruelles et inhabituelles ». Les prisons n'ont rien d'inhabituel mais elles sont indubitablement cruelles.

Je rencontrai DeMichael Morrison dans une salle d'interrogatoire de l'Union, anciennement prison d'État de Floride, plus connue sous le nom de Raiford.

*

Dans les années 1930, Giuseppe Zangara, qui, en tentant d'assassiner par balle le Président Roosevelt, avait tué le maire de Chicago, prit place sur « la vieille Miss Étincelles », au bout de seulement dix jours passés dans le couloir de la mort. Ted Bundy subit le même sort. Aileen Wuornos eut droit à la piquouse. John Couey, qui avait violé et assassiné une gamine de neuf ans, décéda d'un cancer avant qu'on puisse l'exécuter.

Couey avait un QI de 78.

Il y eut aussi John Spenkelink, qui tira sur un autre zonard et écopa de la peine de mort. Le matin de son exécution, un fameux DJ de Jacksonville diffusa l'enregistrement de tranches de bacon en train de griller.

Mais Spenkelink est surtout célèbre pour sa réplique sur la peine capitale : « Sûr que si vous n'avez pas de capital, vous écoperez de la peine. »

J'ai vu pas mal de choses dans les couloirs de la mort. Il y en a une que je n'ai encore jamais vue : c'est un homme blanc et riche.

Cela étant dit, il y a pire qu'une exécution.

Être un Noir derrière les barreaux à Raiford par exemple.

Pas plus tard que l'été dernier, des gardiens ont été accusés d'avoir menotté un détenu sous la douche, raccordé un tuyau d'arrosage au chauffe-eau et laissé le type là pendant deux heures tandis qu'il hurlait sous une pluie à cent quatre-vingts degrés.

Il est mort ébouillanté.

Ses codétenus ayant reçu l'ordre de venir faire le ménage ont découvert des lambeaux de chair dans les douches. Il paraît que ce moyen de torture constitue une punition courante, sauf que, cette fois-là, c'est juste allé trop loin.

D'autres surveillants, membres du KKK, ont fait l'objet d'une enquête pour avoir projeté de tuer des détenus afro-américains en leur injectant de l'insuline dans le cou.

Bref, c'est là qu'on avait envoyé DeMichael Morrison pour le protéger de John Woodley.

*

Morrison, vingt-huit ans, visage lunaire, peau foncée, s'était sculpté le corps à force de pratiquer l'haltérophilie dans la cour. C'en était un parmi des milliers, rien qu'un moucheron parmi d'autres piégé par le système. La vérité est que, aux États-Unis, il y a aujourd'hui plus d'hommes afro-américains en prison qu'il n'y avait d'esclaves en 1850.

Les gardiens l'amenèrent dans la salle, chevilles entravées et menottes aux poignets qu'ils ne lui retirèrent pas. En fait, ils relièrent ses fers à un anneau fixé dans le sol en ciment.

Il ne me regarda pas, garda les yeux baissés sur son ventre.

– Je m'appelle Frank Decker. Je recherche une femme du nom de Kim Sprague.

Il ne releva pas les yeux, ne dit mot.

– Serais-tu au courant de quelque chose la concernant ?

Il secoua la tête.

– Son père est John Woodley. Est-il possible que tu aies ordonné à un dealer dénommé James de l'enlever ?

– Connais aucun James.

– Mais si. Il a essayé d'entuber le mari de cinq millions de dollars, mais c'était bidon. Ou alors un genre de jeu. Tu joues avec nous, DeMichael ? Ça te fait bander ?

Là, il me fit face.

– Une Blanche disparaît, il vous faut coller ça sur le dos d'un Nègre… Eh ben, ce Nègre, ce sera pas moi. Trouvez-vous-en un autre.

– M. Woodley et toi n'étiez pas les meilleurs amis du monde.

– Non. Et alors ? Tu vas m'accuser de tout ? Je connais la chanson.

– La chanson, c'est que tu es déjà à bord du train. Ce n'est pas toi qui l'as kidnappée, je le sais puisque tu croupissais ici quand elle a disparu. Mais si un de tes camarades de jeu des GDM l'a fait, le premier qui parle gagne son laissez-passer. Le second, l'injection dans le bras. À moins que tu ne préfères la chaise – vous avez encore le choix en Floride. Mais tout ça, tu le sais mieux que personne.

– Je suis au courant de rien sur cette salope. Comment elle s'appelle, tu disais ?

– Kim. Kim Sprague. Elle faisait du bénévolat dans ton quartier.

– Oh ! une de celles-là…

– Ouais, « une de celles-là ».

– Je sais pas, moi, je l'ai peut-être sautée une ou deux fois. Elle ressemble à quoi ?

– Ouais, tu as raison de le jouer comme ça, DeMichael.

– Et toi, « Frank » ? Quel jeu tu joues ? C'est quoi, ton rôle ?

C'était de bonne guerre.

– Tu vis dans un monde merdique, DeMichael. Tu fais un procès à un maton et tous les autres t'en veulent. Je parie que tu ne reçois plus de courrier, plus de visites, ne bénéficie plus des services de l'intendance. Qu'on a programmé de te passer sous la douche chaude.

– Qu'est-ce que *toi* tu peux faire contre ça ?

– Te trouver un avocat.

– J'en ai un.

– Ouais, une bonne âme libérale ayant terminé ses études de droit depuis trois semaines qui, pour faire ses classes, bosse pour l'aide juridictionnelle. Je te parie que l'État de Floride a une trouille bleue de lui… Non, je te parle d'un vrai défenseur, d'un avocat au bras long, d'un enculé de sa mère fils de pute bien méchant qui coupera quelques couilles rien que pour toi.

– Et pourquoi il le ferait ?

– Parce que le mari de Kim Sprague est plein aux as. Le fric des nantis blancs, celui qui compte. Il en claquera autant qu'il faudra pour retrouver sa femme.

– J'ai vu les infos.

– Donc tu es au courant. Tu comprends, je dois t'éliminer de la liste des suspects avant d'explorer d'autres pistes. Si tu m'y aides, je te fournirai cet avocat et il fera rétablir ton courrier, tes services de l'intendance, tes visites. Et même gagner ton procès contre Woodley. Et alors, si un jour tu sors d'ici, tu auras du fric à la banque.

– C'est tentant.

– N'est-ce pas ? Mais si tu ne m'aides pas à te disculper je me dirai qu'il y a une raison à cela et que cette raison est que c'est toi qui as tout manigancé. Alors j'engagerai ce même avocat pour qu'il soudoie tous les employés, tous les gardiens de ce beau système pour te faire muter dans l'aile de la Fraternité aryenne en y faisant circuler le bruit que tu as tué une femme blanche. Donc, DeMichael, il y va de ton intérêt de tout faire pour me convaincre que tu n'as rien à voir dans la disparition de Kim Sprague.

Morrison me regarda dans les yeux.

– T'es vraiment un sale enfoiré.

– De première ! La question est : vais-je être un sale enfoiré avec toi ? Qu'en dis-tu ?

De nouveau, il baissa les yeux sur sa tenue de prisonnier.

– Je savais pas que Woodley avait une fille. J'aurais jamais imaginé qu'une femme puisse se faire sauter par ce type pour se faire engrosser.

– OK.

– De toute façon, je donnerais pas un tel ordre. Et en plus j'aurais pas pu.

– Pourquoi ?

Il réfléchit. Puis me dit :

– Présente-toi au croisement de Northwest Second Court et de la 17e Rue, et demande à voir Williams. Il t'expliquera.

– Il m'expliquera quoi ?

– Il t'expliquera, je te dis.

– Ne répète rien de tout cela à quiconque.

– T'inquiète.

Puis il ajouta :

– Tu vas vraiment faire ce que tu m'as promis ?

– Ouais.

– Ouais, on verra ça.

Je comprenais son scepticisme.

Une fois qu'on vous tient dans le système, on ne vous lâche plus.

Et on peut faire ce qu'on veut de vous.

C'est comme ça que ça marche.

Sauf s'il s'est paumé, un Blanc qui roule dans Overtown le fait pour une des trois raisons suivantes :

Il est flic.

Il cherche sa dose.

Il est flic et il cherche sa dose.

Les ados postés à l'angle de la rue devaient m'avoir catalogué Catégorie Deux, car ils s'approchèrent pour savoir ce que je voulais commander.

– Je veux parler à Williams, dis-je.

– Ça risque pas.

– C'est DeMichael Morrison qui m'envoie.

Ils me dirent d'attendre.

Dix minutes plus tard, ils surveillaient ma voiture et je me retrouvais dans l'arrière-salle d'un petit restaurant de *soul food* en compagnie du chef des Gangster Disciples de Miami. Trois de ses hommes se tenaient en faction dans un coin. Delgado disait vrai : c'était une armée. Ils disposaient de AK et de M4.

Grand, baraqué, la trentaine, crâne rasé, bouc brun : tel était Williams. Chemise noire, jean noir, santiags noires.

Il m'offrit du thé.

– Je ne consomme ni alcool ni drogue, me signala-t-il. Mon vice, c'est le thé.

J'en pris une tasse.

– DeMichael m'a fait passer un message depuis Raiford, reprit Williams. T'es allé le voir. Comment il va ?

– Pas très bien.

– Le système va le broyer. C'est honteux ! Si un jour il recouvre la liberté, de toute façon il sera trop vieux pour obtenir ce dont il ne se souviendra même plus qu'il le voulait. Alors, comme ça, tu recherches Lady Music…

– Kim Sprague.

– Lady Music, répéta Williams. Elle s'est pointée plusieurs fois dans le coin pour filer des instruments aux gamins.

– Elle a disparu.

– Oui, j'ai la télé et un ordi. Et tu crois que DeMichael y est pour quelque chose ?

– Je ne fais que suivre une piste.

– Vous, les Blancs, vous êtes tous les mêmes. Une femme blanche vient dans ce quartier, puis, si elle disparaît, les Noirs ont forcément quelque chose à y voir.

– Comme je te le disais, je ne fais que suivre une piste.

– Je vais t'expliquer un truc : rien ne se passe ici sans que je sois au courant. J'ai vu Lady Music arriver puis repartir. Toutes les mères, tantines et grand-mères d'Overtown l'ont vue aussi. Et quand les mères, tantines et grand-mères demandent à ce qu'une femme soit protégée, elle l'est. On veillait sur Lady Music de la seconde où elle arrivait à celle où elle repartait. Elle était sous ma protection personnelle. Si qui que ce soit l'avait touchée, il aurait dû m'en répondre. DeMichael n'a pas donné cet ordre, parce qu'il ne pouvait pas se permettre de le faire. Moi seul l'aurais pu.

– Et tu ne l'as pas donné.

– Il n'y a qu'une personne au monde qui me fasse peur : ma grand-mère. Or elle a cinq petits-enfants qui se baladent avec des trompettes neuves et d'autres conneries de ce genre.

Il fit tomber un sachet de thé dans sa tasse, le contempla un moment, puis murmura :

– On est en deuil ici, aujourd'hui. Les mamas pleurent et se lamentent. Deux de nos jeunes se sont fait descendre hier soir, plus haut, à Opa Locka, alors qu'ils n'avaient rien à y faire. Les flics disent qu'ils se sont entre-tués, mais on sait bien que les flics racontent n'importe quoi, pas vrai ?

Il adressa un signe de tête à ses hommes.

L'un d'eux sortit.

Quelques instants plus tard, il ramenait Brittany Cooper.

Il existe des règles dans notre monde, et j'en avais transgressé une.

Ne jamais faire confiance à une junkie.

Cette erreur allait me coûter la vie.

– Si j'ai bien compris, reprit Williams, des Russes de North Miami les ont convaincus de faire une grosse connerie dont ils auraient mieux fait de me parler d'abord. Auquel cas, personne ne verserait de larmes aujourd'hui – tu me suis ? Mais James, il faisait des affaires avec eux.

– Quel genre d'affaires ?

Williams, du plat de ses doigts de la main droite, tapota son avant-bras gauche.

Héroïne.

– Si James avait fait preuve envers moi du respect qu'il me devait, soupira Williams, il serait vivant et tu serais en train de couler vers le fond de Biscayne Bay.

Il ne me quittait pas des yeux.

Si je cillais, j'étais mort.

– Tu as un nom à me donner ? demandai-je. Le fournisseur de James ?

– J'ai l'air d'une balance à tes yeux ?

– Non, tu as l'air d'un homme qui prend soin de son territoire.

Il réfléchit un long moment avant de murmurer :

– Lady Music, elle était sympa. On en pensait le plus grand bien par ici.

Puis il me donna un nom.

Brutka.

Bogdan Brutka.

Je me levai.

– Tu tiendras la promesse que tu as faite à DeMichael ? s'enquit Williams.

– Oui.

Je regardai Brittany. Elle était toujours apeurée, mais stone, les yeux vitreux dans son rêve à l'héroïne.

– Pourquoi ne la mets-tu pas dans un car ? demandai-je à Williams. Pourquoi tu ne la renvoies pas chez elle ?

Il porta le regard sur Brittany, évaluant rapidement sa valeur marchande. Puis il tourna de nouveau la tête vers moi.

– Et toi, que feras-tu pour moi ?

Je le lui dis.

Punir Bogdan Brutka.

– Fermez la porte derrière vous.

Delgado désigna une pile de dossiers posés sur un bureau à côté de la fenêtre sur rue de sa maison dans Little Havana.

– Et donnez-moi votre parole. Pas d'entourloupes, pas de jeu de dupes, pas de cachotteries. On se met à poil l'un devant l'autre, et pas la peine de s'allonger sur la banquette arrière.

– Merde, Delgado, vous êtes directe !

– Marché conclu ?

– Croix de bois, croix de fer, ce genre de serment ?

– Si je vous disais comment j'ai obtenu tout ça, vous ne le croiriez pas, me confia-t-elle en désignant les documents. Une chance que j'aie rendu des services au Renseignement. Il y a aussi un dossier « Officiel et confidentiel » du FBI de Miami que nous ne sommes pas censés détenir.

– Comment y êtes-vous parvenue ?

– J'ai accepté un rencard pour vendredi soir. Vous m'en êtes redevable, Decker.

Elle ouvrit le dossier du haut, où trônait une photographie d'identité judiciaire de Giorgi.

– Votre copain de bains de mer. Giorgi Takshenko. Arrêté il y a trois ans pour exploitation de filles mineures dans des night-clubs de South Beach. Les mafieux russes les font venir d'Europe de l'Est. Elles font chauffer les cartes de crédit des pigeons dans les boîtes de strip-tease, puis eux menacent de leur casser la gueule s'ils ne paient pas. Un connard de Philadelphie s'est fait entuber de quarante-trois mille dollars.

Je secouai la tête.

– Giorgi était un tueur professionnel, pas un arnaqueur de bas étage.

– Selon l'INSCOM[1], Takshenko appartenait aux forces spéciales de l'armée russe. Les Spetsnaz. Vous avez eu de la chance qu'il ne vous tue pas.

Elle posa devant moi un dossier comportant cette fois une série de photos d'identité judiciaire ainsi que d'autres qui paraissaient avoir été prises depuis des voitures par le contre-espionnage.

– Vous en reconnaissez un ?

J'examinai les photos.

Sur la deuxième page, j'identifiai le gars qui avait essayé de me faire sauter la cervelle avec son .45.

– Maxime Vedmid, dit Delgado. À la base, proxénète. Il fait venir des filles russes et en fait le trafic sur le Net. Fraie aussi avec la bande de Hallandale. Les truands russes, dans leur majorité, vivent dans le nord de Miami, à Hallandale Beach, Sunny Isles Beach, surnommée « la Petite Moscou » ou encore « la Riviera russe ».

Sur la page suivante figurait une photo de surveillance d'un homme grand, efflanqué comme un loup. La dernière fois que je l'avais vu, c'était sur la vedette quand il me tirait dessus avec un pistolet-mitrailleur Vityaz. Il apparaissait dans le rapport sous l'identité de Vova Kulyk. Également ex-Spetsnaz, soupçonné de proxénétisme et de trafic de drogue.

– Et Bogdan Brutka ? demandai-je.

À l'évidence, ce nom fit tilt.

– Eh bien quoi, Bogdan Brutka ?

Je lui racontai mon entrevue avec Williams.

– Donc, c'est lié, en conclut-elle. Le prétendu rapt et les Russes.

– J'avais vu l'assassin de Sloane, les gars sur le bateau. Ils m'ont tendu un piège, ils voulaient me tuer.

Delgado me montra la photo d'un homme d'âge moyen assez joufflu.

– Brutka est le boss en Floride, précisa-t-elle. Proxénétisme, fraude aux cartes bancaires, extorsion de fonds, meurtres sur com-

1. United States Army Intelligence and Security Command : service chargé de la collecte du renseignement de l'US Army.

mande, j'en passe et des meilleures. La came aussi, donc l'histoire de Williams sonne juste. Et ça, ce sont les bricoles. Selon mon contact au FBI, il trempe également dans les opérations bancaires, les manipulations boursières, les investissements immobiliers, le blanchiment d'argent. Il dépend de son *vor*, en Russie.

– Ce qui veut dire ?

– Je n'en suis moi-même qu'au b.a.-ba. *Vor* signifie « voleur dans la loi ». Ça vient de la vieille époque des goulags. En gros, c'est le parrain – il donne les ordres, règle les conflits, gère les affaires. Le *vor* peut accorder des promotions, distribuer des punitions, des amendes – ordonner des exécutions.

– Il peut faire tout ça depuis la Russie ?

– Pas depuis la Russie. Depuis l'Allemagne.

Je l'interrogeai du regard.

– Les hommes de Brutka sont ukrainiens, mais la guerre les a obligés à quitter leur pays. Ils ont déménagé leur QG en Allemagne.

– Si Brutka est le chef, qui donc est « Nemahe » ? C'est le nom que Giorgi m'a donné.

Delgado me sourit.

– *Nemahe* signifie « non » en ukrainien.

Il me faudrait revoir mes techniques d'interrogatoire.

– À votre avis, Brutka exigeait de Sloane qu'elle passe la main ? lançai-je. Ou peut-être voulait-il qu'elle bosse pour lui et elle l'a envoyé bouler… Il cherche à éliminer les filles d'Elite Modeling ? Sloane, puis Kim.

– Et si Kim Sprague était retournée travailler pour Elite ?

– Pour l'argent ? Ça ne tient pas.

– Pour le plaisir ? Elle s'ennuyait. Ou Charlie n'était peut-être pas à la hauteur. Qui sait pourquoi certaines femmes font ça ?

Moi, je le savais.

Pour le fric.

Pour la came.

Ou elles y sont contraintes, parfois par quelqu'un, parfois par une pulsion intérieure.

J'en avais déjà été témoin – si un gamin commet un vol et que les gens le traitent de voleur, il pense qu'il est un voleur. Si assez de gens disent à une jeune femme que c'est une pute, elle décide qu'elle en est une.

Kim et Sloane avaient-elles rempilé ? Leurs déjeuners, leurs cours de tennis, leurs leçons de yoga, tout cela n'était-il qu'un écran de fumée pour masquer leur occupation réelle ? Si tel était le cas, Kim était sans doute morte et ce n'était pas elle que je cherchais, mais son cadavre.

Et Brutka avait monté un faux enlèvement pour me mettre hors jeu.

– Comment parvient-on jusqu'à Brutka ? demandai-je.

Impossible de suivre la procédure – le convoquer au poste pour l'interroger sur le meurtre de Giorgi –, car cela mettrait Delgado dans de sales draps.

Mais Brutka avait d'ores et déjà commis des erreurs.

Il avait voulu me faire la peau deux fois et échoué.

Il avait mis Williams en rogne.

Il s'énervait, et les hommes nerveux commettent des erreurs.

Je voulais le contraindre à sortir de ses gonds.

Donc, qui veut faire enrager l'ours…

… l'asticote.

Entouré d'une haie taillée au cordeau et de palmiers plantés depuis peu, le restaurant L'Odessa se trouvait dans le tout nouveau centre commercial situé au bord de la Route 826, à Hallandale.

Le cœur de la Riviera russe.

Selon les services secrets, Brutka était un associé occulte du lieu, ce qui revenait à dire qu'il en était le propriétaire en sous-main et y venait chaque après-midi pour déguster thé et spécialités russes.

Delgado et moi, assis dans ma voiture garée contre le trottoir d'en face, l'attendions.

Elle avait googlé le menu sur son téléphone portable.

– Saumon fumé, anguille fumée, *pelmeni*, *okrochka*…

– C'est quoi, ça ?

– Si je savais !

Delgado poursuivit sa lecture.

– *Khatchapouri*… si question, même réponse… *chalahach*, *smetannik*… bon, celui-là, je regarde ce que c'est… oh, un gâteau à la crème…

– Delgado. Ça bouge.

Une Lincoln Town Car s'engageait sur le parking.

Maxime Vedmid en descendit et scruta les alentours. Il ne nous vit pas, n'entendit pas le déclic de l'appareil de Delgado quand elle le prit en photo.

Il ouvrit la portière arrière de droite et Bogdan Brutka s'extirpa du véhicule.

La cinquantaine, un bon mètre quatre-vingts, cou de taureau et énorme bedaine que sa veste de sport tabac ne parvenait pas à dissimuler, il arborait le physique d'un ancien boxeur dont la musculature se serait, au fil du temps, transformée en graisse. Ses cheveux roux, clairsemés et coupés très court, étaient lissés vers l'avant.

Vova Kulyk quitta le siège passager et contourna la voiture pour venir se placer derrière Brutka. Il n'avait pas le Vityaz à la main, mais le renflement d'une arme se voyait sous son bombers Miami HEAT. Delgado le photographia alors que le trio pénétrait dans le restaurant.

– Envie de gâteau à la crème sure ? lui proposai-je.

– Toujours.

Nous traversâmes la rue et entrâmes dans l'établissement.

Je m'attendais à découvrir un monument de mauvais goût nouveau riche, un étalage ostentatoire de kitsch gangster, et je fus surpris de voir une salle d'une élégante simplicité. Murs rouge brique, chaises recouvertes d'un tissu à rayures assorti, nappes blanc cassé.

Un grand miroir décorait le mur noir, entouré de caractères cyrilliques qui, supposai-je, formaient le nom « Odessa ». Une quinzaine de clients étaient attablés, certains des habitués russes, d'autres ayant l'air de touristes.

Brutka et sa bande occupaient une banquette d'angle – lui-même entre Kulyk et Vedmid. Il avait déjà bien entamé une part de cheese-cake presque aussi grande que le Rhode Island, et il la dévorait avec une intensité sauvage.

Ce fut alors que je me rappelai l'avoir déjà vu.

À la réception du mariage de Charlie.

Sloane ironisant sur la façon de manger des Russes.

Il ne leva pas les yeux à notre entrée, et la serveuse, une blonde super canon en robe noire moulante, nous conduisit à une table pour deux.

Je présentai la chaise à Delgado.

– Hou là, Decker ! On la joue façon rencard ?

Je m'assis.

– J'ai déjà rencontré vos parents.

Brutka ne nous remarqua pas, mais Kulyk oui.

Il me fixait des yeux depuis l'autre bout de la salle.

J'agitai les doigts à son intention.

Vedmid me foudroya du regard, comme s'il regrettait de ne pouvoir dégainer son .45. Il se pencha par-dessus la table pour s'adresser à Kulyk, ce qui déplut à Brutka. Qui releva la tête et bougonna un mot, genre : « Quoi ? » Vedmid se rapprocha de lui, chuchota à son oreille et me désigna du doigt.

J'agitai de nouveau la main.

Vous connaissez l'expression consacrée « si on pouvait tuer d'un regard ». L'air avec lequel me dévisageait Brutka me semblait plutôt signifier : « Si je pouvais l'écorcher vif, l'ébouillanter puis le crucifier rien qu'en le regardant… »

Pour tout dire, je sentais, moi aussi, la rage monter d'un cran. Je me trouvais en face de l'homme qui avait enlevé Kim Sprague et le dévisageai, bien décidé à lui communiquer que je partageais le sentiment qu'il éprouvait à mon égard : je voulais le tuer.

Si nous avions été seuls dans cette salle, nul doute que l'un de nous deux y serait passé.

– Vous préférez que je vous laisse en tête à tête ? plaisanta Delgado.

– Pardon ?

– Vous partagez un moment d'intimité, tous les deux.

J'étais trop concentré sur Brutka pour répondre.

J'avais déjà vu des regards comme le sien.

Les visages étaient différents.

Les regards, toujours les mêmes.

Tortionnaires d'Al-Qaïda en Irak.

Assassins d'enfants, ici, au pays.

Des yeux sans expression hormis le sadisme et la cupidité. Les yeux de ceux qui voient le monde autour d'eux comme le lieu où satisfaire leurs appétits, les autres êtres humains n'étant là que pour leur procurer du plaisir.

J'avais envie de me précipiter vers leur table, de le saisir par le col et de lui serrer le cou jusqu'à faire jaillir ses yeux hors de leurs orbites, jusqu'à ce qu'il me dise ce qu'il avait fait de Kim.

– Decker.

Je tournai la tête vers Delgado.

– Pas ici, souffla-t-elle. Pas maintenant.

Je reportai le regard sur Brutka qui souriait, content de lui, parce que j'avais été le premier à me soustraire au sien.

Numéro de macho à la noix, mais je m'en voulus de l'avoir laissé prendre le dessus.

Un serveur se dirigea vers notre table, mais Brutka le héla d'un geste de la main, puis prononça quelques mots à son oreille. L'homme, assez âgé et mince comme un fil, se présenta ensuite devant nous et demanda :

– Que désirez-vous ?

Ton très sec, comme s'il désirait que nous quittions les lieux le plus rapidement possible.

Je le dévisageai.

Il insista :

– Que désirez-vous, monsieur ?

– Une Kim Sprague.

– Pardon ?

– Une Kim Sprague, répétai-je d'une voix de stentor qui résonna aux quatre coins de la salle.

Son nom faisait les unes, toutes les personnes présentes savaient de qui je parlais.

Le serveur, pris de court, bafouilla :

– Nous ne servons pas de…

– Mais si, l'interrompis-je, toujours aussi fort. On m'a dit que pour trouver une Kim Sprague il fallait que je vienne ici. Va demander à ton patron, là-bas. Il en a peut-être une en réserve pour moi.

Tous les clients tournèrent la tête vers Brutka.

Il semblait avoir envie de m'arracher les couilles à coups de dents et de me forcer à les bouffer.

Le malheureux serveur ne savait plus où se mettre. À bout d'arguments, il s'adressa à Delgado :

– Et pour madame ?

Je l'aimai pour la réponse qu'elle lui fit.

Elle le jaugea d'un regard glacial et articula :

– Même chose.

Elle reposa la carte et fit un large sourire au garçon, qui se tourna vers moi.

– S'il vous plaît, monsieur…

– Allez lui demander, ripostai-je en désignant Brutka du menton.

– S'il vous plaît...

– Très bien, je m'en charge.

Je repoussai ma chaise pour me lever, mais Vedmid m'avait devancé et se dirigeait vers nous.

– Je vais devoir vous demander de sortir, dit-il.

– Pas sans Kim Sprague.

– Pas d'esclandre.

Kulyk, épaule contre épaule avec lui, était venu en renfort. Brutka, toujours assis, avait délaissé son cheese-cake.

– Je n'ai pas encore commencé ! me récriai-je.

J'entendis Brutka aboyer des paroles. Vedmid piqua un fard, puis me dit :

– M. Brutka vous invite à sa table. Tous les deux.

Un serveur plaçait déjà deux chaises face à la banquette.

Nous gagnâmes sa table et nous assîmes tandis que les autres clients prenaient un air détaché.

Brutka, la mine revêche, fit signe à ses sbires de rester à distance et s'attaqua de nouveau à son gâteau. De la crème coulait sur son menton tandis qu'il me disait :

– T'es un marrant, toi. T'es un petit marrant, hein. Tu viens taper un scandale dans mon restau...

– Où est Kim Sprague ?

– Petit marrant.

Il releva la tête et mata le corps de Delgado, l'air lubrique.

– Un petit marrant et un beau brin de fille. Mais le monde regorge de jolies filles.

– Je me fous de savoir qui a la mainmise sur la prostitution en Floride du Sud, lançai-je sans prendre la peine de baisser le ton. C'est entre vous, Dieu et la police de Miami. Libérez Kim Sprague et vous n'entendrez plus parler de moi. Ne le faites pas, et je viendrai ici tous les jours.

Il enfonça sa fourchette à dessert dans sa part de gâteau et prit une grosse bouchée. Il la mâchait toujours quand il dit :

– Hé, petit marrant, tu sais que je suis un illusionniste ? Ouais, sans blague. Je peux te faire disparaître sur-le-champ. Tu veux savoir comment ?

– D'accord.

– Tu vois cette jolie gonzesse, continua-t-il en donnant un coup de fourchette dans le vide en direction de la serveuse. Beau brin de fille, hein ? Vise-moi ces yeux, ces pommettes, ces lèvres. Les nibards. La perfection ! Elle est si belle que je me la garde rien que pour moi. Un petit coin de paradis au bord de la plage. Bon, maintenant, je fais mon tour de magie : si tu ne disparais pas sur-le-champ, je l'emmène dans ce lieu paradisiaque et je lui défonce la gueule. Je fracasse ces jolies pommettes, ces lèvres pleines qui m'ont donné tant de plaisir. Je la tabasse jusqu'à ce qu'elle ne soit plus une belle fille. Mais, comme je disais, le monde en regorge. Et maintenant, casse-toi, petit marrant.

Il se remit à manger.

Je vis la main de Delgado glisser vers le pistolet contre sa hanche et lui saisis le poignet.

Brutka avait lu en moi.

Parfaitement.

Les sociopathes sont pourvus de rayons X dans les yeux. Ils voient à travers vous. Ils repèrent vos points faibles.

Je me levai.

– Je vais vous coller le meurtre de Kim Sprague sur le dos.

– T'es encore là ? fit mine de s'étonner Brutka sans daigner lever le regard. J'ai entendu du bruit, mais je ne vois rien. Je vais devoir faire intervenir les… comment on les appelle ?… les dératiseurs.

Les dîneurs nous ignorèrent complètement quand nous quittâmes les lieux.

Dans la voiture, Delgado en tremblait de colère.

– Je devrais y retourner, le menotter et l'embarquer !

– Pour quelle raison ?

– Menaces terroristes, répliqua-t-elle en sachant que cela ne tenait pas la route. J'aurais dû le tabasser à coups de crosse et lui coller la pointe de ma chaussure dans le cul.

Brutka m'avait viré de chez lui, mais ma visite avait porté ses fruits. Les clients du restaurant avaient entendu, Brutka le savait et il allait devoir réagir.

Il connaissait la règle aussi bien que moi – si un chef de gang laisse passer ce genre de provocation, ses hommes considéreront que c'est un faible et il ne restera pas très longtemps à leur tête.

Donc, la balle était désormais dans son camp.

Je démarrai.

Et freinai en voyant une limousine stretch blanche s'engager sur le parking de L'Odessa.

Delgado et moi observâmes le chauffeur en livrée qui ouvrait la portière arrière et vîmes descendre tout un groupe. Des couples, sur leur trente et un.

– Oh, la vache ! s'écria Delgado. Visez-moi un peu ça.

Je ne savais pas qui j'avais sous les yeux, ce dont je lui fis part.

– Le maire et son épouse, expliqua-t-elle sur le ton d'une chroniqueuse de soirée de gala. Le chef de la commission d'aménagement du territoire et sa petite amie, la présidente du conseil municipal et son petit mari… *¡ No jodas !*

– Quoi ?

– Vous ne le connaissez pas ?

Je regardai, de l'autre côté de la rue, le grand escogriffe qui se dépliait pour s'extraire de la limousine. « Classe » était le premier mot qui venait à l'esprit. Ses cheveux blonds étaient peignés en arrière, son hâle profond rehaussait le bleu de ses yeux. Son costume gris paraissait être en alpaga, ses souliers marron devaient coûter plus que ce que, en tant que policier, je gagnais autrefois en une semaine.

– C'est Dasha Levitov, dit Delgado.

Ce qui, pour moi, ne voulait rien dire de plus que *chalahach* ou *smetannik*.

J'eus la vague impression que mon absence de réaction me dévalorisait à ses yeux.

– Dasha Levitov… Le magnat de l'immobilier. C'est un des hommes les plus puissants de la planète. C'était le meilleur ami de Poutine avant que les Russes s'en prennent à l'Ukraine.

Levitov s'étira, tout sourires, sans doute un brin amusé de se retrouver devant un centre commercial. Il sortit ses lunettes de soleil de sa poche de chemise et les mit de crainte que le soleil couchant ne lui fatigue les yeux. Puis il tendit la main vers la portière et une femme émergea, grande et d'une beauté renversante, en robe lamé argent.

– Ana Levitov, précisa Delgado. La tsarine.

Bogdan Brutka sortit du restaurant, bras tendus, pour leur souhaiter la bienvenue. Il avança jusqu'à eux et les serra tous, un à un, contre lui, embrassant sur les deux joues aussi bien les hommes que les femmes.

Nous suivîmes des yeux ce groupe rieur, un peu fantasque, tandis qu'il rejoignait L'Odessa, Levitov jouant l'hôte aimable qui reçoit des amis pour déguster des plats traditionnels, les invitant, d'un geste, à le précéder dans la salle. Maire, conseillère municipale, chef de la commission d'aménagement, le magnat du marché immobilier de Miami.

Pas étonnant que Brutka ait voulu me faire débarrasser le plancher au plus vite.

À bord de ma Corvette 74 retapée, dans mon blazer bleu de grande surface et ma chemise blanche Land's End, je ris de bon cœur à l'idée que j'avais cru pouvoir faire tomber Bogdan Brutka.

J'étais toujours décidé à provoquer sa chute.

Je n'avais juste pas compris à quel point il naviguait dans les hautes sphères.

– Vous voulez toujours être sur ce coup ? demandai-je à Delgado comme nous regagnions Little Havana à pied en passant par la Calle Ocho.

– Un peu tard pour cette question, non ? Sur ce coup, j'y suis déjà.

– Nous pourrions trouver un moyen de vous en dégager.

Elle n'avait pas signé pour ça. Interpeller le maire, ses supérieurs et la moitié de l'establishment de Miami. Si elle continuait dans cette voie et si Brutka la combattait en faisant jouer ses relations haut placées, elle se ferait écraser.

– Je ne veux pas laisser tomber, insista-t-elle. Ce dont j'ai envie, c'est manger. Vous m'aviez promis une part de gâteau, je l'attends encore.

– Ici, c'est votre quartier. Dites-moi où nous pourrions aller.

Les rues grouillaient de monde car, ainsi qu'elle me l'expliqua, les Cubains aiment prolonger la fête de Noël jusque début janvier. Une ambiance festive régnait dans la Calle Ocho, où nous n'arrêtions pas de croiser des connaissances de Delgado, parce que, en gros, elle connaissait tout le monde.

Bien entendu, nous tombâmes sur sa famille – ses parents étaient sortis se promener avec l'*abuela*. Après avoir parlé de tout et de rien un petit moment, son père me demanda :

– Frank, tu as retrouvé du boulot ?

– Pas encore.

Il hocha la tête, sa façon à lui de dire « bon à rien », puis soupira :

Présente toi à la fabrique de cigares demain matin. On pourra peut-être te caser.

– Papa, Frank vient ici en touriste, intervint Delgado.

Il me dévisagea comme s'il s'efforçait de déterminer si c'était une bonne ou une mauvaise chose. Je compris de qui Delgado tenait ses yeux si expressifs, car ceux de son père m'envoyaient un message fort clair : « J'espère pour toi que tu ne couches pas avec ma fille, espèce de vaurien d'Américain pique-assiette. »

L'*abuela* posa à sa petite-fille une question en espagnol et je crus comprendre le mot « grosse ».

De fait, Delgado piqua un fard, lui répondit en espagnol puis me prit par le coude.

Nous les saluâmes et poursuivîmes notre route.

– Que voulait savoir votre grand-mère ?

– Si j'étais enceinte. Je lui ai répondu que, aux dernières nouvelles, il n'existait qu'une seule Immaculée Conception.

– Oh...

– Quelle sera notre prochaine étape concernant Brutka ? demanda-t-elle comme nous passions devant le bâtiment Art déco du Tower Theater.

– Ne pas le lâcher. Se présenter partout où il se trouve, continuer de lui parler de Kim, lui mettre la pression jusqu'à ce qu'il se rende compte qu'il doit compter avec nous.

– Il a déjà essayé de vous tuer à deux reprises. Combien de fois encore... ?

La voiture, un 4 × 4 noir, négocia le virage sur les chapeaux de roues, les éclairs des coups de feu claquèrent du côté passager avant.

Je projetai Delgado au sol.

Des balles sifflèrent au-dessus de nous.

Explosions brèves et sèches de rafales de mitraillette.

Delgado me repoussa et dégaina son pistolet. À genoux, elle riposta en visant l'arrière du 4 × 4 qui s'éloignait à vive allure, des coups de feu crépitant toujours par ses vitres baissées.

Les passants se couchaient à plat ventre sur la chaussée, se réfugiaient sur les trottoirs pour se plaquer contre les façades. Les vitrines volaient en éclats, les balles grêlaient de cicatrices les visages et les corps représentés sur les peintures murales.

Le 4 × 4 zigzagua, puis emboutit un réverbère. Le chauffeur s'écroula sur le volant, le son du klaxon s'ajoutant à la cacophonie de cris, de hurlements, de pleurs. À l'arrière, les portières s'ouvrirent et deux hommes bondirent à l'extérieur, mitraillettes calées contre la hanche, tirant dans tous les sens.

– Par terre ! Couchez-vous par terre ! criai-je.

Delgado fit feu par deux fois et l'un des tireurs s'effondra. Son complice s'accroupit, le saisit par l'avant-bras et, sans cesser de tirer de l'autre main, l'éloigna en le faisant glisser dans la ruelle située entre le théâtre et une galerie d'art.

La grand-mère de Delgado finit par se relever tant bien que mal, brandit le poing et les abreuva d'injures.

– *Abuela !!!* hurla Delgado.

Étant plus proche d'elle, je lui plongeai dessus.

Et la plaquai au sol le plus doucement que je le pus.

Bientôt, Delgado s'agenouillait à côté de moi.

– Oh, mon Dieu ! Elle est touchée ? Elle est touchée ? Dites-moi que non.

Je vérifiai si elle saignait.

– Elle n'a rien.

Je me redressai et fonçai vers la ruelle, récupérant au passage la mitraillette du blessé. Je vis, un peu plus loin, l'homme qui s'éloignait en soutenant son complice. S'avisant de ma présence, il se retourna et fit feu. J'eus tout juste le temps de me coller au mur.

Les tirs s'interrompirent un instant : il repartait.

Je bondis à découvert et tirai à mon tour.

Obligé de choisir, il opta pour sa survie. Lâcha le bras du blessé. Se précipita dans l'escalier de secours extérieur qui menait sur le toit du théâtre. Je me lançai à sa poursuite. Il me tira dessus plusieurs fois pour m'empêcher de monter.

Quand j'émergeai sur le toit, il était à l'autre bout et j'eus l'impression qu'il envisageait de sauter sur celui de l'immeuble voisin. La distance n'était pas très grande – c'était jouable.

Je fis quelques pas vers lui, épaulai la mitraillette et pressai la détente.

Entendis le clic.

Lui aussi l'entendit. En bas, des sirènes de police retentirent, de plus en plus proches : elle arrivait sur les lieux, mais il avait le temps de tirer une dernière fois.

Il se positionna face à moi et, tout sourires, ajusta le canon de sa mitraillette à hauteur de mon ventre.

– *Mudak !* s'écria-t-il.

Ce devait être une insulte quelconque en ukrainien, mais il n'aurait pas dû s'accorder le plaisir de me la balancer.

Je fis tournoyer mon arme comme une batte de base-ball.

Il reçut le coup en pleine poitrine, fus projeté en arrière, tomba dans le vide en gesticulant. Et atterrit sur la tête.

Me retournant, je découvris Delgado non loin de moi, qui regardait en bas.

Elle rengaina son arme.

– Mauvaise réception, dit-elle.

– Nous devons vous exfiltrer, décréta Delgado. Je l'ai poursuivi jusqu'ici, il a voulu sauter sur le toit voisin, mais la loi de la gravitation a pris le dessus.

– Deux cents témoins m'ont vu sur les lieux.

– Nous sommes dans Little Havana. Les gens se souviennent de la police secrète de Castro. Ils ne parlent pas aux flics.

– Et le type dans la ruelle ?

– Mort à notre arrivée.

Nous redescendîmes par l'escalier de secours. Elle me donna les clés de sa maison.

– Allez chez moi. Restez-y jusqu'à ce que je vous donne de mes nouvelles.

– Et vous ?

– Je retourne au poste. Je dois traiter trois décès impliquant la police et fournir une flopée d'explications. Quoi qu'il en soit, vous n'étiez pas là, Decker.

Ça se tenait. Tout ce que je réussirais à faire si je restais sur la scène de crime serait de rendre les eaux plus troubles et saboter sa carrière. Et si jamais on établissait un lien entre un échange de tirs dans la Calle Ocho, la veille de Noël, et la disparition de Kim Sprague, le résultat serait catastrophique.

Tout en repartant à pied, je me traitai de tous les noms.

J'avais espéré faire réagir Brutka : objectif atteint.

Mais jamais je ne me serais attendu à une fusillade depuis une voiture dans une rue bondée.

C'était extrême et désespéré.

Et qu'en était-il de Kim ?

Si tout cela concernait la reprise en main brutale de l'agence Internet d'escort girls qui couvrait le sud de la Floride, cela signifiait-il qu'elle était déjà morte – tuée parce qu'elle savait, avait fait ou refusé de faire quelque chose ?

Mais si elle était encore en vie, se trouvait-elle entre les mains des Russes ? Auquel cas, pour quelle raison ? Quel était l'atout qu'ils ne désiraient pas encore abattre ?

Il n'y avait qu'un seul endroit au monde où j'aurais des réponses à ces questions et ce n'était pas le salon de Delgado, mais je m'y assis et l'attendis.

Je lui devais bien ça.

*

Delgado rentra vers cinq heures du matin, la mine abattue. L'inspection générale avait pris une sage décision : une enquête interne standard serait ouverte durant laquelle elle se retrouverait suspendue de ses fonctions. En réalité, ce n'était pas pour lui déplaire.

– On a identifié le chauffeur du véhicule, m'annonça-t-elle en se laissant tomber sur le canapé. Yusup Hubenko. Dernière adresse connue : Sunny Isles Beach. Les deux autres sont très certainement des Russes. Le Renseignement va enquêter sur la possibilité que ce soient des terroristes tchétchènes, et je n'ai rien fait pour les en dissuader.

Elle semblait dégoûtée d'elle-même.

– C'est le seul mobile que j'ai pu trouver pour justifier que des tirs provenant d'une voiture remplie de Russes arrosent de balles une rue de Little Havana, ajouta-t-elle. Quatre personnes hospitalisées – une vieille dame qui s'est cassé le bras, une femme avec des bouts de verre dans le corps, un vieillard qui a fait un infarctus et un gosse de dix ans qui s'est pris une balle dans la jambe. Une chance que personne n'ait été tué.

Elle demeura silencieuse un moment, puis reprit :

– C'est ma famille, Decker, ma communauté, les *miens*, et je vous laisse y amener vos histoires de *White trash* pleins aux as.

– Je suis désolé.

– Je suis devenue une « héroïne ». « Une femme flic abat trois terroristes. » « Des tueurs tombent sur l'adversaire irréductible : une Latina. »

Elle se mit à trembler.

– Que Dieu me vienne en aide. Je viens d'abattre deux hommes.

– Si vous ne l'aviez pas fait, ils vous auraient tu…

– Je sais. Je n'éprouve aucune culpabilité. J'éprouve tout juste… Je ne sais pas ce que j'éprouve.

Elle fondit en larmes et je la pris par les épaules. Je sentais se soulever son dos secoué par les sanglots.

Je restai silencieux.

Il n'y avait rien à dire.

Ça vous change, c'est ainsi.

Lorsqu'elle fut calmée, je me levai avec douceur, trouvai des mouchoirs en papier et les lui tendis. Elle avait les yeux rougis, les paupières gonflées, son mascara avait coulé sur ses joues.

– Je vais me doucher, murmura-t-elle. Puis dormir. Ensuite, il faudra qu'on réfléchisse à notre prochaine étape. Vous pouvez vous allonger sur le canapé.

Je m'y étendis.

J'entendis une porte s'ouvrir et se refermer, un bruit d'eau qui coule, puis je dus céder au sommeil.

À mon réveil, Delgado se trouvait dans la pièce, en peignoir de satin blanc.

– Venez dans mon lit. Tant de morts aujourd'hui… J'ai envie de la vie.

– Vous êtes bouleversée. Vous n'avez pas besoin de…

– Ne décidez pas pour moi ce dont j'ai besoin. Je suis une grande fille, je sais ce qu'il me faut.

Elle était si belle.

Si fragile.

Et moi-même avais trop vu la mort de près ces derniers temps.

– Viens, Decker, Je vais t'initier à l'espagnol.

*

Delgado s'endormit dans le creux de mon bras.

J'attendis que sa respiration devienne régulière, puis je me glissai hors du lit, me rhabillai et filai sur la pointe des pieds. Je lui aurais bien laissé un mot, mais les écrits servent de preuves et je voulais m'éclipser en laissant le moins de traces possibles.

Il était très tôt. Les gens étaient déjà nombreux dehors, dans les rues de Little Havana. Entendant des bribes de conversations, je devinai de quoi ils parlaient.

Je sentais qu'on me suivait des yeux tandis que je marchais.

Arrêtant un taxi dans la Calle Ocho, je me fis déposer à trois rues du poste de police de Miami-Dade, poursuivis mon chemin à pied et retrouvai Bleue au parking.

Je mis le cap au nord, vers Hallandale Beach et Sunny Isles Beach.

Hallandale méritait vraiment le surnom de « Petite Moscou ».

M'arrêtant devant le centre commercial, j'y entrai pour boire un café dans un delicatessen qui proposait une sélection de plats cuisinés russes. L'enseigne était écrite en cyrillique.

L'Odessa était fermé, le parking désert.

Le rapport des services du Renseignement stipulait que l'un des points de chute de Brutka était un club de strip-tease, le Maxi-Lounge, qui appartenait à Vedmid. Le dossier du FBI y situait son bureau officieux, sorte de version locale russe du Bada Bing ![1] de Tony Soprano.

Je le trouvai à la sortie de la 91, près de l'hippodrome de Gulfstream Park à Hallandale Beach.

Si vous voulez revivre la naissance du blues, allez dans un club de strip-tease en Floride du Sud, un dimanche après-midi.

C'est le paradis des paumés solitaires, des grands alcooliques, des obsédés sexuels qui ont renoncé à tout espoir de devenir quelqu'un et de quelques vieux beaux divorcés. Quand on n'a nulle part où aller le dimanche hormis dans un de ces clubs, il est sans doute temps de réexaminer sa vie.

On peut donner à ces établissements le nom qu'on veut – clubs pour hommes, cabarets, bars lounge –, ce ne sont, en réalité, que des boîtes de cul. Déguisez-les comme bon vous semble – tentures de velours, Art déco, nouveaux riches version russe –, ça restera toujours des endroits où des types vont mater des femmes qui se déshabillent en venant se frotter contre eux.

1. Nom du club de strip-tease dans la série *Les Soprano.*

Le MaxiLounge – appellation qui n'était pas sans faire penser à des produits hygiéniques féminins – correspondait en tout point, malgré son clinquant, à ces lieux-là. On avait beaucoup misé sur la déco – tissus pourpres et noirs, éclairage au néon –, et plus encore sur les filles.

Elles étaient top, même en ce tranquille après-midi de Noël.

Surtout des blondes aux cheveux longs et à la grosse poitrine. Jolis visages aux lèvres pulpeuses. Jambes interminables perchées sur des stilettos. Lingerie très chère – soie et velours – qui tombait peu à peu de leur corps sur la scène.

À les regarder, elles semblaient hors de prix – c'était d'ailleurs le slogan du MaxiLounge : « Le top du top avec des filles top du top. »

Elles vous mataient dès votre arrivée et, en une fraction de seconde, évaluaient votre fortune, votre position sociale et le niveau de votre appétit sexuel. Si vous aviez l'air d'avoir les moyens de vous les offrir, leur regard restait scotché sur vous. Si vous aviez la tête du mateur qui ne sort pas son portefeuille, il se perdait de nouveau dans le vide, à mille lieues de là, jusqu'à ce qu'il tombe sur un nouveau pigeon.

Je devais donner l'impression d'avoir les moyens, car une des grandes blondes me suivit des yeux, m'adressa un sourire aguicheur et soumit ses seins à mon approbation.

Un buffet de Noël composé de tranches de dinde caramélisée, de plats de purée et de galettes trônait sur une table calée contre le mur du fond, mais aucun client n'était assez ivre ou assez désespéré pour en profiter.

Je m'assis au bar près de la scène.

Une serveuse topless vint me demander ce qu'elle pouvait faire pour moi. Je commandai un petit scotch à l'eau à vingt-huit dollars et m'enquis :

– M. Brutka est là ?

Elle prit un air apeuré.

– J'sais pas. J'vais m'renseigner.

– S'il te plaît.

Je lui tendis un billet de cinquante dollars en lui disant de garder la monnaie.

Ce que, sur scène, remarqua la danseuse la plus proche de nous.

Je suivis des yeux la serveuse, qui franchit une porte donnant sur une arrière-salle. Elle revint peu après, remplit un verre et le posa devant moi sur le comptoir.

– M. Brutka est pas là. Je peux savoir qui l'demande ?

– Bien sûr. Dis-lui que c'est le type qu'ils ont tenté de tuer.

Là, elle sembla carrément morte de trouille.

– Comment tu t'appelles ? lui demandai-je.

– Dawn.

– Dawn, tu lui répètes ça mot pour mot.

Cette fois, je fis claquer un billet de cent.

– Et signale-lui que je suis venu sans arme. Je veux juste causer.

– T'es venu sans arme et tu veux juste causer.

– Tu as tout pigé !

La serveuse repassa dans l'arrière-salle et je me tournai vers la piste pour regarder la danseuse, car il m'eût semblé grossier de m'en abstenir. Elle se cabra en arrière pour exhiber à mon intention sa partie la plus intime. Puis elle rebascula vers l'avant et glissa jusqu'à moi pour positionner ses lèvres à quelques centimètres de mon visage.

– Je fais des danses sur table insensées… C'est cent dollars l'accès à la salle VIP, plus un pourboire…

– Je ne suis pas un VIP.

– J'ai de quoi te donner l'impression d'en être un.

Je glissai un billet de cinquante dollars dans sa main.

– Te vexe pas, laisse-moi tranquille.

Elle s'éloigna en se déhanchant.

Je ne restai pas seul longtemps.

Vova Kulyk avait toujours un pistolet sous son blouson.

– Tu as des couilles de venir ici. Je devrais te buter tout de suite.

– Si Brutka te donnait le feu vert pour me descendre, tu le ferais hors les murs. Il a assez de problèmes comme ça, avec ses idiots de coursiers qui défouraillent en plein jour dans Little Havana, où vivent la moitié des flics de Miami. Et il se retrouve un peu à court d'effectifs, non ? Ton patron veut entendre ce que j'ai à dire.

– Alors, dis-le.

– Pas ici. Les strip-teaseuses ont les oreilles qui traînent, et la bouche encore plus.

– Toutes ces filles sont russes. Elles ont le sens des réalités. Tu m'étonnes…

– D'accord. Dis à Brutka que j'en ai marre de ces tueries et que des gens innocents soient blessés. J'en ai ma claque de tout ça. Dis-lui qu'il n'aura plus besoin de s'en prendre à moi.

– Il sera ravi de l'entendre, assura-t-il en m'adressant un sourire en coin.

Jusqu'à ce que j'ajoute :

– Parce que c'est moi qui vais m'occuper de lui.

Le sourire en coin se figea.

– Si je ne récupère pas Kim Sprague, ajoutai-je. Je le tuerai.

– Bogdan te pendra à une esse de boucher.

– Dis-lui qu'il a une heure pour la conduire ici.

– Et toi, dis à ton pote moitié de gueule que sa femme elle est bonne.

Je balançai mon verre de whisky contre sa joue et il tomba par terre comme si je l'avais frappé avec une brique de verre. Je pris mon temps pour descendre du tabouret, m'appuyai au bar pour assurer mon équilibre et lui décochai un coup de pied dans la tronche.

Vedmid et un autre type déboulèrent de l'arrière-salle mais, à ce moment-là, j'avais tiré le HK Mark 23 de l'étui d'épaule de Kulyk.

Je le pointai dans leur direction.

– Non.

Sans cesser de les tenir en joue, je contournai le corps vautré sur le sol et lui envoyai deux coups de pied dans les bourses. Puis je me penchai vers lui.

– Lève-toi, remets de l'ordre dans ta tenue, regarde l'heure qu'il est à ta Rolex pourrie et dégage. Le compte à rebours est lancé.

Aucune des personnes présentes dans le club n'en perdit une miette, mais pas une ne bougea.

À part les strip-teaseuses qui, l'air absent, continuaient de se contorsionner – en nous observant tout de même du coin de l'œil.

Je sortis du MaxiLounge.

*

Une dizaine de minutes plus tard, Kulyk en émergea, tenant une serviette ensanglantée contre sa joue gauche à vif et enflée. Avec Maxime et deux autres camarades, il monta à bord d'une BMW.

Je les laissai prendre un peu d'avance, puis les filai.

Les mafieux n'utilisent plus guère le téléphone pour discuter des affaires sérieuses – ils craignent trop les mises sur écoute – et gèrent les situations à l'ancienne : ils se réunissent. Je me doutais donc qu'ils me mèneraient tout droit à Brutka.

C'est ainsi que, sous le soleil éclatant d'un jour de Noël à Miami, je roulai dans le sillage d'une voiture chargée de Russes pendant le bref trajet de Hallandale Beach à Sunny Isles Beach. Je la suivis jusqu'à Collins Avenue, le long de la plage sur un boulevard surnommé la Riviera russe – une enfilade de hauts buildings modernistes en copro pour milliardaires, tours d'acier et de verre avec vue imprenable sur l'océan.

L'argent devait couler à flots avec la prostitution, le trafic de filles, la came, les opérations bancaires, le blanchiment d'argent et les affaires immobilières.

La BMW pénétra dans le garage situé sous l'une des tours. Quant à moi, je trouvai une place dans la rue.

Pendant que j'attendais, je téléphonai à Charlie. Il parut surpris de m'entendre.

– Où étais-tu passé ? Des nouvelles de Kim ?

– Je ne veux pas te donner de faux espoirs.

– Les espoirs sont tout ce qu'il me reste.

– J'ai quelques pistes. Bonne ou mauvaise chose, à voir… Je te donnerai les détails quand je te verrai.

– Quand, au juste ?

– Je ne sais pas. Je dois te laisser, Charlie.

C'était un mensonge pieux. Je n'avais pas envie de lui parler du risque insensé que je prenais avec le mince espoir que Kim soit toujours en vie.

Ce que je voulais faire, c'était frapper à sa porte avec Kim à mes côtés.

Joyeux Noël !

Je me laissais bercer par cette douce rêverie quand trois voitures émergèrent du parking souterrain : la BMW, une Lincoln Town

Car et une Cadillac Escalade. Cette dernière était pleine de types armés.

Les vitres de la Town Car étant teintées, je ne voyais pas l'intérieur du véhicule, mais je me dis que Brutka devait s'y trouver.

Peut-être même Kim – quoique, c'était sans doute trop demander.

Au moins, j'avais réussi à faire sortir Brutka de sa citadelle. Si ma menace les avait décidés à conduire Kim au MaxiLounge, parfait ! Je la ramènerais à Charlie et regagnerais mes pénates.

Dans le cas contraire, je ne savais pas ce que je ferais, mais ce serait moche.

Le petit convoi prit la direction opposée à celle de la boîte, se dirigeant plein sud par Collins Avenue jusqu'au moment où il tourna à droite et s'engagea dans la marina de Haulover Park. Je le laissai me distancer un peu le temps qu'il se gare, puis regardai les passagers descendre de voiture et traverser le parking jusqu'à une presqu'île bordée d'arbres et de yachts.

Kulyk ouvrait la marche, suivi de Brutka, Vedmid et de deux autres sbires, chacun encadré par ses gardes du corps qui tournaient la tête de tous côtés. Ils longèrent le quai entre les bateaux à l'ancre et s'arrêtèrent devant le dernier.

Je me garai et m'avançai sous le couvert des arbres.

Je reconnus la vedette d'après les agréables souvenirs que j'avais gardés de ma bagarre avec Giorgi, et m'en approchai en rampant.

Brutka, posté à la poupe, semblait contrarié. Il alluma une cigarette et regarda en arrière, vers la marina.

Puis il consulta sa montre.

Peut-être craignait-il que j'aie le temps de me pointer, peut-être pas.

J'aurais pu le descendre – avec l'arme appartenant à l'un de ses hommes –, mais je préférai différer au cas où il aurait donné l'ordre qu'on lui ramène Kim ou au cas où celle-ci se trouverait à bord.

Brutka jeta son mégot dans l'eau et descendit en cabine.

Prenant mon mal en patience, j'attendis sous le soleil couchant tandis que le crépuscule teintait le ciel de lueurs roses.

L'heure s'était écoulée.

J'avais promis à Brutka de le tuer s'il ne me remettait pas Kim.

Et, au risque de me répéter : on m'avait appris à tenir mes promesses.

Retenaient-ils Kim prisonnière dans une cabine ?

Je ne pouvais l'exclure, même si je devais aussi envisager la possibilité que Brutka l'ait fait tuer lors de sa prise de contrôle de l'agence Elite Modeling.

Charlie et moi avions participé à des sauvetages d'otages en Irak.

Les règles d'engagement étaient très simples : intervenir, tuer tout le monde sauf les otages.

Mais, là, j'étais seul et n'avais qu'un pistolet.

Cela dit, c'était un bon modèle – Kulyk m'avait rendu un fier service sur ce coup-là. Le Heckler & Koch Mark 23 disposait d'une lunette laser, d'un silencieux et d'un chargeur de douze munitions calibre 45 munies de pouvoir d'arrêt – doux euphémisme pour désigner une puissance de feu mortelle.

Ce qui, grosso modo, correspondait au but que je m'étais fixé.

Intervenir et tuer tout le monde excepté Kim.

Ouais, bon. J'aurais mieux fait de tout remettre entre les mains de la police du comté de Miami-Dade. Sauf que je savais ce qu'il se passerait.

Rien.

Brutka contacterait un de ses amis haut placés et tout resterait en l'état.

Il avait sans doute fait tuer Kim, il avait tenté de nous faire descendre, Delgado et moi, alors je n'allais pas lui laisser une deuxième occasion de s'y essayer.

Quand j'étais flic, j'allais droit au but, mais il m'arrivait aussi de botter en touche. Une ou deux fois, alors que je n'avais pas de mandat de perquisition en poche, je n'avais pas entendu crier à l'intérieur d'une maison. Peut-être n'emmenais-je pas toujours tout de suite un suspect au poste, préférant le conduire dans la campagne pour lui « expliquer » certaines choses.

Je ne dirais pas que tous les flics le font, mais la plupart oui.

C'est ce que vous attendez de nous, avouez-le.

Si celui ou celle que vous aimez s'est fait agresser, si votre enfant a disparu, si votre mari ou votre femme a été abattu au cours d'un braquage à deux sous, c'est ce que vous attendez de nous.

Mais tuer, là, c'est autre chose.

Et encore.

Pas vraiment.

Comme je disais, j'avais vu des types comme Brutka en Irak et je les avais expédiés *ad patres*.

Pas de mandat, pas de verdict, pas d'appel.

Et je ne m'en portais pas plus mal.

Une des sentinelles de Brutka faisait le guet à la poupe, armé, lui aussi, d'un de ces Vityaz que ces gars-là semblaient affectionner.

Selon le code de conduite des flics, j'aurais dû m'approcher de lui en douce et lui dire : « Haut les mains. Lâche ton arme », mais je n'avais pas d'insigne sur moi et devais penser à la vie de Kim autant qu'à la mienne. Je ne vais pas vous raconter d'histoires : je n'avais pas envie de mourir pour la sauver, à moins de ne pas pouvoir faire autrement.

Le type m'épargna toute prise de tête quand il me repéra.

Mais le point rouge était déjà positionné sur son crâne, et ce fut réglé.

Il s'effondra et sa mitraillette racla le pont au moment où je sautais du quai sur le bateau.

Le mec suivant se comporta comme un bleu : il rappliqua en pointant son pistolet devant lui, à la recherche d'une cible, laquelle le visait déjà.

J'enjambai son corps, ouvris d'un coup de pied la porte de l'escalier menant à la cabine et descendis les trois marches.

Vedmid, Kulyk et Brutka tapaient le carton, assis à une table de jeu, de petits verres de vodka à côté d'eux.

– Les mains à plat devant vous ! gueulai-je.

Ils me regardèrent pointer la bouche du pistolet sur le large front de Brutka. Il savait que le point rouge le ciblait, si bien qu'il posa ses grosses mains sur la table.

Ses hommes l'imitèrent.

– Kim ! beuglai-je. Kim, c'est Decker !

Pas de réponse.

– Tu devras crier beaucoup plus fort que ça, petit marrant, me lança Brutka.

– Où est-elle ?

– Tu crois que j'ai tué cette fille ? J'aurais dû, mais elle rapporte beaucoup vivante. Une nana comme ça, sur le dos, à genoux, à quatre pattes – une gagneuse. J'avais des instructions.

Et moi, envie de gerber.

– Le *vor* ? Donne-moi son nom.

Brutka secoua la tête.

– Si je te le disais, je mourrais. Et beaucoup plus lentement que tu ne l'as prévu.

– Pas si je t'éclate le bide.

– Parce que je suis un sale type, c'est ça ? dit Brutka. Et qu'en est-il de ton pote Charlie ? Laisse-moi te dire une chose sur lui, petit marrant : ton grand ami n'aime pas régler ses dettes.

La tête me tourna.

Brutka le remarqua, et poursuivit :

– Donc, sa femme s'en acquitte pour lui.

Je regardai les yeux porcins de ce mac. Charlie lui devait de l'argent et il se remboursait à sa manière.

– Où est-elle ? insistai-je.

– Là où tu ne la retrouveras jamais.

Je lui tirai dans le pied gauche.

La balle fit exploser une partie de sa chaussure et un orteil.

Vedmid voulut dégainer, mais je fus plus rapide que lui et le visai.

Il reposa ses mains sur la table.

Je braquai de nouveau mon arme sur Brutka.

– La prochaine, c'est dans la rotule, et puis on continuera à jouer.

– En Allemagne, geignit-il, plié en deux par la douleur. C'est tout ce que je sais.

– Le *vor* ?

Il secoua la tête.

– Tire, dit-il.

J'aurais dû l'écouter.

Avec le recul, j'aurais dû les buter tous les trois.

Mais Brutka, de nouveau, lut en moi.

Sut que je n'en serais pas capable.

Ceux qui ont ce regard-là le savent toujours.

Je battis en retraite en me couvrant avec mon pistolet et descendis du bateau.

Ils ne tentèrent pas de me rattraper.

Charlie vint m'ouvrir.

Je lui décochai mon meilleur crochet du droit, et il s'écroula par terre.

L'obligeant à se relever, je le tins de telle façon que seul le bout de ses orteils touchait le sol.

– Tu m'as menti, Charlie.

– Deck ! Qu'est-ce que tu… ?

– Combien leur dois-tu, Charlie ?

– À qui ? De quoi… ?

– Aux Russes. Ces gens que tu te devais d'inviter à ton mariage. Combien leur dois-tu ?

– Il faut que je boive un verre, Deck. Au moins, laisse-moi boire.

Je le lâchai. Il s'approcha du bar, se servit trois doigts de scotch. D'un geste, il m'en proposa un, mais je fis « non » de la tête. Je ne trinquerais plus jamais avec Charlie Sprague.

Puis il s'assit et me déballa tout.

Quand la bulle immobilière des années 1980 avait éclaté, il s'était retrouvé ruiné. Endetté jusqu'au cou, avec sur les bras un patrimoine immobilier que personne, par manque de liquidités, n'avait les moyens d'acheter. Brutka était venu le trouver pour lui faire une offre censée régler leurs problèmes respectifs : lui-même détenait du fric en provenance de Russie qu'il devait blanchir, Charlie, en faillite, avait besoin d'argent frais.

Pendant un moment, tout s'était bien passé. Le marché avait repris des couleurs et les Russes se réjouissaient de leurs retours sur investissement.

Puis Charlie était devenu trop gourmand.

Il voulait se libérer de leur joug et blanchir des millions de leurs dollars dans le projet Lumina. Il lui avait fallu des années, soit plus de temps que prévu, pour obtenir les autorisations, après quoi les coûts avaient grimpé en flèche. Dès lors, impossible pour lui de faire cavalier seul.

– Bon sang, Charlie ! Pourquoi ne m'en as-tu pas parlé ?

– À quoi bon ? Tu te serais pointé avec la garde nationale du Nebraska ? On parle de la Mafia russe, nom d'un chien ! Tu as vu de quoi ces types sont capables…

Il pensait qu'ils le tueraient, au lieu de quoi ils avaient décidé de le saigner à blanc. De le dépouiller de tous ses biens tandis que les intérêts irrécouvrables ne cessaient d'augmenter.

– Ils m'ont tout pris, geignit-il. Tout. Le yacht, la villa, mes autres propriétés, les bijoux.

– Ils t'ont pris Kim, Charlie.

– Non, ne dis pas ça.

– Ils l'ont prise pour continuer à se rembourser de ta dette.

– Qu'entends-tu par là ?

– Quoi d'autre que ce que tu penses, à ton avis ?

Il accusa le coup.

– Oh, bon Dieu ! Oh, non… Elle avait laissé cette vie-là derrière elle.

Je me levai.

– Où vas-tu ?

– Chercher Kim.

– Bon Dieu, Deck ! Je ne mérite pas…

– Toi, non. Mais elle, oui. Je vais avoir besoin de cash et d'une Black Card[1]. Fais-la envoyer pour demain au bureau American Express de Munich.

– Munich ? Pourquoi… ?

– Ferme-la ! Tu as eu une chance de parler et tu ne l'as pas saisie. Contente-toi de faire ce que je te demande.

– D'accord. Tu as raison. Tu as raison.

– Je te la ramènerai, Charlie. Ce qu'elle décidera de faire après ne regarde qu'elle.

1. Carte de crédit réservée aux meilleurs clients d'American Express et donnant droit à des services exceptionnels.

Si Kim se sentait de rester avec lui, ce serait son choix.
Qui ne serait pas le mien.

*

Delgado m'ouvrit la porte et me dévisagea.

Elle portait son pistolet à sa ceinture.

– Je pensais que tu resterais au moins le temps de partager un café, un petit déjeuner, un baiser rapide. Que tu m'aurais laissé un mot, que tu m'appellerais…

Je lui racontai ce qu'il s'était passé.

– Je partirai demain matin, dis-je.

Pas le choix.

Il y avait dans tout ça quelque chose qui, je le sentais, allait me ramener de force à mes jours les plus sombres.

Peut-être même était-ce déjà le cas.

– Tu comptes écumer tout le pays ? s'enquit-elle.

– S'il le faut.

– Je suis mise à pied. Je pars avec toi.

– Non. Merci.

On n'entraîne personne dans ses propres ténèbres, on s'y avance seul.

– Au moins, reste cette nuit, proposa-t-elle.

Ça, je le pouvais. Nous fîmes l'amour, parlâmes, puis fîmes de nouveau l'amour. Cette fois, j'attendis qu'elle se réveille pour lui dire au revoir.

– *Cuidate, cariño*, murmura-t-elle.

– Ce qui veut dire ?

– Fais gaffe, mon amour.

Bon conseil.

Je le savais d'expérience…

C'est une chose d'aller en Allemagne.

C'en est une autre d'en revenir.

Voilà que je parcourais de nouveau les rues allemandes.

Cette fois, avec un but.

Retrouver Kim Sprague pendant qu'il en était encore temps.

Parmi quatre-vingts millions d'habitants.

Dont quatre cent mille « travailleuses du sexe », le taux le plus élevé par habitant en Europe. C'est légal dans ce pays, et avec plus d'un million et demi de clients par jour ces affaires-là atteignent les vingt et un milliards de dollars par an.

Le sexe rapporte plus de fric que Porsche ou Adidas.

La plupart des villes d'Allemagne, grandes ou petites, ont des quartiers chauds, anciens ou nouveaux. Certaines disposent de rues où les sex-shops se succèdent en enfilade, d'autres de véritables supermarchés du cul où les clients font du lèche-vitrine pour mater les filles assises dans de petites cabines – *Verrichtungsboxen* : les boîtes où la chose se fait.

Je commençais par Munich, avec l'idée de remonter du sud au nord. De plus, Munich est une ville riche – le fric y coule à flots –, et dispose du genre d'argent qui permet de s'offrir une femme comme Kim Sprague.

*

Après la Floride, le froid fut un sacré choc. Je m'étais acheté une parka et un bonnet en laine dans un surplus de la Navy américaine, à Miami, mais pas de gants, et j'enfonçai les mains dans mes poches tandis que je sortais dans l'air glacial, hélais un taxi et priais le chauffeur de m'attendre le temps que je me rende dans le bureau AmEx. On y avait un paquet pour moi – vingt mille euros en espèces et une carte de crédit noire.

Je ressortis et lui indiquai de me déposer à l'hôtel Königshof. Ce n'était pas dans mes habitudes, mais j'avais mes raisons de descendre dans un palace : si vous contactez les meilleurs services d'escort, ils ne vous enverront personne si vous ne séjournez pas dans un hôtel cinq étoiles.

Je doutais que Kim tapine dans la rue. Une femme aussi belle qu'elle – une top model, une reine de beauté – atteignait sans doute un tarif bien plus élevé. Si Brutka lui servait de proxénète dans le but de se rembourser les intérêts de la dette de Charlie, il ne s'amusait pas à le faire pour des passes allant de trente à cinquante euros, tarif moyen d'une fille qui fait le trottoir dans un pays où le sexe est moins cher que les denrées alimentaires.

Ma chambre, qui donnait sur la Karlsplatz, était de toute beauté, mais je me foutais pas mal de ce confort. Je m'assis au bureau et me connectai à Internet.

Sur l'autoroute des informations, on peut vendre une femme – ou elle peut se vendre elle-même – comme un objet sur eBay ou Amazon, et j'allais forcément trouver ces sites sur la toile.

Si Brutka louait Kim sous le manteau, je n'avais aucune chance de la trouver là, mais s'il la proposait sur le Net pour des clients susceptibles de payer le prix fort, oui.

Une femme comme Kim devait rapporter entre cinq cents et deux mille dollars de l'heure. Voire vingt-cinq mille le week-end, et quarante mille pour tenir compagnie au client pendant son voyage. De quoi couvrir le bakchich dû par Charlie. Brutka savait pouvoir compter sur la soumission de Kim, car dans le cas contraire elle était sûre qu'ils tueraient son mari.

Les gens expriment toujours le même étonnement au sujet de la prostitution forcée : mais pourquoi la fille, la femme, ne s'enfuit-elle donc pas pendant qu'elle est en rendez-vous ?

Question logique pour qui ne connaît rien à ce milieu.

Parfois, la femme est camée. Elle a besoin de se faire ses fix, son mac lui fournit ce qu'il faut, et le reste elle s'en fiche.

D'autres fois, elle crève de trouille. Que se passera-t-il si elle se barre mais se fait choper ? Elle le sait, elle l'a vu – elle se fera tabasser, voire brûler, sera scarifiée ou enfermée dans un placard et affamée. Ou bien elle pense aux amies – ses sœurs, désormais – qu'elle laissera en partant et qui paieront la note à sa place si elle réussit à se tirer.

Dans le cas d'une femme en pays étranger, les trafiquants lui confisquent son passeport et ses papiers d'identité. Elle n'a pas d'argent hormis celui que veut bien lui laisser son mac, ne peut subvenir elle-même à ses besoins au-delà d'un jour ou deux, n'a nulle part où aller.

Munich affichait cinq sites d'escort girls en ligne.

Tous plus ou moins semblables.

Chacun proposait une vingtaine de filles, avec prénom et photo vignette.

Je cliquai sur l'une d'elles, ce qui ouvrit le lien avec un descriptif plus exhaustif : « Bonjour, messieurs ! Après une longue journée de travail, vous vous détendez dans votre chambre et moi, j'attends votre appel. Je suis douce, je suis sensible et je vais vous séduire en bien des façons. Avec moi, vous pourrez vous laisser aller to-ta-le-ment et ne plus penser à rien. Au fait, j'ai aussi des spécialités… Michelle. »

Elle prenait deux cent cinquante euros de l'heure.

Dominique coûtait deux fois plus – « Si, pour votre séjour en Allemagne, vous recherchez une escort charmante, élégante, très classe, je suis parfaite pour vous. »

Message reçu.

L'âge variait, de la vingtaine à la quarantaine. Certaines agences classaient leurs filles dans les catégories « Argent », « Or », « Platine » – ces dernières prenant sept cents euros pour deux heures de « rendez-vous en tête à tête », et deux mille pour « la nuit complète ».

Le marché était toujours le même : le site s'employait à expliquer dans le détail que la femme restait un entrepreneur individuel qui percevait soixante pour cent des honoraires, quarante pour cent revenant à l'agence à titre de « commission d'intermédiaire ». Tout « pourboire » ou « cadeau » relevait strictement du rapport personnel entre le client et le modèle – encore que, pour aider dans ce domaine, le site dressât la liste des préférences des filles en matière de fleurs et de parfums.

Les liens ouvraient des galeries de photos de chacune, où elles se présentaient soit habillées de pied en cap, soit en lingerie fine, soit nues – rien que des prises de vue très artistiques, très classe, très belles.

Aucune n'était Kim.

J'arpentai les rues.

Oh ! je ne m'attendais pas à tomber nez à nez avec elle, mais l'expérience m'avait appris que, lorsqu'on espère une avancée, il vaut mieux essayer de la provoquer plutôt que de rester le cul sur une chaise dans sa chambre d'hôtel.

Munich, ville rangée, catholique, soigne son centre historique avec amour. Hormis quelques sex-shops et clubs de strip-tease tristounets blottis les uns contre les autres autour de la gare, son petit quartier chaud se situe en périphérie.

Je demandai au chauffeur de taxi de me déposer sur Frankfurter Ring devant un endroit appelé Leierkasten House. De l'extérieur, ça ressemblait à une chaîne de motels « de séjour prolongé » banale, alors qu'il s'agissait d'une *Laufhaus*, une maison de passe.

Je claquai vingt-cinq euros pour une chope de mauvaise bière, et ne vis pas Kim.

Le taxi suivant me conduisit au Privat 43, un bordel plus axé sur l'efficacité et qui ne me coûta rien. Un panneau d'affichage installé dans le hall d'entrée présentait les photos de toutes les filles. Il suffisait d'appuyer sur un bouton d'appel pour celle qu'on voulait se faire et de monter dans les étages.

Je n'en pressai aucun.

Mon étape suivante fut le Caesars World, la *Laufhaus* la plus ancienne de Munich, survivance d'une époque révolue, disposant de trente chambres réparties sur trois étages. Les filles payaient cent soixante-cinq euros de location pour la mise à disposition des lieux durant vingt-quatre heures. À trente euros la passe, elles devaient se faire six mecs par jour rien que pour rentrer dans leurs frais.

C'est tout juste si je ne fus pas heureux de ne toujours pas y trouver Kim.

Autre lieu, les Mille et Une Nuits correspondaient davantage au standing de Kim : cinq cents euros la baise, et le client devait offrir une bouteille de champagne. Suite VIP et penthouse.

Pas de Kim.

Direction l'ouest de la ville, la Hansastrasse, où les travailleuses du sexe se perchaient sur des voitures dernier modèle.

Pas de chance.

Je retournai à l'hôtel et piquai un somme.

Je savais que j'allais devoir écumer les rues de nuit.

*

Dans l'après-midi, je pris le train pour Stuttgart, puis un taxi qui me conduisit dans la zone industrielle à l'orée de la ville, étrange localisation pour un endroit appelé Le Paradis.

Le Paradis était un méga-bordel.

Maillon d'une chaîne.

Sa décoration, qui faisait du lieu un pseudo-harem marocain, avait été conçue par un illustrateur de Disney en plein trip d'acide.

Moquette rouge, draperies pourpres, lustres à pendeloques. Les femmes, en lingerie fine et bas résille, traînassaient au bar, s'efforçant de persuader des hommes d'âge moyen de leur payer un verre ou de les accompagner dans des salons privés. Un vrai restaurant servait des repas de vingt-trois heures à une heure du matin.

Je m'installai au bar, commandai un scotch et bavardai avec une certaine Helena qui m'avait l'air d'avoir la trentaine bien sonnée. Châtain, mince, elle s'exprimait avec un fort accent d'Europe de l'Est. Nous transigeâmes à soixante-dix euros, et elle me précéda dans un long couloir jusqu'à une chambre où trônait un lit circulaire éclairé par des lampes à lave.

Comme elle s'apprêtait à se déshabiller, je lui dis :

– Je veux seulement parler.

– Ne me dis pas que tu es un de ceux-là ! lança-t-elle d'un air blasé. Tu veux que je te raconte tout sur mon enfance difficile, c'est ça ?

Je sortis une photo de Kim de mon blouson.

– Tu la connais ?

Elle secoua la tête.

– Mais si t'as envie d'une fille dans son genre, y a Niki. On peut le faire à trois, si tu préfères.

– Tu es sûre que cette femme n'a pas travaillé ici ?

– Je suis là depuis trois ans, je l'ai jamais vue.

– Tu as bossé dans d'autres clubs ?

– Quelques-uns. Si c'est une pro, je la connais pas.

– Et les Ukrainiens ? Les macs ? Les trafiquants ?

– Pas ici. On se la joue Starbucks. Chaîne exclusive.

Je lui donnai un autre billet de cent euros.

– Je te remercie.

– Tu ferais mieux de rester encore un peu, suggéra-t-elle. Que vont-ils penser ?

– Que tu es très douée dans ton job.

Elle rit de bon cœur.

*

Je trouvai le meilleur hôtel de la ville et me connectai sur le Net. Je fus surpris de voir que Stuttgart proposait plus de services d'escort que Munich, mais aucun d'eux n'affichait Kim.

Je dormis un peu et, le lendemain après-midi, pris le train pour Sarrebruck.

*

Là-bas, le Paradis était le plus gros baisodrome d'Allemagne. Le groupe avait fait construire cette filiale à tout juste cinq kilomètres de la France après que celle-ci avait durci ses lois anti-prostitution, de sorte que les mâles de l'hexagone transhumaient de l'autre côté de la frontière.

Mille cinq cents mètres carrés.

Coût : quatre millions et demi d'euros.

Mille filles.

Pas de Kim.

Je séjournai trois jours dans la ville et me rendis au Paradis chaque après-midi et chaque soir. Je discutai avec cinq des filles

– aucune d'elles ne connaissait Kim ni ne l'avait vue. Je téléphonai à l'un des services d'escort girls et « commandai » un « modèle » bilingue. Lady Sylvia n'avait jamais croisé Kim et n'en avait jamais entendu parler.

*

Je me rendis à Francfort et j'arpentai Bahnhofsviertel, juste en face de la gare. Le problème… enfin, l'un des problèmes… de tous les quartiers chauds de la planète est leur similitude abrutissante, leur érotisme toc qui tue l'âme. Les éclairages au néon sont partout les mêmes, les noms des boîtes de cul sont partout les mêmes, les nanas sont partout les mêmes, la tristesse omniprésente est partout la même. Ce sont les endroits les plus sinistres au monde.

Puis je réservai une chambre au Méridien, téléphonai aux services d'escort girls et finis par choisir une certaine Nina qui, si elle était bien renseignée, n'avait aucune information à me fournir sur Kim Sprague.

Je me rendis dans ces établissements typiquement allemands connus sous le nom de Fkk clubs. Les *Freikörperkultur* – la culture du corps libre, phénomène qui a émergé avec les camps de nudistes puis évolué en crypto-bordels où les hommes paient l'entrée soixante-dix euros, où les jeunes femmes – des professionnelles, pour certaines – se baladent seins nus, voire nues, et où on passe des accords pour du sexe sur place.

Pas de Kim.

Les clubs échangistes offraient une autre possibilité. La plupart des participantes étaient des amatrices passionnées, mais certaines, call-girls de luxe, demandaient discrètement une généreuse obole pour se joindre à un homme ou un couple.

Il y avait des femmes qui officiaient à domicile – *Wohnungspuffs* –, et elles figuraient sur ma liste des priorités car elles faisaient leur publicité dans la presse, ce qui leur épargnait de passer du temps sur un trottoir, et parce que beaucoup d'entre elles se trouvaient sous la coupe d'un mac appartenant à un gang de Turquie ou d'Europe de l'Est. Mais ces appartements servaient aussi de refuges – ou plutôt d'entrepôts pour la traite des filles venues de l'Est – et je n'imaginais pas Brutka dévaluant Kim en la plaçant dans l'un d'eux.

Elle ne s'y trouvait pas – du moins je ne l'y trouvai pas.

*

À Cologne, je me rendis au Pascha, un bordel de onze étages où les filles trônaient sur un haut tabouret à l'entrée de leur chambre. C'était tout aussi excitant qu'une coloscopie, et aucune des deux cents femmes devant lesquelles je passai au cours des trois visites que j'y fis n'était, ne connaissait ou n'avait vu Kim.

Je réservai une chambre à l'Excelsior et me livrai à ma recherche devenue fastidieuse au gré des agences d'escort girls. Par l'une d'elles affichant pour raison sociale « Escort Haut de Gamme », je rencontrai un « mannequin » qui ne fut pas du tout déçue que, à la place d'une partie de jambes en l'air, je lui propose de dîner. Là, elle m'affirma n'avoir jamais rencontré Kim Sprague mais ne pas demander mieux que de faire un « duo » avec elle, et m'invita à ne pas hésiter à la rappeler quand je l'aurais retrouvée.

*

Idem à Essen, Dortmund, Brunswick, Magdebourg.

Survint le jour de l'an, puis commença la nouvelle année, mais cela ne fit aucune différence pour moi.

Je finis par arriver à Berlin.

Une ville qui dénombrait plus de cinq cents bordels.

Des dizaines de services de call-girls.

Et, dans l'un d'entre eux, je retrouvai Kim.

J'étais descendu à l'Adlon.

Hôtel historique sur Unter den Linden, internationalement célèbre depuis le jour où Michael Jackson a brandi son rejeton par une de ses fenêtres. Cet établissement avait servi d'hôpital militaire au cours de la bataille de Berlin, et je ressentis cette atmosphère dès que je me présentai à la réception.

Je montai dans ma chambre, qui offrait une vue tronquée de la porte de Brandebourg, et me consacrai à ma petite routine : je me connectai au Net et cherchai les services d'escort.

Si on ne trouve pas une call-girl à Berlin, c'est qu'on n'en cherche pas.

Je consultai Escort Grand Standing, Modèles Prestige, Victoria Girls, et…

Agence de mode Elite Modeling.

Tiens ! Comme à Miami.

Certes, une dénomination courante.

Mais une photo d'elle figurait sur la page d'accueil du site.

« Carolynne ».

Le prénom me sauta à la figure.

Ses yeux, comme ceux de toutes les filles, étaient barrés par un bandeau sur lequel se lisait « Agence de mode Elite Modeling », mais le visage évoquait le sien.

Je cliquai sur l'image.

Ce lien me permit d'accéder à une galerie de photos d'elle assortie d'un descriptif.

Les mensurations, la teinte de cheveux, la couleur des yeux, les tailles de robe et de soutien-gorge : tout collait. Il était spécifié qu'elle parlait l'anglais. Que ses fleurs préférées étaient « toutes les blanches », et son parfum de prédilection la gamme de Dolce & Gabbana dans sa totalité.

Tout correspondait.

Mais ce fut une des photos présentées dans la galerie qui me convainquit tout à fait.

Les yeux étaient dissimulés, comme sur toutes les autres, où elle portait tantôt une robe de soirée, tantôt de la lingerie rouge, tantôt rien du tout. Mais la quatrième la montrait en robe noire décolletée, assise sur une banquette et jouant du piano.

Je revins en arrière pour regarder de nouveau le cliché de nu.

La cicatrice sur sa jambe droite avait été effacée grâce à Photoshop, mais j'en distinguai la trace.

Carolynne figurait dans la catégorie « Platine », soit mille cinq cents euros pour un rendez-vous privé de six heures.

Je composai le numéro.

L'opératrice, percevant mon mauvais accent allemand, se mit à parler un très bon anglais.

Je lui demandai si, par hasard, Carolynne était disponible ce soir-là et retins mon souffle pendant qu'elle s'en assurait.

Trente interminables secondes plus tard, elle reprit la ligne et m'annonça que c'était mon jour de chance : il y avait eu une annulation. Dans quel hôtel étais-je descendu ? L'Adlon reçut son approbation.

– Avez-vous bien compris que ce rendez-vous devait durer au minimum six heures ?

– Oui. Je pensais l'inviter à dîner…

– Bien entendu. Vous aurez certainement remarqué que Carolynne a un faible pour la cuisine méditerranéenne.

– J'ai vu ça, oui.

– Si nous pouvons vous aider en réservant une table ou en vous suggérant un restaurant…

– J'en parlerai au concierge.

– Excellente idée. Comment souhaitez-vous régler les honoraires ?

Je lui donnai le numéro de la carte AmEx noire en faisant le vœu que Charlie ait payé sa facture.

Une longue minute plus tard, elle me reprit en ligne.

– À quelle heure souhaitez-vous que Carolynne arrive ?

– Vingt heures ?

– Vingt heures, c'est parfait. À l'Adlon, je suppose ?

– Oui.

– Hall ou chambre ?

– Euh… chambre.

Le silence se fit, se prolongea, puis :

– J'aurais besoin du numéro de la chambre.

– Oh ! bien sûr. 614.

– Avez-vous une préférence pour la tenue vestimentaire ?

– À sa guise.

– Parfait. Et, sans vouloir être indiscrète, avez-vous des exigences particulières ? Des préférences ? Vous avez dû voir sur son profil que Carolynne était ouverte à…

– Dites-lui que j'aimerais beaucoup l'entendre jouer du piano. Peut-être du Chopin.

– Oh, comme c'est mignon ! Parfait. Carolynne viendra vous rendre visite à l'Adlon, chambre 614, ce soir, à vingt heures précises. Y a-t-il autre chose que nous puissions faire pour vous ?

– Cela devrait suffire.

– Parfait. Je suis sûre que vous vivrez une expérience très enrichissante et que, pour vos besoins futurs, vous ferez de nouveau appel à nos services.

Ouais.

Je n'avais qu'un besoin, trouver le moyen d'arracher Kim à ce réseau, réussir à la faire sortir du pays et à la ramener chez elle, le tout sans nous faire tuer tous les deux.

À part ça, rien.

J'y avais réfléchi pendant toute cette période où je m'étais évertué en vain à la retrouver. Je ne pouvais pas l'emmener à l'aéroport, même si elle le voulait. Elle n'avait plus de papiers et je n'avais aucun moyen de lui permettre de franchir les contrôles de sécurité.

Nous pouvions prendre le train pour quitter l'Allemagne et nous rendre dans n'importe quel pays de l'Union européenne sans passeport, puis nous présenter dans un consulat américain et raconter qu'elle avait perdu le sien ou se l'était fait voler afin qu'on lui remette un laissez-passer. Mais pendant ce temps la bande à Brutka nous rechercherait.

La meilleure solution était d'attaquer franchement.

L'ambassade des États-Unis se trouvait en face de l'hôtel, de l'autre côté de la place. J'y conduirais Kim, expliquerais que c'était une Américaine, Kim Sprague, victime de trafic sexuel, déclarée disparue à Miami depuis plusieurs semaines. Je donnerais des références FBI pour preuve de ma bonne foi et Kim serait escortée par la police fédérale allemande jusqu'à l'aéroport où elle prendrait l'avion.

Elle allait reconnaître mon nom sur le planning des rendez-vous. J'espérais qu'elle comprendrait le message que j'avais voulu lui faire passer en parlant du piano : j'étais venu pour la sortir de là.

*

La journée traîna en longueur.

Au fil de l'après-midi, je me demandai si Kim honorerait ou pas notre « rencard ». Me faisait-elle confiance ? Souhaitait-elle recevoir de l'aide, se libérer de tout ça ? Ils la retenaient prisonnière depuis plusieurs semaines maintenant, elle pouvait aisément souffrir du syndrome de Stockholm. Ou peut-être aimait-elle encore Charlie et ferait-elle n'importe quoi pour lui sauver la mise, sans se rendre compte qu'on les saignerait à blanc jusqu'à ce qu'il ne leur reste plus rien, ni corps ni âme.

Je sortis marcher dans Unter den Linden.

Bien des fois déjà j'avais parcouru cette avenue pendant mes sombres jours de détresse. De la porte de Brandebourg à la Pariser Platz, que je traversais pour passer devant l'Opéra et continuer jusqu'à la statue de Frédéric le Grand, remarquant à peine ces repères culturels, ruminant dans ma tête ma période en Irak, les amis que j'y avais enterrés, tous ces potes sans bras ni jambes, ou au visage balafré, mutilé. Après les tilleuls, je me promènerais sur la Bebelplatz ou franchirais le Schlossbrück, mes pensées tournées vers ces interminables semaines passées à l'hôpital, la douleur, la peur, l'ennui, la colère.

Pour l'heure, il floconnait et je voyais vraiment cette ville pour la première fois.

Même sous un ciel gris, elle était belle.

Je marchai vers Alexanderplatz en me demandant si j'agissais pour le mieux. Peut-être aurais-je dû alerter la police allemande, ou joindre mes contacts au FBI afin qu'ils la préviennent. Faire en sorte que des policiers soient avec moi dans ma chambre quand Kim se présenterait au rendez-vous. À supposer qu'elle vienne. Dans le cas contraire, ils pourraient mettre la pression sur Elite Modeling pour obtenir sa libération.

Je ne suis pas un cow-boy.

Je crois aux systèmes et aux procédures, et pense que la plupart des services de police sont très efficaces, surtout dans les grandes villes. Par ailleurs, je n'avais entendu dire que du bien des forces berlinoises de la police fédérale allemande.

Si Kim se présentait à l'hôtel, sans doute vaudrait-il mieux qu'ils soient présents. Mais si elle ne venait pas, cela ouvrirait une boîte de Pandore que je ne pourrais pas refermer. Si les Russes pensaient que les autorités les avaient dans le collimateur, ils risquaient de l'emmener en Ukraine.

Ou pis encore.

Je décidai de la jouer solo.

Si Kim n'honorait pas le rendez-vous, il me resterait l'agence d'escort girls, sur laquelle je ferais pression à ma manière.

J'atteignis l'Alexanderplatz, son immense gare ferroviaire et sa fameuse horloge universelle, puis je tombai sur un magasin d'articles de sport dans le nouveau centre commercial. Le rayon camping proposait un grand choix de couteaux Böker. J'hésitai entre le Solo Classic, le Kressler Subhilt Fighter et l'Escrima.

L'Escrima bénéficiait d'un très bel équilibre et sa lame de quatre pouces en forme de lance me plaisait bien, comme son manche fraisé de façon qu'il ne vous échappe pas de la main.

Il était conçu pour le corps à corps.

À mon retour à l'hôtel, je m'arrêtai à la réception.

– Ma sœur de Zurich vient me rendre une visite inopinée, dis-je. Auriez-vous une chambre disponible pour une nuit, non loin de la mienne peut-être ?

Il y en avait une juste en face et je la réservai.
Puis ce ne fut plus qu'une question de patience.

*

Je pris une longue douche chaude, me rasai de près et me changeai au profit d'une chemise blanche, d'un jean et de mon blazer bleu habituel. Cela ne cadrait pas avec le stéréotype de l'homme d'affaires dépensier, mais quelle importance ?

Kim savait déjà qui j'étais.

Dix-neuf heures.

Une heure fait l'effet de durer une demi-journée dans une situation pareille. Toutes les dix minutes je consultais ma montre pour me rendre compte que deux seulement s'étaient écoulées.

Finalement, à dix-neuf heures quarante-cinq je traversai le couloir, pénétrai dans la chambre 613 et attendis derrière la porte.

L'œil collé au judas.

Je l'entendis arriver – même sur la moquette, ses talons aiguilles cliquetaient. Elle s'arrêta devant la chambre 614, ôta son manteau de fourrure et rajusta le bas de sa mini robe dos-nu. Elle portait un rang de perles autour du cou.

Le type à côté d'elle était un grand dégingandé. Cheveux bruns lissés en arrière, barbe de deux jours à la mode. Il se plaqua contre le mur près des charnières de la porte. Son blouson en cuir noir, qui paraissait neuf, crissa quand il en sortit son pistolet.

Un Makarov 9 × 18 mm muni d'un silencieux.

Le gars derrière lui portait lui aussi un blouson de cuir noir – ce devait être l'uniforme de la Mafia ukrainienne –, sauf que lui était hyper baraqué et avait le crâne rasé. Il ne dégaina pas d'arme, soit qu'il n'en avait pas, soit qu'il n'en voyait pas l'utilité.

Je n'avais pas le temps d'envisager toutes les implications possibles de cette situation. Ou bien Kim les avait prévenus, ou bien ils avaient appris ma présence en Allemagne, la petite enquête que je menais sur elle. Quoi qu'il en soit, le sort en était jeté. Je m'étais, au vrai sens du terme, armé d'un couteau pour me battre contre des armes à feu.

Mais ce serait, je le savais, ma seule et unique chance.

Idem pour Kim.

Je serrai le couteau dans ma main droite.

Le type au Makarov fit un signe de tête à Kim.

– Prête ?

Elle frappa à la porte.

Je profitai de cette seconde où le trio attendait pour jaillir dans le couloir.

Le mec était un bon, un pro. Sans hésiter, il retourna son arme vers moi et tira. Je m'étais aplati au sol. Je fonçai sur lui et sectionnai l'intérieur de sa cuisse au niveau de l'artère fémorale. Il laissa tomber son pistolet et porta les deux mains à sa blessure, essayant de stopper le saignement en pressant un doigt juste au-dessus.

J'avais bondi sur son complice sans laisser à celui-ci le temps de réagir. Il plongea sa main droite dans son blouson pour dégainer son pistolet. Je lui allongeai un coup de pied sur le poignet, que je cassai. Hurlant de douleur, il me balança un crochet du gauche et je sentis la force de son poing faire siffler l'air contre mon visage, toutefois j'esquivai le coup en me baissant. J'aurais pu lui enfoncer le couteau dans le ventre, pourtant quelque chose me retint. J'en fus quitte pour me redresser et lui entailler le biceps.

Pendant qu'il appuyait sur sa blessure pour tenter de juguler le saignement, je reculai d'un pas et tendis le bras vers Kim.

La prenant par la main, je l'entraînai vers la sortie au bout du couloir, quelques mètres plus loin. Si nous réussissions à les semer en passant par l'escalier, nous serions libres de rentrer chez nous.

– Deck…

– Tout va bien, je t'ai récupérée.

À peine avais-je fini ma phrase qu'on m'attrapait par le cou.

C'était le colosse. Il me tira en arrière pour me forcer à lâcher Kim, me poussa dans le couloir et me cogna le visage contre le mur.

Une fois, deux fois.

La troisième fois, je crus que ma nuque allait se briser tandis que je glissais par terre, à demi inconscient. Je balançai un coup de pied, dans l'espoir de le toucher au genou, mais je n'avais plus de forces dans les jambes.

Relevant les yeux, je le vis saisir Kim par le poignet et l'entraîner vers la sortie de secours.

Elle hurla :

– Decker !

Je voulus me relever, mais mon corps n'obéissait plus aux ordres de mon cerveau.

Après plusieurs tentatives, je parvins à me remettre debout et titubai en direction de la porte donnant accès à l'escalier. Le couloir tanguait, je rebondissais d'un mur à l'autre, me faisant l'effet d'être un marin ivre sur une mer démontée.

Enfin, j'atteignis la porte, l'ouvris.

Les marches m'évoquèrent une pente de montagne abrupte. Des bruits de pas résonnaient au-dessous de moi, alors je me soutins à la rampe et commençai de descendre, mais mon pied glissa et j'allai m'écraser contre le mur du premier palier. Tendant de nouveau la main vers la rampe, je me redressai, chacun de mes pas se répercutant dans mon cerveau sous le choc.

Je parvins à la porte du hall. Des visages éberlués me suivirent des yeux tandis que je traversais ce dernier et rejoignais la rue.

Ils avaient disparu.

Dans la nuit noire berlinoise.

L'occasion m'avait été donnée de sauver Kim et j'avais tout fait foirer.

Le type au Makarov avait rampé jusqu'à la sortie de secours du sixième étage, laissant dans son sillage une traînée de sang sur la moquette. Encore à demi conscient, il avait réussi à ramasser son arme.

J'écrasai ses doigts jusqu'à ce qu'il la lâche, puis je la récupérai d'une main tandis que, de l'autre, je l'empoignais par le col et le tirais jusque dans la chambre 614.

Il comprimait sa plaie d'un doigt, mais le sang suintait tout autour. Je sortis de mon sac le kit de premiers secours et pris le garrot. Puis je lui donnai un coup de latte dans les côtes afin qu'il m'accorde toute son attention et lui montrai mon matériel.

– Tu me comprends quand je te parle ?

Il acquiesça.

– Je peux ralentir cette hémorragie le temps que tu arrives à l'hôpital, dis-je, ou te laisser te vider de ton sang. Tu n'as pas beaucoup de temps pour y réfléchir.

Il secoua faiblement la tête.

– Mes frères…

– T'ont laissé crever ici.

Pour moi aussi le temps était compté. La police allait arriver d'une minute à l'autre et voudrait me poser des questions pour lesquelles je n'aurais pas de bonnes réponses à fournir.

– Alors t'en as rien à battre d'eux, poursuivis-je. Voilà ce que je veux savoir : où vont-ils emmener la fille ?

Il secoua de nouveau la tête.

J'attrapai son doigt et le sang gicla.

– Hambourg ! cria-t-il. On est venus de Hambourg !

– Où ça, à Hambourg ?

– J'sais pas…

Autre coup de latte dans le genou.

Il hurla, puis gueula :

– Je sais pas où ils la détiennent !

– Qui ça, « ils » ?

– L'agence.

– Elite ?

Il acquiesça.

– Ils sont basés là-bas, geignit-il.

– Où est-ce que je peux les trouver ? File-moi une adresse.

Il me donna un numéro sur la Reeperbahn.

– Je demande qui ? le relançai-je. Un nom.

– Willi. Stein.

– Il est allemand ?

– Oui.

– Mais il bosse pour les Ukrainiens ?

– Oui. S'il te plaît !

Je posai le garrot et mis une bande de compression sur sa blessure. Je l'avais fait plus d'une fois en Irak. Avec de la chance, il pourrait peut-être arriver en vie aux urgences.

J'eus tout juste le temps de me rendre aux toilettes, où je tombai à genoux et vomis. Je restai dans cette posture de prière une minute ou deux, histoire de reprendre mes esprits, puis je pris appui sur mes avant-bras, me relevai et me regardai dans le miroir.

J'avais le visage ensanglanté, le nez cassé, déjà tuméfié, le front barré d'une coupure à vif. Je savais que je souffrais d'un traumatisme crânien, et j'entendais un bruit bizarre dans mon cou quand j'essayais de bouger la tête.

Je me rinçai le mieux possible et enfonçai des bouts de coton dans mes narines pour stopper le saignement. Me changeai au profit d'une chemise propre et jetai mes autres affaires dans mon sac de voyage.

Puis je téléphonai à la réception :

– Il y a eu un accident grave dans la 614. Faites venir une équipe médicale tout de suite.

Je plongeai la main dans le blouson du mec au Makarov et pris son téléphone.

– Comment t'appelles-tu ?

– Kostya. Dudek.

– Alors, bonne chance, Kostya.

– Je t'emmerde.

Je descendis par l'escalier de service, sortis dans la rue, puis longeai plusieurs blocs d'immeubles avant de trouver un taxi. Je demandai au chauffeur de me conduire à la gare. Un train express partait pour Hambourg vingt minutes plus tard, et je montai à bord.

Toute ma stratégie avait été une erreur de calcul.

Je ne pourrais pas trouver Kim ni la leur prendre.

Je devais les obliger à me la remettre.

Dans le train, j'inspectai le contenu du téléphone de Kostya Dudek.

Je trouvai les numéros de Willi, portable et bureau. Il y avait même une mini-photo de lui – pratique.

Calvitie naissante, barbe poivre et sel.

Plus l'air d'un prof que d'un mac.

Ma tête me faisait un mal de chien.

J'avais très envie de dormir, mais je savais qu'il valait mieux s'en abstenir en cas de trauma crânien, si bien que je continuai à parcourir la liste des contacts de Kostya. Le colosse qui m'avait donné la migraine s'y trouvait : Vlad Andrichuk.

Merci, Vlad.

J'espérais que Vlad irait trouver directement Willi, mais ils étaient certainement plus malins que ça. Cela étant, Willi Stein savait sans doute que le contrat sur ma personne s'était soldé par un échec, et avait dû relayer la bonne nouvelle à qui de droit.

Au *vor*, au patron.

Que je devais obliger à me rendre Kim.

*

Le train arriva à Hambourg à onze heures quinze. Je sautai dans un taxi pour me rendre sur la Reeperbahn. Le chauffeur ne put se retenir de sourire, narquois, en voyant mon visage contusionné dans son rétroviseur.

– Vous êtes sûr de ne pas vous être assez amusé hier soir ?

La Reeperbahn, c'est le DisneyWorld des quartiers chauds.

Les touristes y vont baguenauder dans la Herbertstrasse, où les prostituées sont sagement assises en vitrine ou, pour les plus agressives d'entre elles, sortent sur le pas de leur porte pour solliciter le client. C'est une artère sinistre de plus de un kilomètre de long bordée de clubs de strip-tease, de bars, de fast-foods, où de jeunes poivrots traînent à chaque coin de rue. Un bout d'enfer désespéré éclairé de néons rouge vif.

Des filles tentaient de m'attirer en m'attrapant par la main, par le coude, souriantes, offrant leurs services, se vendant cher, puis moins cher, avant d'essayer d'alpaguer un autre micheton.

Je me faufilai parmi les badauds et les putes jusqu'à ce que je trouve l'adresse que Kostya m'avait donnée, des bureaux situés au deuxième étage, au-dessus d'un bar. La lumière était allumée. Je passai sous l'immeuble, marchant jusqu'à un petit parking où il y avait des poubelles, une benne à ordures et tout juste assez de place pour une voiture – une Mercedes.

J'attendis là.

J'avais mal au crâne et mon visage me brûlait à cause du froid.

J'enfonçai les mains dans mes poches et tapai des pieds. À Berlin, il fait froid. À Hambourg, ville perchée au-dessus de la mer – le port a été la clé de ses grandes richesses à travers les âges –, il fait froid et humide.

Au moins, je n'aurais aucun problème pour rester éveillé.

*

Une heure plus tard, Willi Stein sortait de l'immeuble, un attaché-case à la main, enveloppé dans un manteau épais et luxueux, coiffé d'une chapka. D'une chiquenaude sur sa télécommande, il déverrouilla sa voiture.

Au moment où il ouvrait sa portière, je lui collai le Makarov dans le creux des reins.

Il se raidit.

– Ne vous retournez pas, dis-je.

– Prenez l'attaché-case et partez. Mais il contient peu d'espèces. Notre agence monte des opérations financières. Crédits et virements bancaires.

Je lui donnai des petits coups avec le canon du pistolet.

– Prenez le volant.

Pendant qu'il s'exécutait, j'ouvris la portière arrière et m'assis derrière lui.

– Pour votre gouverne, sachez que la balle traversera le siège. Il ne vous offrira aucune protection, il rendra seulement la chirurgie réparatrice plus difficile à cause des fragments de cuir. Démarrez et roulez.

Willi obtempéra.

– Où vais-je ?

– Chez vous, Willi.

Il tressaillit en m'entendant prononcer son prénom.

– Que me voulez-vous ?

– Je viens de vous le dire. Maintenant, roulez.

Il habitait à Blankenese, quartier riche de Hambourg, ancien village de pêcheurs situé sur les bords de l'Elbe, dans la partie ouest de la ville.

Ça nous laissait le temps de papoter.

– Où est-elle ? demandai-je.

– Qui ?

– Ce n'est pas la bonne stratégie, Willi.

– On a beaucoup de filles, dit-il d'une voix mal assurée.

– Elle s'appelle Carolynne. Une Américaine. Combien en avez-vous, comme celle-là ?

– Rien qu'une. Elle est nouvelle. Je ne la connais pas très bien.

– Quand même assez bien pour l'envoyer à Berlin flanquée de deux hommes de main. Pour me tuer.

– Je ne sais pas de quoi vous parlez, répondit-il. Nous avons eu une demande pour elle, hier soir, à Berlin, oui, mais…

Sa voix tremblait encore plus.

– D'accord, continuez à me la jouer comme ça. Vous êtes marié, vous avez une femme ?

– Depuis trente ans.

– Des enfants ?

– Ils sont grands. Ils n'habitent plus avec nous.

Sa villa se trouvait au pied d'une butte qui surplombait le fleuve. Façade blanche, un étage, toit à pignons. Je connaissais ce quartier car, bien souvent, j'étais venu me promener au bord de l'eau. Et j'avais gravi les marches qui menaient au phare situé au sommet.

Il se gara et nous descendîmes de voiture. Je continuai de plaquer le pistolet contre son dos pendant qu'il ouvrait la porte.

– Nous ne disposons plus que du rez-de-chaussée et de l'étage, indiqua Willi. Nous louons le grenier à un étudiant.

– Sympa. Il est là ?

– Il est retourné à Düsseldorf pour les fêtes.

Les fêtes… songeai-je. J'avais oublié.

La maison était très jolie, décorée avec goût. Pour dire le moins. Les Stein devaient aimer la lecture – le long des murs se succédaient des rayonnages bourrés de livres reliés. De plus, Willi ou son épouse étaient fans des disques vinyles – sous la fenêtre panoramique qui donnait sur le fleuve s'alignaient des albums, la plupart de musique classique, au-dessus desquels trônait une chaîne stéréo Thorens de prix.

– Allez chercher votre épouse, ordonnai-je.

– Elle dort. Elle se couche de bonne heure.

– Réveillez-la.

Il hésita.

– D'accord, repris-je. Je m'en charge.

– Non, j'y vais.

Je le vis s'éloigner dans le couloir et ouvrir une porte. Peu après, il ressortait de la pièce en compagnie d'une femme grande, élégante, aux longs cheveux châtains zébrés de quelques mèches argentées. Elle était en chemise de nuit et m'observa avec, à la fois, peur et mépris.

– Si vous comptez nous dévaliser, dévalisez-nous, s'agaça-t-elle. J'ouvrirai le coffre-fort et vous donnerai tous mes bijoux – pour le peu qu'ils valent. Si vous avez l'intention de me violer, faites, je vous en prie, car l'heure tourne et j'aimerais bien retourner me coucher.

Je regardai Willi.

– Où est Carolynne ?

– Je vous l'ai déjà dit. Je le jure : elle est partie assurer une prestation à Berlin. À l'Adlon, si mes souvenirs sont bons. Je peux le vérifier si vous me permettez de téléphoner.

– Où est-elle maintenant ?

– Je l'ignore. Les filles travaillent en indépendantes. Elles se déplacent comme bon leur semble.

– Kostya Dudek. Ce nom vous est familier ?

– Non.

– Le vôtre apparaît dans son téléphone portable.

Il hésita, puis expliqua :

– C'est peut-être un… parfois, ils nous envoient… des mecs. Pour vérifier que tout se passe bien.

– Qui, « ils » ?

Il tressaillit.

J'enfonçai le clou :

– Vous aviez pour consigne, si un client réservait Carolynne, de les prévenir. Exact ?

Il garda le silence.

– Possédez-vous Elite ?

– Oui, bien sûr.

– Vous mentez, Willi, et je n'aime pas ça. Elite a des succursales dans chaque grande ville du pays. L'agence envoie des filles partout en Allemagne, en Autriche, en Suisse et aussi à New York, Las Vegas, Miami. Votre maison est pas mal, mais il y a mieux. Qui possède Elite ? Qui est ce « ils » ?

Il ne répondait toujours pas.

Je dirigeai le canon du pistolet sur sa femme.

– Et vous, comment vous appelez-vous ?

– Inge.

– Willi, je vais buter Inge si vous ne me dites pas ce que je veux savoir.

– S'il vous plaît… Elle n'a rien à voir là-dedans.

– Un mac, même s'il lit Schopenhauer et écoute du Mahler, reste un mac. Votre épouse sait très bien d'où vient le fric qui paie sa vie culturelle, et je la buterai si vous refusez de me dire ce que je veux savoir. Qui détient Elite ?

– C'est un trust, déclara Inge.

– Tu vas nous faire tuer, lui lança son mari.

– Peut-être, mais demain, rétorqua-t-elle, très calme. Lui, c'est maintenant.

– Écoutez votre femme. Qui fait partie de ce trust ?

– Des tas de gens, répliqua Willi.

– Certains ont des noms ? Qui dirige ce groupe ? Qui est le *vor* ?

– Je ne connais pas le sens de ce mot.

– Le « patron ».

Ils échangèrent un regard.

Inge donna un très léger signe d'assentiment et Willi murmura :

– Alex.

– Ma patience a des limites, Willi.

– Vann.

– Il vit à Hambourg ?

Willi ne répondit pas.

– Pas très loin. Alex préfère résider à Lunebourg et faire le trajet, intervint Inge.

– Où est-ce ?

– À une cinquantaine de kilomètres au sud-est d'ici, dit-elle. C'est une petite ville, absolument charmante.

– Vous avez une adresse ?

– Non, déclara Will. Quelque part dans l'Altstadt, le quartier de la vieille ville.

Je pris ses clés de voiture.

– Dommage que nous ne puissions vous donner son adresse, regretta Inge. Vous vous y rendriez tout de suite. Alex vous tuerait.

La Mercedes de Willi disposait d'un GPS qui me permit de quitter Blankenese et de traverser Hambourg sans encombre.

Je roulai vers l'est le long du fleuve, en direction du port, empruntai le tunnel sous l'Elbe, puis obliquai plein sud par la 7, puis la 39 jusqu'à Lunebourg. La circulation était fluide dans la campagne, la pleine lune argentait les arbres et les champs.

Je me demandais si j'aurais tiré sur Inge au cas où les Stein auraient persisté à faire de l'obstruction, et ce doute me travaillait. En Irak, pour obtenir des renseignements, nous avions commis des actes qui me hantaient encore, mais je les justifiais à mes propres yeux en me disant que nous avions agi ainsi pour sauver la vie de nos amis et frères d'armes. Ou de nos sœurs d'armes, d'ailleurs. Je suppose que j'aurais pu en faire autant chez Willi en me disant que c'était pour sauver la vie de Kim Sprague.

Qui, en tout état de cause, était innocente.

Aurais-je tiré sur Inge ?

Peut-être.

Une chance : je n'avais plus à le découvrir.

Il vaut mieux ne pas toujours savoir de quoi on est capable. On peut penser le contraire mais, croyez-moi – non.

L'aveuglement n'est pas forcément un mal.

Je n'étais jamais allé à Lunebourg.

C'était une des villes que je n'avais pas visitées lors de mon périple en Allemagne au cours de ma période « Je ne suis pas encore prêt à rentrer au pays ».

Je stationnai la voiture devant la gare, puis partis me balader.

Inge avait raison – l'endroit était charmant.

Au centre coulait l'Ilmenau, les hautes maisons en briques rouges et à toit à pignons s'alignaient au bord de l'eau. Des saules pleureurs, pour l'heure alourdis par une chute de neige, ployaient leurs branches jusqu'à la surface de l'onde.

La vieille ville semblait tout droit sortie d'un conte de fées. On aurait dit une cité miniature, une maquette pour décor de train électrique. De la neige recouvrait les toitures tel le glaçage d'un gâteau. Tout était tranquille sous la clarté rosée de l'aube alors que je traversais un pont en pierre. Sur ma gauche, des arbres et de belles bâtisses bordaient la rivière. À ma droite, deux vieux bateaux à voile étaient à l'ancre devant ce qui ressemblait à un marché, et sur la berge il y avait une poulie médiévale en bois. C'était bien joli, et je regrettai que Delgado ne soit pas à mes côtés pour en profiter.

J'en fus quitte pour me demander pourquoi j'avais pensé à elle et non à Laura.

Je déambulai dans les rues pour me faire une idée du terrain et réfléchir à un plan d'action.

Alex devait savoir que j'étais en vie.

Et que j'allais me pointer, si Willi avait eu assez peur pour lui téléphoner au lieu de faire ce qu'il aurait dû : partir avec sa femme et sauter dans le premier train ou avion qui les éloigne de Hambourg.

Je disposais du numéro de téléphone d'Alex grâce à la liste des contacts de Kostya, mais ni de photo ni d'adresse.

Le moment était venu de partir en repérages.

C'était un des grands principes de Charlie en Irak. Il affirmait que le temps consacré à faire des repérages, c'était autant de gagné par la suite.

Et que ça sauvait des vies.

*

Je composai le numéro de téléphone d'Alex.

Ça sonna une fois, puis j'entendis parlementer en russe. N'y comprenant rien, je finis par dire :

– Alex, ici Frank Decker. Je suis à Lunebourg, je voulais te faire signe.

Il s'ensuivit deux ou trois secondes de silence avant qu'Alex ne réponde :

– Faut qu'on parle.

– Où est Kim Sprague ?

– Je ne souhaite pas avoir cette conversation par téléphone.

– Si elle est morte, je vais te tuer, Alex.

– Si je te disais si elle morte ou vivante, ça me grillerait, tu ne crois pas ? Faut qu'on se voie. Disons au…

– Là où je prendrai une balle dans le dos ? On oublie. Je te retrouve au milieu du pont de la Lüner Strasse, à huit heures tapantes demain matin.

Je préférais qu'il fasse grand jour et que la rue soit bondée.

– D'accord.

– Et, Alex… Viens seul.

*

J'attendis sous le couvert d'arbres du côté ouest de la rivière à une cinquantaine de mètres du pont.

À huit heures précises, trois mecs venant de la rive où je me trouvais s'y engagèrent et s'arrêtèrent vers le milieu, lançant des regards autour d'eux. Deux portaient un blouson de cuir noir et une grosse écharpe autour du cou. L'un arborait une casquette américaine de base-ball rouge, l'autre un bonnet de marin. Le troisième, plus petit que ses compagnons, était sanglé dans une parka bleue à capuche.

Celui-là, à n'en pas douter, c'était Alex – l'un des deux autres restait planté à trois mètres de lui sur sa droite, l'autre pareillement sur sa gauche.

Des gardes du corps.

J'attendis deux minutes, puis je téléphonai.

Alex baissa sa capuche pour prendre l'appel.

Cheveux blonds, coupés court. Plutôt pas mal.

Le *vor* était une femme.

Que je reconnus.

Les Trois Grâces.

Kim, Sloane et Andra.

Alexandra.

– À quoi joue-t-on ? demandait-elle à présent.

Accent slave.

– J'avais dit seule.

– Nous avons peu de raisons de vous faire confiance, Frank Decker. Voilà que j'en ai d'autant moins. Vous devriez pourtant savoir que la survie d'une certaine femme dépend de votre bonne conduite.

Donc, Kim était vivante.

– Je pourrais vous tuer maintenant, dis-je.

Alex, très calme, balaya les environs du regard dans l'espoir de me repérer. Ses gorilles, plus nerveux, tournaient la tête de tous côtés, la main plongée dans la poche du blouson.

– Seulement, vous ne le ferez pas, dit-elle. Vous savez que cela entraînerait l'exécution immédiate de votre copine.

Elle la jouait cool, mais semblait ne pas être totalement sûre d'elle. Un peu flippée, un peu tendue. Sinon elle ne serait pas venue et n'aurait pas fait durer la conversation. Il restait une chance de passer un marché concernant Kim.

À moins qu'elle ne tente tout bonnement de saisir l'occasion de me tuer.

– Rentrez chez vous, dis-je. Attendez que je vous rappelle.

– Parce que vous croyez avoir des cartes en main, Frank Decker ? Vous pensez sincèrement pouvoir me menacer ?

– Vous avez essayé de me faire descendre... combien de fois jusqu'à présent ?... Quatre ? Vous voulez vraiment jouer votre vie sur la cinquième ?

Elle garda le silence.

– Je veux juste récupérer Kim, repris-je. Je me fiche éperdument du reste.

Elle réfléchit.

– J'attendrai votre appel, finit-elle par dire.

Je les regardai revenir sur leurs pas et tourner à droite au bout du pont. Je m'empressai de sortir de mon bouquet d'arbres, les laissai prendre de l'avance avant de leur emboîter le pas. Ils dépassèrent les deux voiliers, la poulie médiévale, puis, après avoir surveillé les alentours, prirent à gauche une rue qui menait à un pont plus petit.

La maison d'Alexandra se trouvait dans cette rue, après un restaurant italien, au bord de la rivière, à côté du pont.

Repérages.

*

Je pris mon temps.

Je voulais la faire mariner, qu'elle s'inquiète. Les gens puissants n'aiment pas qu'on les fasse attendre. Quand ils sont en colère, ils commettent des erreurs. Elle allait lancer ses hommes à ma recherche. Ils savaient maintenant que je me trouvais dans les parages, ils viendraient bientôt.

Je marchais vers le sud de la ville, de Am Berge à Am Sande, quartier commerçant de boutiques et de restaurants. Si les hommes de main d'Alex me localisaient par là, ils ne pourraient, de toute façon, rien faire contre moi.

Un coffee-shop à un coin de rue me parut plutôt sympathique. J'y entrai, commandai un café ainsi qu'un friand à la saucisse, puis tentai, malgré mon cerveau commotionné et fatigué, de faire le point.

Alexandra « Andra » Vann était ukrainienne.

Et le – ou plutôt la – *vor* de l'organisation de Brutka.

Elle et un « groupe » possédaient Elite Modeling.

Donc, les Ukrainiens n'essayaient pas de prendre le contrôle du business de Sloane – ils possédaient déjà et la boîte et la fille.

Mais ils se donnaient beaucoup de mal pour couvrir quelque chose. Quelque chose de plus grave que l'enlèvement de Kim ou un réseau de prostitution. Et j'ignorais de quoi il retournait.

Peut-être Kim était-elle toujours vivante. Ou peut-être sa vieille copine, Andra, essayait-elle de gagner du temps pour me régler mon compte.

Dans un cas comme dans l'autre, nous le découvririons.

*

Je mis un point d'honneur à attendre plusieurs heures avant de rappeler Alex.

– Vous savez où se trouve le Coffee-Shop Number One ? m'enquis-je.

– Parce que vous, oui ?

– Je le regarde en ce moment même. Je vous y retrouve dans vingt minutes.

*

Je contemplai les fenêtres de l'hôtel Bergström, situé du côté est du pont. Peu après, Alex et ses *drougs* sortaient de la maison pour se rendre au coffee-shop.

Le temps était compté.

La plupart des flics sont d'excellents serruriers. C'est le métier qui veut ça, et l'outil est appelé un « mandat de perquisition de poche ».

La serrure de la maison de ville d'Alex ne fut pas un jeu d'enfant mais pas non plus une prise de tête. Trois minutes plus tard, je me glissais à l'intérieur.

Dans sa colère, elle avait commis l'erreur de se faire accompagner par ses deux hommes de main sans laisser quiconque pour garder la boutique. Elle était installée dans du beau et cher. Une porte vitrée coulissante ouvrait sur une petite terrasse surplombant la rivière. Open space, ambiance futuriste – surtout du blanc –, cuisine luxueuse, enceintes stéréo Bose, téléviseur écran plat Sony.

Son bureau se trouvait au premier étage.

Elle avait travaillé à son ordinateur. J'estimais disposer d'un quart d'heure, peut-être de vingt minutes.

Je trouvai une clé USB, l'insérai et commençai à télécharger.

Il y avait là quantité de dossiers photo et vidéo, ainsi que des listes, des informations relatives à des paiements, des numéros de comptes bancaires, si bien que le transfert prit du temps. Je vis défiler les noms et visages de capitaines d'industrie, d'hommes politiques – maires, sénateurs, hauts fonctionnaires –, de chefs de la police, de diplomates.

La liste internationale des clients d'Elite Modeling.

Allemands, Suisses, Hollandais, Russes, Anglais, Américains.

J'accordai une attention particulière aux listings de Miami.

Stars de cinéma, sportifs, dirigeants d'entreprise, politicards, flics… et puis un sous-dossier intitulé « LUMINA ».

Lumina.

Le projet qui avait changé la règle du jeu pour Charlie.

Le méga-réaménagement du port, un marché de plusieurs milliards de dollars, retardé par des bureaucrates.

Je lus dans le fichier les noms des clients.

Membres de la commission d'urbanisme.

Ingénieurs spécialisés dans la protection de l'environnement.

Sénateurs d'État.

Juges.

Tous ceux qui pouvaient permettre à Lumina de griller un feu rouge étaient là – en photo au pieu avec des filles d'Elite Modeling, sur des bandes-vidéo de partouzes ou des enregistrements audio de leurs ébats.

Suffisant pour permettre à Lumina d'exister grâce à ces chantages.

Listes de versements, de pots-de-vin, de faveurs sexuelles.

À présent, je savais ce qu'Alex protégeait – ce qui valait la peine qu'elle tue.

Son organisation avait acheté des parts de Lumina. Seulement, elle ne s'était pas attendue à ce que Brutka kidnappe Kim pour se rembourser des dettes de Charlie. Or cette situation menaçait d'infecter le deal Lumina, et tout serait étalé au grand jour.

Quand Charlie avait fait appel à moi, ils avaient flippé et tenté de me tuer.

La balle qui avait abattu Sloane était destinée non pas à elle, mais à moi.

Idem pour l'embuscade à l'hôtel de Hambourg.

Le téléphone de Kostya sonna.

– Vous persistez à vouloir jouer avec moi ? s'enquit Alex. Ma patience est à bout. Considérez que votre amie est morte.

– Je ne le pense pas, Andra.

Je me mis à lire des noms à voix haute.

La communication fut coupée.

Je regardai le niveau de téléchargement.

– Allez, allez !

Encore trois minutes, et c'était dans la boîte. Je retirai la clé USB et la glissai dans la poche intérieure de ma parka.

Je descendais l'escalier quand la porte d'entrée de la maison s'ouvrit.

Je sortis sur la terrasse.

Sautai par-dessus la balustrade et atterris chez le voisin, passai chez le suivant, et là je me retrouvai au bout du bâtiment. La baie vitrée de l'appartement n'étant pas verrouillée, je traversai un salon, où une femme assise me regarda faire avec stupeur. J'arrivai dans la rue.

Alex et un de ses hommes de main venaient vers moi.

Je me faufilai dans une pizzeria dont je ressortis par la porte de service, dans Auf dem Kauf, et piquai un sprint vers le nord, puis débouchai dans la Lüner Strasse avec l'idée de gagner l'autre rive et rejoindre la gare.

Mais ils m'avaient devancé : le gros bras m'attendait sur le tablier du pont au milieu duquel j'avais fixé le rendez-vous du matin. Vu les informations que je détenais, je compris qu'il y avait des chances qu'il me tire dessus.

Je descendis au bord du fleuve et fonçai sur le chemin qui longeait la rive occidentale, mais ce faisant je m'éloignais de ma destination au lieu de m'en approcher. Je tournai la tête, constatai que mon poursuivant courait vite puis, regardant de nouveau devant moi, pris conscience que je commettais une erreur : je me dirigeais droit sur un parc – beaucoup d'arbres sous le couvert desquels on pouvait m'abattre.

J'obliquai sur la gauche, courant toujours à longues foulées, regagnai la rue et aperçus un large boulevard bondé de véhicules qui roulaient à grande vitesse dans les deux sens par-dessus le fleuve. Pas de feux de signalisation, pas de passages piétons.

Mais l'homme de main ne se trouvait plus qu'à cinq ou six mètres derrière moi, et, dans l'espoir de reprendre un peu d'avance entre les voitures, je fonçai.

Braquages et coups de freins.

Concert de klaxons tandis que je me faufilais entre les pare-chocs vers le trottoir d'en face.

Mon poursuivant s'en garda bien.

Manque de cran.

Cavalant sous les arbres dans une petite rue incurvée, je retournai sur le sentier en bordure du fleuve et continuai de courir vers le nord jusqu'à atteindre un autre pont. Une fois sur la rive opposée, je me dirigeai vers le parking de la gare.

Je montai dans la Mercedes de Willi.

Et là je sentis le canon d'un pistolet s'enfoncer dans ma nuque.

– Vous détenez quelque chose qui nous appartient.

Voix masculine, accent russe.

– Dans la poche de ma parka, répondis-je.

Je savais qu'il presserait sur la détente dès que je lui aurais donné la clé USB. S'il ne l'avait pas encore fait, c'était juste qu'il y avait du monde tout autour et qu'il ne voulait pas devoir fouiller mon cadavre et attirer l'attention.

– Très lentement, me prévint-il. Donne-la-moi.

J'enfonçai la main dans ma poche – lentement –, en sortis le couteau et portai un coup derrière moi là où, je l'espérais, se situait sa gorge. Et en effet elle se trouvait bien là, car je ne mourus pas.

Lorsque je me retournai, il avait lâché son arme et faisait son possible pour extraire la lame de son cou.

Je l'y enfonçai de plus belle et la maintins en place.

Il donna un ou deux coups de pied dans le dos de mon siège.

Son dos s'arqua.

Puis il mourut.

Je retirai le couteau, poussai le corps en arrière et regardai par la vitre pour voir si quelqu'un nous avait observés.

Personne. Je récupérai son pistolet – un MP-443 Grach, le Yarygina –, le glissai sous ma parka et pénétrai dans la gare, me maudissant d'avoir commis l'erreur stupide de monter, sans même vérifier que la voie était libre, à bord d'une voiture qu'ils pouvaient identifier.

*

Alex avait tout prévu.

Elle avait posté des hommes dans la gare.

Les yeux d'un flic détectent une surveillance. L'homme se tient d'une façon particulière, balaie la zone d'un regard attentif, la tête et le cou toujours très droits. Je décelai la présence d'au moins trois de ses types qui me suivaient des yeux. Ils m'avaient repéré dès mon arrivée.

Ce serait soit au couteau soit au pistolet muni d'un silencieux, mais dans un cas comme dans l'autre ils seraient obligés de s'approcher de moi.

La gare était petite, il n'y avait que trois quais.

Levant les yeux sur le panneau d'affichage, je vis qu'un train était annoncé au départ.

Peu m'importait sa destination.

La ville de Celle, dans huit minutes, voie 2.

Je me dirigeai vers le quai. Aussitôt, l'un des guetteurs se détacha du groupe et m'emboîta le pas. Les deux autres le suivirent en restant à distance.

J'avançai sur le quai, restant le plus près possible des autres usagers.

Le meneur du trio vint se placer à moins de deux mètres de moi, attendant l'occasion propice.

Si elle ne se présentait pas sur le quai, il monterait dans la même voiture que moi.

C'était sans fin.

L'annonce de l'entrée en gare du train résonna dans le haut-parleur.

Je portai le regard sur la voie et le vis arriver, puis me rendis compte que je me trompais : c'était le rapide qui passait.

Je me méprenais aussi au sujet du couteau et du pistolet.

Le gars avait une autre idée en tête.

Il marchait vers moi pour me pousser sur les rails. Je sentis le coup venir, et fis un pas à gauche. Il vacilla pendant un quart de seconde, puis bascula en avant.

Les usagers hurlèrent.

Il y eut un mouvement de foule.

Je me faufilai entre les gens et me fondis dans le décor.

Vingt minutes plus tard, je montais à bord d'un autre train en partance pour Uelzen.

*

Là-bas, je pris une correspondance pour Hanovre, trouvai un hôtel modeste et, une fois installé, téléphonai à Alex.

– Les informations que vous détenez valent des millions de dollars, souligna-t-elle. Tout ce que vous devez faire pour devenir très riche, c'est nous rendre la clé USB.

– Je ne veux pas de vos millions. Je veux Kim. Si je ne la récupère pas, saine et sauve, je communiquerai ces infos aux médias avant de m'adresser aux autorités. Quand on voit les hommes haut placés qui sont impliqués, on se dit que votre vie ne vaudra plus rien. Les Russes qui figurent sur cette liste ne se feront pas prier pour vous écorcher vive.

– Je comprends.

– Donc, voilà ce que vous allez faire. Vous téléphonez à Brutka et vous lui expliquez le nouvel ordre mondial. Il relâche Kim et laisse les Sprague en paix.

– C'est tout ?

– Non. Vous cessez d'essayer de me tuer.

– Donnez-moi une heure, et je vous rappelle.

– Une heure. Pas plus. Et, Alex, si Kim est morte, le marché ne tient plus. Je ferai exploser votre réseau, vos activités, Lumina, la totale. Je tuerai Brutka et, ensuite, je vous tuerai.

Je coupai la communication.

*

Parfois, une douche est un cadeau du ciel.

Je laissai l'eau chaude me cribler le dos, le cou. Je me savonnai, me rasai. Je m'allongeai sur le lit, puis m'endormis. Du moins, j'essayai.

Me revenait sans cesse l'image d'un homme avec mon couteau dans la gorge.

Et celle d'un autre qui basculait sous un train roulant à grande vitesse.

Peut-être valait-il mieux que ces visions restent gravées en moi. Ça pouvait vouloir dire qu'il me restait un brin de lucidité, d'humanité. Mais le problème était peut-être l'humanité elle-même : nous n'étions que des singes munis de pouces opposables, capables de fabriquer des armes.

*

Le téléphone de Kostya sonna.

– Marché conclu, m'annonça Alex.

– Pas avant que j'aie parlé à Kim.

– Elle n'est pas près de moi.

– Bonne chance avec les Russes ! rétorquai-je, m'apprêtant à raccrocher.

Alex s'empressa de dire :

– Nous l'avons conduite en lieu sûr. Loin de vous. Si vous restez en ligne je pourrai vous la passer.

– Je reste en ligne.

Je patientai trente interminables secondes, puis j'entendis :

– Deck ?

Sa voix suave.

– Kim. Ça va ?

– Oui, Deck.

– Ils t'ont fait du mal ? Je veux dire, en plus de…

– Non, ça va. Deck, tu viens me chercher ?

Elle éclata en sanglots.

– Je suis…

La communication fut interrompue et la voix d'Alex revint en ligne.

– Satisfait ? « Preuve de vie », c'est le terme qu'on emploie, non ?

– Où est-elle ?

– Nous devons procéder à cet échange dans un endroit où, nous aussi, nous nous sentirons en lieu sûr.

– C'est-à-dire ?

J'écoutai les instructions d'Alex, coupai la communication, puis fis une copie de la clé USB, sortis, trouvai un bureau FedEx, ainsi qu'un cheese-burger que je rapportai dans ma chambre.

Au matin, je pris le rapide de Hanovre pour Erfurt.

Quiconque vous dira qu'il n'existe pas de grande différence entre l'Allemagne de l'Est et celle de l'Ouest est un menteur. L'ancienne RDA est à tous égards beaucoup moins développée, moins sophistiquée, moins « occidentale » que le reste du pays. Elle est plus pauvre et nombre de ses habitants nourrissent le sentiment qu'ils s'en sortaient peut-être mieux sous une dictature communiste que sous les diktats du capitalisme.

Les chiens de garde d'Alex m'attendaient à la gare. Ils me suivirent des yeux tandis que je quittais le quai, gagnais la rue, montais dans un taxi pour me faire déposer à l'hôtel Am Kaisersaal, non loin de la vieille ville.

La chambre était parfaite. Propre, basique, des lits jumeaux recouverts d'une couette : j'étais ravi d'en avoir fini avec les palaces. Ma fenêtre donnait sur l'arrière d'un chantier de construction – large trou dans la terre parsemé de pelleteuses, de grues et de marteaux-piqueurs qui crépitaient comme des mitrailleuses.

Je téléphonai à Alex Vann.

– Je suis arrivé – mais vous êtes déjà au courant.

– Nous vous contacterons.

– Faites vite.

Je raccrochai.

Je décidai d'emmener son personnel faire un tour. Les Ukrainiens vérifieraient d'abord que j'étais venu seul avant de déterminer l'heure et le lieu de l'échange. Je voulais leur donner le loisir de bien me regarder – et leur rendre la pareille.

Je pris un plan de la ville à la réception et quittai l'hôtel en touriste.

Appelons ça « partir en repérages ».

*

Erfurt est une ville de plus de deux cent mille habitants – beaucoup plus grande que Lunebourg. Elle allait devenir ma zone d'opérations et je tenais à la connaître pour ne pas me planter.

Je marchai jusqu'au Krämerbrücke, le pont des Épiciers, qui enjambait la Breitstrom. Trente-deux maisons, pour la plupart à colombage dans le style médiéval, se succédaient sur le pont avec, pour certaines, des boutiques en rez-de-chaussée, et c'était, m'avait assuré le réceptionniste, « à voir ».

Je franchis le pont, débouchai sur Benediktsplatz puis passai devant une synagogue bâtie vers 1100. Je m'engageai dans la rue étroite qui mène au marché aux poissons, ce qui obligerait le duo qui me filait à avancer l'un derrière l'autre, et m'arrêtai devant une vitrine.

Les deux Ukrainiens pilèrent net cinq ou six mètres derrière moi. Des professionnels m'auraient dépassé sans s'arrêter, conscients qu'il n'y avait qu'une issue possible et qu'ils pourraient toujours me récupérer si je faisais demi-tour. Ils n'étaient sûrement pas seuls.

Je continuai ma route, arrivai sur la placette qui abritait le marché aux poissons, la traversai, pris la Marktstrasse et accélérai le pas pour voir qui, dans mon sillage, presserait le sien.

À une dizaine de mètres derrière moi, un jeune homme en survêtement allongea ses foulées. Je me retournai pour le regarder et un article dans une vitrine retint soudain toute son attention.

Je poursuivis mon chemin.

Une colline se dressait à huit cents mètres de là. Je voulais l'atteindre pour voir si elle m'offrirait une vue d'ensemble de la ville, donc je pris cette direction, m'arrêtant de temps à autre pour faire mine d'examiner telle ou telle vitrine.

Le ciel était bleu mais l'air froid ; aussi je fis une halte dans un coffee-shop pour me réchauffer et voir qui allait s'arrêter. Les deux Ukrainiens se figèrent de l'autre côté de la rue, tapant des pieds et soufflant sur leurs mains, et je pris mon temps pour boire mon café rien que pour les ennuyer.

Je ne vis pas Survêt, ce qui signifiait qu'il avait passé la main, peut-être à la jolie dame qui entra commander un café à emporter et dont les vêtements semblaient avoir été achetés à Munich ou à Berlin.

En ressortant, je repartis dans la Marktstrasse, qui donnait sur une des vues les plus saisissantes qu'il m'ait été donné de découvrir.

À l'extrémité d'une vaste place, une cathédrale et une église se dressaient comme des montagnes.

Écrasantes, inexpugnables façades de pierre.

Des monuments gothiques dont les flèches montaient vers le ciel comme des prières.

Le qualificatif « majestueux » est si galvaudé qu'il en a perdu son sens, mais ces deux édifices l'étaient bel et bien.

Ils frappaient les esprits.

Ce qui était sans doute le but recherché.

Je traversai une large artère très animée dotée de voies de tramway et m'avançai sur la Domplatz, dominée par les deux édifices et bordée par des maisons médiévales de deux ou trois étages, à colombage pour la plupart, de couleur blanche, bleue, et même jaune vif.

C'était beau, ce qui m'attrista, car j'aurais aimé partager ce moment avec Delgado.

Je me serais volontiers attardé en ce lieu, mais je pressai le pas vers la colline.

Autre précepte militaire : toujours occuper le point culminant.

Je suivis les panneaux de signalisation, quittant la Domplatz pour la Zitadelle.

La citadelle.

*

Je me sentais un peu vaseux quand j'atteignis la citadelle de Petersberg, forteresse bâtie au XVIIe siècle, et découvris qu'elle était fermée de janvier à Pâques.

Cependant, contourner les remparts m'offrit le panorama que je recherchais. La vieille ville, l'Altstadt, et la Domplatz se trouvaient face à moi, à l'est. Les quartiers modernes, plus étendus, s'étiraient vers le nord. À l'ouest, juste au pied de la colline, il y avait un parc où s'alignait ce qui ressemblait à des bâtiments administratifs, puis d'autres quartiers, une petite zone industrielle et enfin des terres arables. Des logements se succédaient côté sud sur les rives de la Gera, puis des fermes.

Des autoroutes s'enroulaient autour de la ville telles des cordes.

Mes deux compagnons ukrainiens flânaient en contrebas, la belle dame du coffee-shop passa délibérément à côté de moi, se dirigeant à grands pas en direction des immeubles de bureaux.

Je téléphonai à Alex :

– Pourriez-vous demander à Débile 1 et Débile 2 de rentrer chez eux ? Sauf si vous n'êtes toujours pas persuadée que je suis venu seul.

– Je croyais vous avoir dit que nous vous contacterions...

– Vous n'édictez pas les règles.

En vérité, je m'en fichais, je voulais juste qu'elle sache qu'elle n'avait pas toutes les cartes en main.

– Puisque nous devons le faire, faisons-le, repris-je.

– Vous êtes si américain... Impatient.

– Ce soir. Dix heures. Domplatz.

– Pour que tous les flics d'Allemagne se précipitent sur nous, accourant de toutes les directions ? Je ne pense pas que ce soit une bonne idée.

– Où, alors ?

– Nous vous le dirons.

– Je vous préviens : si vous comptez en profiter pour me faire la peau, une copie de vos dossiers se trouve en lieu sûr.

– Bien entendu. Vous n'êtes pas un bleu.

– Ne l'oubliez pas.

– Mais, monsieur Decker, si nous ne recevons pas toutes les copies existantes, Charlie Sprague sera victime d'un accident de bateau.

– C'est de bonne guerre.

– La balle est dans votre camp.

– Faites vite. Je ne compte pas rester dans cette ville jusqu'à la fin des temps.

À vrai dire, je n'en étais pas si sûr.

*

L'hiver, le soir tombe vite en Allemagne.

L'air devint plus froid, presque glacial.

Redescendant la colline puis retraversant la Domplatz sous l'éclairage crépusculaire, je m'emmitouflai dans ma parka. Des plaques de neige crissaient sous mes pas dans les ruelles pavées qui me ramenèrent au Krämerbrücke, puis à l'hôtel.

Les travaux de construction de la journée avaient pris fin, tout était tranquille.

J'allumai la télévision. Rien que des chaînes allemandes. Je me rabattis sur un match de foot, pour tuer le temps.

Puis le téléphone de Kostya sonna.

– Ce soir à neuf heures, m'indiqua Alex. Allez à la gare. Appelez-moi de là-bas. Si vous n'êtes pas seul, nous tuerons Kim.

– Et je ferai circuler vos fichiers.

– Donc, nous nous comprenons.

Je m'étirai sur le lit, regardai le plafond. J'avais mal à la tête et ma jambe pulsait à cause de ma vieille blessure qui n'aime pas le froid. L'espace d'une seconde, je crus être revenu à l'hôpital américain de Landstuhl, si bien que je m'attendis presque à voir Charlie couché dans le lit voisin. Mais celui-ci était vide.

Ce fut alors que ça s'imposa à moi.

Et cela me brisa le cœur.

Parfois, on ne voit pas quelque chose tout simplement parce qu'on n'y fait pas attention.

On met ça sur le compte de la fatigue, de la douleur, du stress, du manque de temps.

Mais d'autres fois, c'est parce qu'on ne veut pas voir, parce que ça fait trop mal de regarder la réalité en face.

Parce que ça nous brise le cœur.

Couché comme je l'étais alors à l'hôpital américain de Landstuhl si près de Charlie, je finis par voir. Peut-être fut-ce à cause du vide de l'espace, du vide du temps, mais cela me sauta aux yeux, en bloc.

Charlie.

Les Ukrainiens et lui étaient associés.

Ils avaient eu besoin d'un prête-nom.

Sans lui, ils n'auraient pas pu investir dans Lumina.

Mais qui servait de lien entre eux ? Pas Alex, elle se trouvait en Europe. Pas Brutka, c'était un homme de main grossier, un mac et un trafiquant de drogue, du menu fretin.

En pensée, je réentendis Delgado me tuyauter sur les huiles qui arrivaient à L'Odessa. *Le maire et son épouse, le chef de la commission d'aménagement du territoire et sa petite amie, la présidente du conseil municipal et son petit mari…*

Tous se trouvaient sur la liste noire d'Alex.

Ainsi que…

¡ No jodas !

Dasha Levitov.

C'était lui qui avait organisé le dîner.

Pourtant, son nom ne figurait pas sur la clé USB.

Et pour cause.

C'était lui qui la tenait à jour.

Le magnat de l'immobilier. C'est un des hommes les plus puissants de la planète. C'était le meilleur ami de Poutine avant que les Russes s'en prennent à l'Ukraine.

*

Je me levai, m'installai devant l'ordinateur, examinai les photos du mariage de Charlie et Kim. Vis Brutka qui s'empiffrait et, deux tables plus loin… Levitov et sa femme, la « tsarine ».

Les gens que Charlie se devait d'inviter.

Bon sang ! Pourquoi n'avais-je pas fait le rapprochement ? Levitov était un oligarque russe lié à Poutine. Il ne pouvait pas acheter des biens immobiliers en son nom aux États-Unis. Il lui fallait une couverture, un prête-nom.

Et Charlie…

Je l'appelai de mon portable.

– Je me disais que ça t'intéresserait de savoir que Kim était toujours en vie.

– Deck…

– Et aussi que je l'échange contre le fichier des chantages organisés par Lumina.

J'aurais aimé l'entendre dire qu'il ne voyait pas du tout de quoi je parlais. Je l'aurais tellement souhaité. Au lieu de quoi, il pesta :

– Bon Dieu, Deck ! Ils vont tous nous tuer !

– Dis-moi juste la putain de vérité.

– Je ne peux pas.

– Alors je vais te la dire. Et si j'ai raison, épargne-moi tes commentaires.

J'attendis une fraction de seconde, puis repris :

– Tu as payé ta dette à Brutka en faisant entrer Levitov dans le marché Lumina, sale menteur de merde ! Ils ont pris Kim pour s'assurer que tu filerais droit. Elle n'est jamais allée à la galerie marchande. Quelqu'un y a conduit sa Mercedes. Qu'as-tu fait,

Charlie ? Tu l'as accompagnée sur les quais ? Tu l'as mise sur le bateau de Brutka ?

Son silence était parlant.

J'entendis mon cœur se briser : le bruit d'une botte faisant craqueler une couche de verglas.

– C'était ton idée de génie de faire appel à moi, repris-je. Ça te donnait l'air irréprochable, coupait court à tout soupçon. Sauf que tu n'as pas été clair avec tes patrons, ils sont devenus nerveux et ont voulu m'éliminer.

– Deck, je te jure, j'ignorais qu'ils tenteraient de te tuer.

– Tu savais que ce rapt était bidon, ça ne t'a pas empêché de m'envoyer en première ligne. Tu as voulu me baiser. Tu savais aussi que Kim ne tapinait pas en Europe, mais tu m'as tout de même laissé y aller, pour me faire tomber une nouvelle fois dans un traquenard. Navré pour toi que ça n'ait pas marché, Charlie.

– Je l'ignorais. Tu dois me croire ! Je ne suis pas ce genre de mec.

– Quel genre de mec utilise sa femme pour qu'elle rembourse ses dettes ?

Ce fut alors que le Charlie bis se dévoila. Le Charlie Sprague que je ne connaissais pas et aurais souhaité ne jamais connaître.

– Ce n'était qu'une putain, de toute façon ! éructa-t-il. Elle avait baisé avec la moitié des mecs de sa petite ville et la plupart des Russes des quartiers nord de Miami – pourquoi ont-ils eu cette idée, à ton avis ? Cette salope des camping-cars a mis une belle robe blanche et remonté la nef ; elle a chialé le jour de nos noces, tout ça pour que je découvre qu'elle était la méga-pute de je ne sais quel mafieux russe.

– Tu n'es pas l'homme que je croyais connaître.

– Bah… aucun de nous ne l'est vraiment, pas vrai ?

La première vérité qu'il me disait depuis longtemps.

– Que vas-tu faire maintenant ? s'enquit-il.

– Toujours la même chose.

– Ils te tueront, Decker. Ils me tueront, moi aussi.

– Ce serait con pour nous deux.

– Deck, nous sommes toujours amis, hein ? Les potes passent avant les salopes, pas vrai ? « *Semper Fi* » ?

– Va au diable.

– Je t'ai sauvé la vie, putain ! T'as vu ma gueule ? Ça m'est arrivé en sauvant ta putain de vie de merde ! Tu as une dette envers moi !

Je coupai la communication.

*

Mon appel suivant fut pour Laura.

– Où es-tu, Deck ? Ou bien est-ce top secret ?

– Porte numéro deux.

– Toujours le même, Deck.

– À part ça, as-tu décidé de te présenter à la mairie ?

– J'hésite encore.

– Ce serait une bonne décision.

– Tu le penses réellement ?

– Bien sûr. Écoute, Laura, je voulais juste te dire que… tout ce qui est arrivé… c'était ma faute.

– On était deux. Mais c'est gentil à toi. Et, oui, c'est vrai, ç'a surtout été de ta faute.

Cela nous fit rire tous les deux.

Puis je repris :

– Bon, voilà, c'est tout.

– Seigneur, Deck ! On dirait un coup de fil d'adieu.

Je l'assurai du contraire, lui promis de lui téléphoner dès mon retour à Lincoln. Mais c'en était quand même un peu un. Je n'étais pas sûr de revenir.

Puis j'appelai Delgado.

– Je me faisais un sang d'encre. Tu vas bien ?

– Je ne me suis jamais senti mieux.

Je lui racontai comment je m'étais retrouvé à deux doigts de récupérer Kim, puis lui confiai :

– Écoute, je t'ai envoyé quelque chose. Une clé USB. Loue un coffre dans une banque à l'extérieur de Miami pour la déposer.

– De quoi s'agit-il ?

– De ce qui pourrait bien nous sauver la vie. Ensuite – et, s'il te plaît, écoute-moi et ne discute pas –, pars où tu veux jusqu'à ce que tu aies des nouvelles de moi. Ne dis où tu seras ni à ta famille, ni à tes amis, ni même à moi. Pars, c'est tout.

– Bon Dieu, Deck !

– Fais-le, c'est tout. Promets-le-moi.

– D'accord. Je te le promets. Tu rentres quand ?

– Je ne sais pas. Dans deux ou trois jours, j'espère.

– J'attendrai.

– Hé, Delgado ?

– Decker ?

– Ces deux nuits passées avec toi… ce n'était pas que… je veux dire, elles avaient du sens pour moi.

– Pour moi aussi. Dans ce cas, peut-être pourrais-tu arrêter de m'appeler par mon nom de famille ?

– Dolores ?

– D. pour les intimes.

– OK, D.

– OK, Deck.

– Donc, on se revoit dans quelques jours.

– Hé, Deck !… Tu as sacrément intérêt à revenir.

Je le voulais.

Vraiment, cette fois.

Mais, avant, je devais mener une autre guerre.

Sur ce, la porte s'ouvrit.

Entrèrent Survêt et la jeune femme à la démarche si assurée.

Ils braquèrent leurs armes avant que j'aie pu réagir.

Deux USP – pointés l'un sur ma tête, l'autre sur ma poitrine.

Je levai les mains en l'air tandis que Survêt me palpait et que la femme me tenait en joue. Il me délesta du Makarov, puis fit un signe de tête affirmatif. Elle parla alors dans un micro-cravate, et un autre type fit irruption dans la chambre.

La femme s'avança jusqu'à la fenêtre, baissa le store et regarda par les interstices. Survêt se positionna devant la porte. Ils étaient en mode de surdité professionnelle.

Le nouveau venu me présenta un badge, puis articula :

– Hans Peter Baumann. BKA.

Bundeskriminalamt – l'Office fédéral de police criminelle, soit l'équivalent du FBI. Cet organisme luttait contre le crime international organisé, le terrorisme et le trafic sexuel d'enfants. Quand j'enquêtais sur l'affaire Hailey Hansen, le bruit avait couru – comme souvent, une fausse piste – que la gamine avait été emmenée en Allemagne et, par téléphone, j'avais brièvement eu affaire au BKA.

À l'époque, je les avais trouvés très efficaces.

Rien, chez Baumann, n'invalidait cette première impression.

Je lui donnai une petite quarantaine, avec ses cheveux châtains clairsemés et ses lunettes. Il portait un costume en laine marron sous un manteau, et parlait doucement.

– Monsieur Decker ?

– Oui.

– Francis Decker ?

– Frank, oui.

– Nous vous avons cherché partout. Je peux m'asseoir ?

J'enlevai le jean posé sur le fauteuil, que je lui désignai. Moi, je me laissai retomber sur le lit.

– Que puis-je faire pour vous ? m'enquis-je.

– Vous avez parcouru bien du chemin en Allemagne. Vous avez traversé tout le pays, de quartier chaud en quartier chaud, visité des boxons, téléphoné à des services d'escort girls, posé une foule de questions au sujet d'une prostituée du nom de Carolynne Sprague. Et partout où vous passez, cher monsieur, il semblerait que des incidents se produisent. Une bagarre au couteau dans votre chambre d'hôtel à Berlin, un vol de voiture à Hambourg, le véhicule en question retrouvé non loin de la gare de Lunebourg, avec, à l'intérieur, la victime d'un homicide, gare où, simple coïncidence, j'en suis sûr, un autre homme est tombé sous un train.

Je haussai les épaules.

J'avais appris, pour m'être trouvé dans son camp lors d'entretiens similaires, qu'il valait mieux en dire le moins possible.

– Oublions ces incidents pour le moment, reprit Baumann, et permettez-moi de vous demander ce que représente cette Carolynne Sprague pour vous.

– Son mari m'a engagé pour la retrouver.

– Pour le meilleur ou pour le pire, la prostitution est légale en Allemagne. Avez-vous des raisons de penser que cette femme se trouve ici contre sa volonté ?

– Si vous estimiez le contraire, vous ne seriez pas ici. Ce serait la police d'État.

– Ah oui ! C'est vrai que vous êtes « de la maison », pour reprendre une de vos expressions. Vous savez que la législation américaine ne m'est pas inconnue. J'ai fait un stage à Quantico dans le cadre d'un programme d'échange. John Tomacelli dit le plus grand bien de vous.

Tomacelli, au FBI, travaillait pour la force de réaction rapide mise en place pour lutter contre les enlèvements d'enfants. Nous avions bossé ensemble sur l'affaire Hansen. Moi aussi je pensais le plus grand bien de lui. Toujours intéressant de savoir que Baumann avait pu le joindre.

Il était bien renseigné.

– Tomacelli est très compétent.

– Il n'empêche, répondit Baumann, que je vais devoir vous mettre en garde à vue.

– Pour quelle raison ?

– Monsieur Decker, vous êtes, pour le moins, témoin oculaire, si ce n'est suspect, d'une agression violente, d'un rapt et d'un homicide impliquant des membres du crime organisé ukrainien. Vous avez tout à fait raison : c'est « mon » domaine. Compte tenu de vos états de service, et du fait que ces récentes victimes sont loin de représenter une perte pour le peuple allemand, nous allons vous faire prendre le premier vol demain matin en partance pour les États-Unis, étant entendu que vous ne devez jamais, au grand jamais, remettre les pieds dans notre pays. Au vu des circonstances, c'est une offre d'une extrême générosité.

– Et si je refuse de coopérer ?

– Alors je procéderai à votre arrestation sur présomption de meurtre et vous ferai jeter dans la cellule la plus infecte qui soit.

– Dans les deux cas, vous serez responsable de la mort d'une femme.

– Vous n'êtes pas dans votre juridiction. Votre indignation morale ne vous donne pas le droit de venir mettre la pagaille sur le territoire allemand, de prendre en otages et terroriser nos concitoyens ou de tuer qui vous voulez où ça vous chante. J'avoue avoir plaisir à regarder un film de la série des « Dirty Harry », mais ce n'est pas pour autant que je les confonds avec la réalité.

Il n'avait pas tort et j'étais hypocrite. Si quelqu'un s'était permis d'empiéter sur mon territoire comme je le faisais sur le sien, je lui aurais coupé la tête et j'aurais jeté le reste de son corps aux orties. Mais ça ne m'intéressait pas d'être dans le vrai.

– Ils la tueront.

Baumann soupira.

– Arrêtez vos conneries. Nous voulons, vous comme moi, la même chose : détruire le clan Vann. La Mafia ukrainienne s'est créé un poste avancé ici, à Erfurt. C'est logique, nous avons déjà beaucoup de migrants venus d'Europe de l'Est et, avec l'afflux de réfugiés syriens, la police locale ne sait plus où donner de la tête pour, déjà, réussir à maintenir l'ordre.

– C'est votre problème, pas le mien.

– Si le clan Vann détient cette femme contre sa volonté, je peux utiliser ça pour le faire tomber. Si vous savez où ils l'ont emmenée, dites-le-moi. Le GSG 9[1] – parmi les hommes les mieux entraînés au monde – est prêt à intervenir pour la récupérer.

Ou la faire tuer, songeai-je.

Nul doute que le GSG 9 était une excellente unité. Mais ces missions-là trouvaient fréquemment le moyen de déraper – en général, les méchants se faisaient descendre mais, trop souvent, les otages aussi.

J'avais passé un marché pour récupérer Kim, marché que Baumann n'accepterait jamais s'il en connaissait la teneur. Mais je ne pourrais pas en respecter ma part sans son aide. S'il m'embarquait ou m'expulsait du pays, Kim était morte.

– Nos objectifs sont divergents, dis-je. Vous voulez le clan Vann, je veux récupérer Kim Sprague vivante.

– Ils ne sont pas incompatibles. Dieu du ciel ! Nous ne sommes pas dépourvus de cœur. Évidemment, notre priorité doit être la sécurité de cette femme.

Tentant. J'étais un mec seul, armé d'un pistolet et d'un couteau, mais pas assuré de pouvoir s'en servir. Il m'offrait de participer à une opération spéciale d'une unité d'élite. Seulement je possédais quelque chose que les Ukrainiens voulaient à tout prix, et c'était la carte que je devais jouer.

L'ironie atroce de la chose était que mon frère d'armes était devenu mon ennemi.

Baumann m'avait devancé :

– Vous avez passé un accord avec ces gens…

Je ne lui répondis pas.

– Une rançon ? s'étonna-t-il. Un homme de votre expérience… Vous devez bien savoir que, de toute façon, ils la tueront.

– Je pense que c'est ma meilleure chance de la récupérer.

Baumann s'accorda un moment de réflexion.

– Parfait ! dit-il enfin. Vous leur remettrez la rançon sous notre surveillance. Dès que la femme sera en sécurité auprès de vous, nous interviendrons.

1. Unité d'intervention de la police allemande chargée des missions contre le terrorisme et le grand banditisme.

Je devais improviser. Pas ma spécialité.

– Ce sera plus compliqué. Je vais les rencontrer à l'endroit de l'échange. Pendant que nous serons-là-bas, le mari de Mme Sprague va effectuer un virement bancaire télégraphique sur un compte qu'ils ont ouvert à cette intention. Une fois le dépôt assuré, je partirai avec Mme Sprague.

– Cela ne change en rien les détails de l'opération.

– S'ils flairent la présence de flics...

– Ça n'arrivera pas.

– Et s'ils vous ont vu venir ici ?

– Ce n'est pas le cas. Je vous le garantis.

J'hésitai.

Baumann insista :

– En fait, devant quel dilemme vous trouvez-vous ? Soit vous faites ça avec nous, soit je vous embarque illico.

– Et Kim Sprague meurt.

Là, il haussa les épaules. À croire que c'était le cadet de ses soucis. Il excellait à ce petit jeu.

– D'accord, dis-je. Nous le ferons à votre façon.

– Ou l'échange doit-il avoir lieu ?

– Je l'ignore encore. Je dois me rendre à la gare à dix-neuf heures trente et attendre leur appel.

– Nous vous mettrons sous surveillance et vous munirons d'un micro caché. Et d'une puce de géolocalisation.

– Non.

– C'est pour votre propre sécurité. Ainsi que pour celle de Mme Sprague.

Et pour alimenter votre enquête, songeai-je.

– S'ils le repèrent ? S'ils me fouillent ? Non, je ne marche pas.

– S'ils vous emmènent quelque part, et que nous ne pouvons vous localiser ?

– Je croyais que vos unités de surveillance étaient terriblement performantes...

– En partie grâce à leur technologie. C'est minuscule – ça reste indétectable.

– Je refuse.

– À vrai dire, vous acceptez.

Je connaissais ce genre de flic.

Ton suave mais volonté de fer.

En y réfléchissant, c'était tout moi.

– S'il arrive quoi que ce soit à Mme Sprague, je vous en tiendrai pour personnellement responsable.

– Je cours le risque, rétorqua Baumann. Bon, au travail !

La jeune femme sortit le matériel d'une poche de son manteau et m'en équipa. Il s'agissait d'une puce métallique, pas plus grosse qu'une tête d'épingle et aussi fine qu'une pile de montre. Elle humecta une partie de mes pectoraux avec du liquide adhésif et pressa l'engin contre ma peau.

– Parlez, s'il vous plaît.

– Un, deux, trois, quatre…

Survêt acquiesça :

– *Sehr gut.*

– Suivez leurs instructions, renchérit Baumann. Nous entendrons tout ce qu'ils vous diront, mais vous le répéterez, comme si vous leur en demandiez la confirmation. Vous ne nous verrez pas vous surveiller, mais soyez certain que nous serons là. Dès que Mme Sprague et vous aurez quitté le lieu de l'échange, nous interviendrons. Compris ?

– Oui.

– Vous-même, ne passez à l'action sous aucun prétexte. Est-ce clair ?

– Comme de l'eau de roche.

– Parfait.

Il consulta sa montre.

– Nous avons du temps devant nous, reprit-il. Auriez-vous envie de dîner ?

– Je n'ai pas faim. Mais je ne vous retiens pas.

Il sourit.

– Moi, c'est pareil. Donc, nous attendons.

Alors nous attendîmes.

J'allumai la télévision et feignis de m'intéresser à un match de foot tout en réfléchissant à ce que je devais faire.

Remettre la main sur les armes qu'il me restait : le pistolet et le couteau.

Trouver le moyen d'échapper au BKA et au GSG 9.

Foncer dans un piège, abattre le clan Vann et récupérer Kim Sprague.

Ouais, pas gagné.

*

À dix-huit heures quarante-cinq, je me levai en annonçant :

– Je vais faire un brin de toilette.

Survêt se rendit dans la salle de bains, en revint peu après, adressa un signe d'approbation à Baumann, qui se tourna vers moi.

– D'accord.

Je tendis le bras vers mon sac marin. S'ils m'empêchaient de le prendre, c'était mort.

Des vivats résonnèrent dans le téléviseur. Un but venait d'être marqué, événement majeur. Les regards se tournèrent vers l'écran. Je saisis mon sac, entrai dans la salle de bains et verrouillai la porte.

Faisant couler l'eau, j'ouvris le sac, je pris le couteau et le sparadrap dans la trousse de secours pour le coller contre ma cheville droite. Puis je sortis le pistolet Yarygina que j'avais chipé à mon tueur putatif à la gare de Lunebourg, le plaquai dans le creux de mes reins et m'entourai plusieurs fois le torse de sparadrap.

Ce n'était pas top, mais ça devrait tenir le coup.

Je fermai le robinet et j'attendis encore un peu avant de tirer la chasse d'eau. Puis je fis de nouveau couler l'eau, me lavai les mains, me brossai les dents, remis mes affaires de toilette dans le sac et ressortis de la pièce.

C'est drôle de se retrouver du mauvais côté de la loi, de regarder les flics en pensant : Pourvu qu'ils ne me fouillent pas, pourvu qu'ils ne me fouillent pas…

J'enfilai ma parka. Le téléphone portable de Kostya se trouvait toujours dans la poche. Je pris le mien sur la table basse. Désireux de faire diversion, je lançai à l'adresse de Baumann :

– Je persiste à penser que cette puce est une erreur. Retirez-la-moi.

Il semblait las.

– On en a déjà parlé.

– Reparlons-en.

Baumann consulta sa montre.

– Non, nous n'avons pas le temps d'en débattre. Nous avons résolu la question. C'est réglé.

Je le foudroyai du regard, il me rendit la pareille.

Puis je déclarai forfait.

– Vos équipes sont prêtes ? demandai-je.

– Elles sont en place.

– Je l'espère.

Ils me laissèrent partir.

*

Je pris la direction de la gare.

La nuit tombait, le froid était mordant.

J'avais une heure et demie pour me débarrasser des sbires de Baumann. Les uns devaient me filer, d'autres m'attendre à la gare. Le mieux pour moi était de tous les mener au même endroit.

Alex avait dû poster des hommes autour de l'hôtel, auquel cas elle se demanderait pourquoi j'en partais si tôt. Pour l'heure, ne pouvant rien y faire, je décidai de ne plus y penser.

Mais c'est un sentiment étrange que de marcher dans la rue tout en sachant que, ici ou là, on vous suit des yeux. Si Alex voulait m'abattre dès maintenant, saisir sa chance en se disant que la copie de ses dossiers était de l'intox, une balle pouvait fendre l'obscurité. Ou une voiture surgir derrière moi, et on m'y embarquerait avant que j'aie eu le temps de sortir mon flingue ou les équipes de Baumann de lever le petit doigt. Il leur avait certainement dit de me suivre à distance, puisqu'il recevait le signal de la foutue puce de géolocalisation.

Bref, hormis le froid glacial, les regards scrutateurs et la menace d'une mort imminente, c'était une agréable balade.

*

Située au centre du pays, la ville d'Erfurt est une plaque tournante du trafic ferroviaire – la gare, ouverte vingt-quatre heures sur vingt-quatre sept jours sur sept, compte dix quais, les trains circulant dans toutes les directions. Je savais pourquoi Alex m'envoyait là pour la première étape : il y a toujours une foule de voyageurs en attente, si bien que ses hommes passeraient inaperçus et qu'il leur serait facile d'effectuer une surveillance discrète dans ce vaste hall.

C'était bondé. Non seulement de voyageurs en transit, mais aussi d'usagers des différents tramways qui quadrillaient la ville.

Je restai immobile, comme si j'attendais des instructions. Sur le portable de Kostya, je composai mon propre numéro, puis sortis mon téléphone de ma poche pour répondre à l'appel et fis mine de lire un SMS.

Je rejoignis à grands pas le quai 8 pour prendre un train régional jusqu'à la gare de Erfurt-Nord. Dans la foule, je ne pouvais distinguer les équipes de Baumann, mais j'étais certain qu'elles me suivraient. Le train était plein, et je dus jouer des coudes pour monter à bord. Je lançai des coups d'œil par-dessus les épaules et les corps pour voir qui s'était frayé un passage à ma suite. Un jeune homme – tous semblaient si jeunes –, qui coula un regard dans ma direction. Juste au moment où la portière se fermait, je dis :

– Excusez-moi, excusez-moi.

Et ressortis sous de vives protestations.

Portière close.

Je m'étais débarrassé de l'un d'entre eux, mais me doutais que Baumann aurait prévu du renfort. Il devait être furieux de n'avoir pu obtenir les instructions grâce à la puce, mais se disait sans doute qu'Alex m'avait envoyé un SMS par prudence et ne m'en tiendrait pas rigueur. Il devait aussi penser que j'avais reçu l'ordre de monter à bord du train, puis d'en descendre, et de me rendre ensuite sur le quai 3. Du moins, je comptais sur lui pour le penser.

Je quittai le quai, puis me dirigeai vers le 3, où un train arrivait de Gotha, et m'arrêtai à un distributeur pour acheter un billet pour Weimar.

Je montai à bord et attendis.

Deux personnes se joignirent à moi. Un type d'une trentaine d'années en tenue civile mais d'allure militaire, et une femme d'âge moyen. Je pariai sur la femme.

Je gagnai la voiture suivante, regardai derrière moi et constatai que je m'étais trompé.

C'était le mec.

Je m'assis. Il choisit un siège trois rangs derrière moi, de l'autre côté de l'allée centrale.

Fermeture des portières.

Il fallut vingt-deux minutes pour atteindre Weimar. J'allais manquer de temps.

Je me précipitai vers la portière dès qu'elle s'ouvrit et m'engouffrai dans la gare. L'homme m'emboîta le pas, conscient que nous faisions la course.

Je franchis une porte latérale quelques secondes avant lui, m'aplatis contre le mur et attendis, évaluant sa taille. Quand il arriva à ma hauteur, je pivotai et lui balançai un coup de poing dans la gorge. Je n'ai jamais voulu faire de mal à un collègue policier, mais je ne tenais pas à ce que Kim Sprague meure. Il eut le souffle coupé assez longtemps pour que je le chope par les cheveux et lui flanque un coup de genou dans le plexus solaire.

Il s'écroula par terre.

Je l'enjambai, retraversai le hall de la gare, puis courus vers le quai. Piquai un sprint, en fait, car les portières du train se refermaient.

Une main bloqua celle devant laquelle j'arrivais et la força à se rouvrir.

– Merci, frangin, dis-je en montant.

C'était un jeune homme, un peu ivre. En compagnie d'un groupe d'amis. Ils chahutaient.

– Tu vas où ? me demanda-t-il.

– Erfurt. Et toi ?

– Göttingen. Faire la fête.

– Amuse-toi bien.

J'attendis quelques minutes, puis je passai la main sous ma chemise, arrachai la puce et la glissai dans une poche de sa veste. Baumann devait avoir compris que j'avais rompu le fil – l'homme que j'avais tabassé l'avait certainement contacté. Leur puce indiquerait que je retournais à Erfurt, où un comité d'accueil m'attendrait sur le quai.

Puis elle montrerait que je me rendais à Göttingen.

Mais descendre du train posait problème.

Je passai alors d'une voiture à l'autre jusqu'à la dernière. Quand la locomotive commença à ralentir, j'ouvris la portière, me souhaitai bonne chance…

… et sautai.

Je me tordis la cheville, et le sentis passer. Si un autre convoi était arrivé en sens inverse, j'aurais été aussi mort que le pauvre mec de Lunebourg.

Il faisait sombre, et personne ne me vit. Je montai sur le quai opposé au train qui me masquait à la vue des gens de l'autre côté.

Je sortis de la gare le plus rapidement possible et téléphonai à Alex.

Il était neuf heures une.

– Prenez un taxi et faites-vous déposer à l'angle de Strasse der Nationen et de Bukarester Strasse, m'indiqua-t-elle. Vous attendrez qu'on vous appelle. Compris ?

– Strasse der Nationen et Bukarester.

Je montai dans un taxi, indiquai ma destination au chauffeur. En chemin, je sortis mon téléphone portable et consultai Google Maps.

L'adresse était proche de Moskauer Platz.

La place de Moscou.

Dans les quartiers nord-ouest de la ville, une zone délabrée de vieilles usines et de tours d'habitation – les *Plattenbauten* –, constructions préfabriquées en béton érigées à la va-vite pour pallier la pénurie de logements.

Le chauffeur de taxi me déposa.

J'attendis au coin de la rue jusqu'à ce que mon téléphone sonne.

– 5 Moskauer Platz, dit-elle. Allez-y à pied. Vous avez dix minutes.

Je vérifiai la géolocalisation et m'engageai dans la rue. La photo satellite montrait une usine à l'abandon.

Ils comptaient nous tuer, Kim et moi.

L'ancienne usine correspondait à un bâtiment en ruine de deux étages. Portes métalliques dégondées, penchées comme des ivrognes. Vitres pulvérisées. Barreaux métalliques arrachés pour être récupérés et d'autres, toujours en place, faisant office de vieilles sentinelles rouillées qui n'avaient plus rien à garder.

Je m'arrêtai sur un parking désert recouvert d'une couche de neige sale que personne n'avait pris la peine de déblayer. Au clair de lune, je distinguai des empreintes de pas entrant et sortant du bâtiment. La plupart dataient de plusieurs jours déjà, mais certaines étaient récentes.

Alentour, les constructions, usines désaffectées ou entrepôts à l'abandon, n'étaient plus que des coquilles vides dans l'attente d'un réaménagement urbain ou de la lame d'un bulldozer. L'usine où ils détenaient Kim se trouvait dans ce couloir de la mort.

En Irak, j'avais pénétré dans ce genre de bâtiments des dizaines de fois.

Bombardés, incendiés, puis abandonnés, sauf par les mecs d'Al-Qaïda qui s'en servaient comme bases, usines à bombes, salles de prières ou de torture. Souvent, ils regorgeaient de civils innocents – femmes, enfants, vieillards. Ou de civils pas si innocents que ça, armés de fusils, de couteaux, de bombes attachées à leur corps.

Il était difficile de faire le tri et, parfois, impossible.

J'avais pénétré dans ces lieux des dizaines de fois, et celui-là était le dernier en date.

Kim Sprague s'y trouvait.

J'étais le mec au bras duquel elle s'était avancée dans la nef centrale jusqu'à son futur époux.

J'allais la lui ramener à mon bras.

Alex me laissa mariner un moment avant de me téléphoner.

– Vous voyez la porte au milieu ? Entrez par là.

– Non. Vous la faites sortir. Quand elle sera avec moi, je laisserai la clé USB.

– Nous devons vérifier son contenu.

– Laissez-moi lui parler.

Cette fois, elle ne discuta pas. Elle donna le téléphone à Kim, ce qui m'indiqua qu'Alex se trouvait dans ces locaux.

– Kim, ça va ?

– Oui.

– Je viens te chercher. Tout va bien se passer. Il n'y aura pas de problème.

Alex reprit l'appareil.

– J'arrive, dis-je.

– Nous voulons voir vos mains.

Je m'avançai, bras en l'air.

Une fois devant la porte, je la poussai du bout du pied et fis un pas à l'intérieur. Une main se tendit devant moi, m'attrapa par le col de ma parka et me plaqua contre le mur.

Une ampoule brillait, reliée à une chaîne qui pendillait du plafond, où des trous dans les plaques acoustiques révélaient une armature métallique et des pans de l'étage supérieur. La pièce était un ancien bureau d'accueil à la cloison çà et là défoncée.

Bogdan Brutka pointait un pistolet sur moi.

Il n'avait pas l'air ravi de se trouver dans cette usine désaffectée où régnait un froid de canard. Kulyk et Vedmid non plus. Aucun membre de l'ancienne équipe ne semblait se réjouir de cette relocalisation depuis Sunny Isles Beach, ni enchanté de me revoir.

– Désape-toi, m'ordonna Brutka.

– Non. Tu prendrais ce que tu veux et je n'obtiendrais pas ce que je veux.

– Je pourrais me contenter de te buter et de me servir.

– Mais non ! Ta boss ne te le permettrait pas. Au fait, ça te fait quoi de travailler pour une femme ? Je parie que tu ne peux pas l'utiliser comme tes strip-teaseuses ou tes putes.

Kulyk s'avança vers moi.

– Touche-moi et j'améliore le reste de ton visage.

– Il doit te fouiller, laissa tomber Brutka.

– Non. Vous êtes armés, je le suis aussi. Maintenant, arrêtez votre cinéma et conduisez-moi auprès de votre chef.

Brutka passa un coup de fil, parla en ukrainien, demandant sans doute à Alex la marche à suivre. Puis il raccrocha.

– Suis-moi, connard.

Il me précéda. J'eus la satisfaction de voir qu'il boitait depuis que je lui avais tiré dessus, lui arrachant une partie du pied.

Les deux autres restèrent derrière moi.

Franchissant une porte, nous pénétrâmes dans l'usine. On avait enlevé la plupart des machines, mais il restait quelques éléments de presses à métaux et de rouleuses hydrauliques.

Je levai la tête et vis que l'étage supérieur correspondait aux bureaux qui surplombaient jadis les machines. Les hommes d'Alex festonnaient la rambarde, debout en rang d'oignons, leurs mitraillettes pointées sur moi.

J'avais du mal à les compter dans l'obscurité, mais ils devaient bien être une dizaine. En blouson de cuir noir, cigarette rougeoyant fichée entre les lèvres.

Je comprenais mieux pourquoi elle ne s'était pas souciée de savoir si je dissimulais un arsenal sur moi.

Nous nous arrêtâmes sur un espace vide au centre de la salle.

Alex Vann avait le sens du mélodrame.

Elle descendit par un escalier en colimaçon, suivie de trois hommes armés de PP 2000. Elle portait la même parka bleue que je lui avais vue à Lunebourg, capuche rabattue mais col de fourrure remonté jusqu'au cou.

Un ordinateur portable était coincé sous son bras gauche.

– Monsieur Decker ! claironna-t-elle sur un ton de cadre commerciale ayant beaucoup d'autres rendez-vous prévus sur son planning.

– Où se trouve Kim Sprague ?

– Nous devons d'abord régler certaines affaires.

– Elle est la seule affaire que nous devions régler.

Alex posa le portable sur un bureau d'architecte, l'ouvrit et l'alluma.

– Je dois m'assurer que vous détenez bien ce que vous prétendez détenir.

– Idem pour moi.

Elle leva le menton vers les hommes alignés contre la rambarde.

– Pensez-vous être en position de me donner des ordres ?

– Tout juste. S'il nous arrive quoi que ce soit, à Kim ou moi, le contenu de votre clé USB se retrouvera aussitôt sur le site web du *Miami Herald.*

Elle me fixait des yeux pour évaluer si j'avais peur.

C'était le cas.

Alex vous tuerait.

Bogdan te pendra à une esse de boucher.

Mais je ne me trahis pas.

Si tu montres à un chien que tu as peur, il t'attaquera.

Alex gueula un ordre en russe. Quelques instants plus tard, une femme descendit l'escalier. Un homme la tenait par le coude. Ils s'arrêtèrent au bas des marches, à une trentaine de mètres de moi.

La lumière, derrière elle, découpait sa silhouette en ombre chinoise, mais c'était bien Kim.

– Faites-la venir jusqu'ici, dis-je.

– La clé USB d'abord, rétorqua Vann.

– Non.

Alors Kim cria :

– Deck, je t'en prie ! Ils m'ont promis de me relâcher s'ils obtenaient ce qu'ils voulaient. Je t'en prie !

Je plongeai la main dans ma poche de chemise.

En sortis la clé USB et la tendis à Alex.

Elle l'inséra dans son ordinateur.

Le téléchargement dura une minute.

Elle observa l'écran, tapa sur des touches pour transférer des fichiers, puis conclut :

– Il semblerait que tout soit là.

– En effet. Maintenant, relâchez-la.

Alex me regarda. Une lueur amusée brillait dans ses yeux bleus.

– Je dois dire que j'adore votre naïveté. Pensiez-vous donc qu'une copie de cette clé USB vous protégerait ? Avez-vous lu certains des noms qui y figurent ? Croyez-vous qu'ils ne puissent intervenir auprès de FedEx, UPS, une banque, votre joli petit lot cubain ? C'en serait presque admirable, Decker, si ce n'était pas si bête.

Elle referma son ordinateur, qu'elle glissa de nouveau sous son bras.

– Adieu, Frank Decker.

Brutka me sourit et pointa son pistolet sur moi.

J'attrapai Alex par sa capuche, enroulai mon bras gauche autour de sa gorge et la plaquai contre moi.

Puis je dégageai le couteau scotché sur ma cheville et en appuyai la lame sur sa gorge.

Brutka se figea.

Les armes surgirent.

Kulyk avait épaulé la sienne, Maxime visait ma tête avec son .45. Sur la cursive, toutes les mitraillettes étaient braquées sur moi.

Je fis pression avec la lame, juste assez pour faire couler un peu de sang. Puis je gueulai :

– Amenez Kim ici, près de moi !

– Faites-le ! lança Alex.

Je la sentais qui tremblait.

Il n'était pas dit que je n'en fasse pas autant.

Les hommes faisaient avancer Kim quand Brutka cria :

– *Niet !*

Alex le regarda, surprise.

J'exerçai un peu plus de pression sur la lame.

– Je vais la tuer.

Brutka haussa les épaules, leva son pistolet, visa Alex à la tête et tira. Mon visage fut éclaboussé de sang.

Alex s'affaissa contre moi.

– Je n'aime pas recevoir mes ordres d'une pouffe, expliqua-t-il.

– Levitov aura ta tête, dis-je.

– J'avais le feu vert de Dasha. Elle a vraiment merdé sur ce coup. Le *vor*, maintenant, c'est moi. Premier point sur ma liste : que faire de toi ?

Il me regardait comme si j'étais une tranche de viande qu'il hésitait à faire cuire à la poêle ou au gril. Je me gardai de formuler une opinion sur le sujet.

– Tu as tué certains de mes hommes, reprit-il. Tu as coulé mon business, tu m'as fait envoyer dans ce putain de pays qui est une vraie chambre froide et où j'ai reçu des ordres de cette *pyzda*, tu m'as tiré une balle dans le pied, et tout ça pour quoi ? Pour la traînée de Charlie Sprague ! Un crochet de boucher, ce serait trop beau pour toi. Tu...

Je jetai le cadavre d'Alex sur lui, pivotai sur mes talons, plantai le poignard dans le ventre de Kulyk et l'y laissai. Lui arrachant sa mitraillette, je tirai deux balles dans la tête de Maxime.

Brutka se démenait pour dégager le corps d'Alex loin de lui quand j'envoyai une rafale à travers le dos de la morte.

Il tituba en arrière, lâchant le cadavre, qui glissa par terre.

Brutka abaissa le regard vers les trous laissés par les deux balles dans son ventre, puis le releva vers moi.

Il essaya de me viser avec son pistolet, mais son cœur se fatiguait trop à pomper le sang, si bien que son bras resta en l'air, comme suspendu dans le vague.

Il gémit, puis se détourna pour s'éloigner, comme si cela pouvait arranger les choses.

Fit trois pas en chancelant avant de s'écrouler, tête la première.

Alors que je m'emparais de la clé USB encore dans l'ordinateur portable d'Alex, je vis les deux hommes qui tenaient Kim la pousser dans l'escalier.

Pas vers le haut, mais vers le bas.

Tandis que je m'élançais vers eux, une rafale venue de l'étage supérieur me força à me coucher au sol et à me faufiler derrière une presse à métaux. Les balles rebondissaient de toutes parts en émettant les gémissements horribles du métal contre le métal.

Je me déplaçai jusqu'au bord de la machine et ripostai vers le haut. Mais les balles arrivaient des quatre côtés et l'une d'elles allait me toucher d'un instant à l'autre.

Forbes, Villalobos, Michetti et Cooper m'auraient été bien utiles. Brewer aussi, et même Charlie. Une équipe pour couvrir ses compagnons d'armes qui avancent, puis pivotent vers l'ennemi. Feu, en avant ! Feu, en avant !

Sauf que là il n'y avait que moi et je devais rebattre les cartes.

Je rampai pour dépasser l'angle de la machine, et tirai dans un néon.

Reculai juste à temps pour me protéger.

Attendis quelques instants, puis recommençai.

Encore.

Et encore.

Jusqu'à ce que la salle soit plongée dans le noir complet.

Alors je m'avançai à croupetons, tirai sur les rougeoiements d'une cigarette, entendis un bruit sourd, puis les crépitements d'une riposte, et les clopes s'éteignirent.

M'aplatissant le plus possible, je crapahutai vers l'escalier, à une trentaine de mètres devant moi. Les Ukrainiens faisaient feu, visant grâce aux éclairs lancés par le canon de leurs mitraillettes. C'était un vrai palais des miroirs de fête foraine – obscurité, puis une rafale, un visage auréolé de rouge et, de nouveau, le noir complet.

Des étincelles brillaient comme des lucioles quand les balles touchaient les murs, les machines, le sol.

Ces éclairs se rapprochaient de moi à mesure que les gars descendaient l'escalier pour réduire la distance de tir. Ils avaient mis au point leur stratégie, les uns avançant d'une machine à l'autre tandis que leurs comparses, allongés par terre, les couvraient. Je compris que je ne parviendrais pas à parcourir cette trentaine de mètres avant qu'ils ne me tombent dessus.

Je n'allais pas récupérer Kim.

Alors j'avisai les bidons destinés à faire démarrer les machines.

Fuel, essence ou kérosène, peu importait.

À la faveur des éclairs lumineux, je me jetai vers l'avant, ôtai le couvercle de l'un d'eux et en renversai le contenu. Je sentis l'odeur du fuel qui se répandait sur le sol en ciment.

Puis je m'éloignai de là vite fait pour sauver ma peau.

Le tir suivant mit le feu à la nappe.

Un mur aveuglant de flammes se dressa entre les tireurs et moi.

Je m'élançai vers l'escalier.

*

Je descendis lentement dans le noir jusqu'à ce que j'atteigne une porte.

Elle s'ouvrait sur un couloir étroit.

Obscurité.

Mains contre les murs, j'avançais à tâtons. Au-dessus de moi, des flammes crépitaient, des hommes criaient. À mes pieds, des rats couinaient. Même dans le froid mordant de l'hiver, ce passage sentait les détritus et l'urine.

Je sortis mon téléphone portable de ma poche pour éclairer mon chemin. Je voyais tout juste à un pas devant moi, mais c'était mieux que rien. Je me sentais nauséeux, étourdi, épuisé par la fatigue, la montée d'adrénaline, la peur.

Je posai le Vityaz par terre. Ce serait un combat rapproché et je ne voulais pas que des tirs de mitraillette touchent Kim. La situation exigeant de viser juste, je tendis le bras dans mon dos et dégageai le Yarygina.

Balles de neuf millimètres, chargeur de dix-sept coups : il devrait remplir son office.

Deux hommes l'avaient entraînée par là, mais il se pouvait qu'ils soient plus nombreux en bas.

J'avais l'impression que je n'en finirais jamais de marcher dans ce couloir obscur.

Enfin, j'aperçus de la lumière.

Un rai, sous une porte.

Devant laquelle je m'arrêtai.

Encore un Entonnoir de la Mort.

Réguler mon souffle et mon rythme cardiaque.

Et écouter.

Une discussion à voix basse. Des hommes. Qui parlaient russe.

Puis autre chose.

Une femme fredonnait.

Pour se réconforter.

Il me fallut quelques secondes pour reconnaître la mélodie.

Chopin.

Nocturne n° 1 en *si* bémol mineur.

Je poussai la porte et entrai.

La torche électrique s'abattit vers moi.

Je distinguais à peine celui qui la tenait, mais je l'assommai d'un double coup de poing. La torche tinta en roulant sur le sol.

Son comparse, pas un rapide lui non plus, fut vite neutralisé.

Puis je vis les yeux de Kim.

Bleus comme un lac en hiver.

Un regard perçant, si beau.

Regard qui me poursuivait depuis cinq mois, depuis le jour où elle avait disparu.

Et voilà que je le scrutais dans le jeu d'ombres sinistre renvoyé par le trait lumineux.

Et puis ce visage – le nez aquilin, les pommettes saillantes, les lèvres charnues, les cheveux d'or.

La fille du rêve américain.

La reine de beauté.

La pom-pom girl.

La top model.

L'épouse d'un milliardaire.

Kim me reconnut et ses yeux s'écarquillèrent.

Alors un éclair de métal étincela dans la lumière.

Je compris de quoi il retournait, mais c'était trop tard.

Elle avait levé le pistolet.

Et fit feu.

*

La force du tir me projeta contre le mur.

Sidéré, je me laissai tomber par terre, sentant le sang couler le long de mon ventre.

Kim s'approcha et me prit mon arme des mains. Puis elle me regarda et susurra :

– Deck, pauvre fou… Pauvre, pauvre fou… Un peu plus, tu gâchais tout.

La vérité met du temps à se révéler.

Mais voilà que je la voyais tout entière, avant même que Kim ne me la dise.

– Sept ans, poursuivit-elle tandis que je levais les yeux sur elle. Sept années de ma vie que j'ai passées à monter ce coup-là. À regarder sa sale petite gueule, à jouer la fille timide, inaccessible, la vierge effarouchée qu'il voulait que je sois, l'oie blanche du Sud aux lèvres gourmandes et au minou impec. Lors de notre nuit de noces, il a pensé que je criais de douleur. Ça le flattait. Je lui ai raconté que c'était de plaisir, ça l'a rendu d'autant plus fier de lui. Et moi je devais mater sa tronche, la tenir entre mes mains, le regarder droit dans les yeux et lui murmurer : « Je t'aime, j'ai envie de toi, encore, encore, encore ! » mais je n'avais qu'une envie : vomir.

Elle avait un si joli visage.

Celui d'un ange.

Elle semblait très loin quand elle reprit :

– Tu es un homme, tu ne sais pas ce que c'est que d'être utilisée par vous, les hommes. Les sentir se planter en soi, les laisser se servir de soi. Mais pendant que les mecs ahanaient, vautrés sur moi, je me disais qu'un jour viendrait mon tour de me servir d'eux pour obtenir ce que, moi, je désirais, ce dont, moi, j'avais besoin.

Dans ma tête, je vis défiler des photos d'elle, gamine.

Une poupée.

– Voyons, Decker ! Tu penses vraiment qu'une fille comme moi craquerait pour un monstre de foire comme Charlie ? Andra l'avait repéré, Sloane a arrangé notre rencontre. On l'a bien mis sur la paille, ce pauvre petit con de Charlie, avec sa tronche hideuse de monstre. C'était plus fort que lui : une belle fille qui lui disait ce qu'il avait envie d'entendre… Qui l'aimait, qu'il pouvait sauter quand il voulait, femme au salon, pute au pieu. Nuit après nuit, jour après jour, me réveiller et voir *ça* me sourire. Tu as cru que Dasha Levitov m'avait enlevée ? C'est moi qui l'ai supplié de me sortir de là.

– Levitov et toi. Lumina.

Ma propre voix aussi me semblait venir de très loin.

– La moitié des bénéfices que Dasha se fait grâce à Lumina nous revenait, à Andra et moi. Notre « commission ». Tu t'imaginais que j'étais ici pour faire la pute et tu es venu à mon secours… Mais je suis millionnaire. Milliardaire ! Carolynne Woodley est morte. Kim Sprague aussi. Je mène une nouvelle vie. Et, là-dessus, il a fallu que tu te pointes.

Elle me considéra avec mépris.

– Pourquoi t'en être mêlé, Deck ? Hein ? Ne pouvais-tu pas laisser les choses suivre leur cours ?

Je distinguais le canon du pistolet braqué sur ma tête.

Et, derrière lui, le si joli visage.

Les yeux bleus.

Froids comme un lac en hiver.

Aucune lumière en eux.

La mort incarnée.

Alors je distinguai un point rouge sur son front.

Et j'entendis Baumann dire :

– Plus un geste. Lâchez votre arme.

Puis plus rien.

Je repris connaissance dans un lit d'hôpital et ça me flanqua la trouille.

Draps amidonnés.

Infirmières en uniforme.

Aiguilles, tubes, bip-bip des monitorings.

Charlie ne se trouvait pas dans le lit voisin.

Une infirmière entra pour vérifier que tout allait bien, et je lui demandai où je me trouvais.

– Clinique Helios. À Erfurt.

Je la regardai deux fois.

– En Allemagne, ajouta-t-elle.

Elle parut déconcertée de m'entendre rire.

Je découvris bien vite que rire me faisait très mal, alors je m'arrêtai.

Puis je posai une autre question :

– Où est Kim Sprague ?

Elle me regarda d'un air bizarre.

Bon, d'accord, c'était la question que j'avais posée à tout le monde. Et j'attendais toujours une réponse.

Allongé là, j'en vins à me demander qui était le dernier des abrutis sur terre : moi ou Charlie Sprague ?

Nous devions nous valoir.

Tout ça, depuis le début, n'était qu'un coup monté.

Kim et Sloane, de bonnes copines, travaillaient pour Elite Modeling, agence « de mode » gérée par Alex Vann avec tant de brio qu'elle avait été promue *vor* et renvoyée en Europe.

Les Trois Grâces avaient concocté un plan pour que Kim épouse un milliardaire et le livre peu à peu à Levitov et la Mafia.

Kim avait sorti le grand jeu, posant à l'épouse idéale jusqu'au projet Lumina, moment où Charlie en avait eu par-dessus la tête des Ukrainiens. Elle avait alors saisi sa chance de passer à la caisse.

Levitov avait raconté à Charlie qu'il la retiendrait prisonnière comme police d'assurance en remboursement des dettes qu'il avait contractées. Puis ils avaient simulé l'enlèvement.

Charlie, craignant que le scandale ne plombe Lumina, m'avait demandé d'intervenir.

Et moi de rappliquer au triple galop sur mon destrier, en preux chevalier crédule que j'étais !

Je m'interrogeais sur les raisons qui me poussaient à agir de la sorte quand les médicaments firent de nouveau leur effet.

*

À mon réveil, Baumann, assis sur une chaise dans un coin de la chambre, lisait un magazine de ski.

Il me regarda avec son léger sourire.

– Vous voilà revenu d'entre les morts. Vous êtes déjà allé à Kitzbühel ?

– Je ne sais même pas où c'est.

– Le meilleur domaine skiable du monde, claironna-t-il en fermant la revue. Y aller pour assister à une compétition figure sur la liste de tout ce qu'il me reste à faire avant de mourir.

– Où est Kim Sprague ?

– Saine et sauve en garde à vue. Tout comme vous, Decker. Je vous avais explicitement demandé de ne pas passer à l'action en solo, mais vous n'en avez pas tenu compte. Détention d'arme à feu sans permis, port illégal de ladite arme et d'un couteau dissimulé, agression d'un représentant de l'ordre… même si vous vous en tirez en plaidant l'autodéfense pour les multiples homicides, vous serez logé par notre pays tous frais payés pendant un très long moment.

– Comment m'avez-vous retrouvé ?

– Allons, allons… bougonna Baumann comme s'il s'adressait à un clébard pas trop malin. Pendant que vous étiez aux toilettes et cachiez vos armes sur vous, nous avons installé un mouchard dans vos téléphones portables. Je dois admettre que le détour par

Göttingen nous a un peu déconcertés – bien joué –, mais ça n'aura duré qu'un petit moment.

– Vous connaissiez donc mes intentions. Et vous m'avez laissé y aller comme cheval de Troie.

Baumann acquiesça d'un sourire. Mais il répondit :

– Vous seriez malvenu de m'en tenir rigueur.

– Loin de moi cette idée. Je vous exprimais au contraire toute mon admiration.

– Si c'est votre façon de me remercier de vous avoir sauvé la vie, de rien. Remerciez aussi pour la présence du téléphone portable. Il a fait dévier les balles et a diminué leur impact. Les médecins en ont extrait des fragments à l'intérieur de vos côtes, mais aussi dans le téléphone. Coriaces, ces petites saloperies ! Nous avons établi une liste de contacts grâce à celle de Kostya. Avec le témoignage de Mme Sprague, si elle décidait de coopérer, nous anéantirions le clan Vann. Ce que vous en avez laissé, j'entends.

– Je n'ai pas tué Alex Vann.

– Je vous aime bien, Decker, alors, s'il vous plaît, pas un mot de plus. Gardez-les pour votre avocat.

– Et Kim ?

– Elle ne parle toujours pas, mais ça viendra. Quand elle prendra conscience qu'elle risque jusqu'à vingt ans de prison. Bah… une femme comme elle passera un accord.

Ouais, sans doute, pensai-je.

Mais comme accord, j'avais mieux à proposer.

– Voilà ce qu'il va se passer… dis-je. Dès que je serai capable de bouger, vous allez nous mettre, Kim Sprague et moi, à bord d'un avion militaire direction les États-Unis et vous n'entendrez plus jamais parler de nous. Vous ne nous inculperez, ni elle ni moi, d'aucun de ces crimes. Vous disposez déjà de tout un tas de renseignements suffisants pour faire tomber le clan Vann, duquel, vous l'admettez vous-même, il ne reste pas grand-chose.

Baumann partit à rire.

– Ce que nous aimons le plus chez vous, Américains, c'est votre optimisme à tout crin. Le moins charmant, ce sont vos airs supérieurs. Pensez-vous vraiment que vous pouvez venir vous balader en Allemagne, tirer tous azimuts aux quatre coins du pays, tuer qui bon vous semble, et que nous allons vous dire : « Au revoir, cow-boy solitaire, et merci » ?

– À peu de choses près, oui.

– Je repasserai quand les médicaments n'affecteront plus votre entendement.

Il se leva de la chaise.

– Mes vêtements sont ici ? m'enquis-je.

– Dans le casier des preuves. Je crois qu'ils sont souillés par un mélange de sangs qui devrait permettre votre mise en examen.

– Dans la poche intérieure gauche de la parka, vous trouverez une clé USB. Vous aurez peut-être envie d'en consulter le contenu. Puis vous reviendrez me voir. Au fait, j'en ai fait une copie qui se trouve en sécurité aux États-Unis.

– Vous voulez ajouter « tentative de corruption » aux charges retenues contre vous ?

– Laissez-moi la revue. J'aurai peut-être envie de faire un saut à Kitzbühel un de ces quatre.

– Pas quand j'y serai, j'espère.

*

Baumann revint trois heures plus tard.

Il me tendit la clé USB.

– Intéressant, reconnut-il.

– L'avez-vous montrée à vos supérieurs ?

– Ils doivent déjà en connaître le contenu. Étant donné que certains d'entre eux y tiennent la vedette.

– Je parie qu'ils en sont ravis.

– En ce qui les concerne, nous avons trouvé des éléments de premier ordre quand nous avons fouillé la résidence de Mme Vann, à Lunebourg, lesquels ont été classifiés.

– Et vous ne voudriez surtout pas que moi-même ou Kim Sprague contredisions cela à la barre d'un tribunal…

– Il a été décidé qu'il était inutile d'impliquer la justice dans cette affaire. Les problèmes de sécurité nationale passent avant tout. Mme Sprague et vous allez quitter le pays, et le plus tôt sera le mieux. Désir dont je me fais l'écho et qui reçoit mon approbation sans réserve.

Je lui repassai la clé USB.

– Vous devriez en faire une copie pour vous-même. Garantie d'emploi.

Il me sourit.

– C'est déjà fait.

Suis-je bête ! me dis-je.

– Je peux vous poser une question ? ajouta Baumann. Les raisons pour lesquelles vous voulez sauver votre peau me semblent évidentes, mais Mme Sprague est une salope qui vous aurait abattu sans hésiter. Pourquoi tenez-vous tant à lui venir en aide ?

– Parce que je suis fidèle à ma parole.

C'était aussi simple que ça.

Je m'étais engagé à ramener Kim Sprague.

Par le hublot, je regardais l'Allemagne diminuer à vue d'œil.

La première fois que j'étais venu dans ce pays, je souffrais atrocement, dans mon corps et mon âme. J'avais séjourné là dans l'espoir de me reconstruire et cru – à tort – y être parvenu.

À présent, j'en repartais.

Avec des douleurs physiques.

Mais l'âme intacte.

La guerre d'Irak m'avait volé une part de moi-même.

J'avais tenté de la récupérer en me baladant dans les rues de Berlin, en devenant policier, en épousant Laura, en partant à la recherche de Hailey Hansen, mais elle restait hors de portée.

Et voilà que je l'avais retrouvée.

Je savais ce que j'avais dû faire pour ça.

Enfin, je pouvais laisser l'Allemagne derrière moi.

J'étais un peu triste que ce soit pour toujours, car, en dépit de tout, j'avais un faible pour ce pays.

Il me manquerait.

Mais Baumann m'avait clairement signifié que je ne devais en aucun cas revenir en République fédérale d'Allemagne.

Une chance que Kitzbühel se trouve en Autriche.

Pendant tout le vol de retour au pays, Kim ne m'adressa pas la parole.

Tant mieux.

Qu'aurions-nous pu nous dire ?

Au fait, excuse-moi d'avoir voulu te tuer. Tu veux du thé glacé ? Un chocolat ?

Assise à côté de moi, elle feuilletait des magazines de mode. Je lui savais gré de ne pas chercher à se justifier. Je n'avais pas envie d'entendre son discours, que de toute façon je connaissais déjà. Je n'aurais voulu éprouver nulle compassion à son égard, mais c'était plus fort que moi. C'était une jeune fille abusée qui avait cherché à se réinventer. Sauf que son viol avait fait d'elle une sociopathe – incapable d'éprouver d'autre peine que la sienne.

Il n'empêche que cette douleur-là était immense, que, tôt ou tard, elle devrait s'y confronter, et, à cet égard, je n'enviais pas son sort.

En même temps, beaucoup de sang avait été versé au nom de la souffrance de Kim Sprague, moi-même en avais fait couler et je devrais y faire face.

En cela, mon sort n'était pas plus enviable que le sien.

*

Le vol dura longtemps et je dormis beaucoup.

À un moment, je gagnai le fond de l'appareil pour téléphoner à Laura.

– Tu as une drôle de voix. Où es-tu ?

– Dans un avion. Je rentre en Amérique.

– Tu es autorisé à appeler ?

– Sur ce vol, oui. Bref. Mon dernier coup de fil n'était pas très gai…. Je voulais te dire que je vais bien.

– Ça me fera toujours plaisir de le savoir, Deck.

– Ouais, moi, c'est pareil pour toi, répondis-je, sincère. Qu'as-tu décidé pour les municipales ?

– Je vais me présenter.

– Formidable !

– Ton soutien compte beaucoup pour moi.

– La réciproque est tout aussi vraie.

Ensuite, j'appelai Delgado.

– *Jesús Cristo*, murmura-t-elle. *Gracias a Dios.*

– Je rentre au pays, Kim Sprague à la remorque.

– Foutu Frank Decker !

– Tu as reçu mon petit colis ?

– Oui.

– Tu as regardé ce qu'il contenait ?

– Évidemment. Je ne suis pas flic pour rien. Oh, la vache, Deck ! C'est de la dynamite. Je comprends que tu te sois fait du souci.

– Ça devrait te permettre de récupérer ton poste, si tu le souhaites. Où es-tu ?

– Je peux le dire, maintenant ?

– Ouais.

– Je suis descendue aux Keys. C'est d'une beauté ! Mais d'un ennui ! Quand pourrai-je rentrer ?

– Bientôt. Je te téléphonerai.

Un silence, puis j'ajoutai :

– D., *te amo.*

– *Yo también. Te amo.*

Pas besoin du dictionnaire.

Elle m'avait enseigné l'essentiel.

L'avion roulait vers son point de stationnement quand Kim se décida à prendre la parole.

– Que va-t-il m'arriver maintenant ?

Je compris qu'elle pensait que je la rapatriais pour qu'elle soit poursuivie en justice, et elle crevait de trouille.

– Je te ramène à Charlie. Après, tu feras comme bon te semble. Tu resteras avec lui, tu le quitteras, tu retourneras à Jasper ou tu iras au diable. Je m'en fous.

Elle parut piquée au vif.

Peut-être jouait-elle la comédie, je n'en sais rien.

Et c'était le cadet de mes soucis.

Je louai une voiture et la fis s'asseoir à côté de moi.

Je pris la 112 jusqu'à la 195, où je franchis le William Powell Bridge, puis je suivis la Rickenbacker Causeway, la vieille route surélevée, dépassai Virginia Key et pénétrai dans Key Biscayne.

– Ce n'est pas la bonne direction, remarqua Kim.

– Tais-toi.

Je tournai à droite dans Harbor Drive, mis le cap plein sud, dépassant le port puis roulant jusqu'à South Basin et la presqu'île qui s'avançait dans Pine Canal.

La résidence se composait d'un ensemble de six villas de plain-pied aux toits en tuiles, réparties sur un vaste terrain planté de palmiers qui descendait en pente douce jusqu'au canal. Des voituriers s'empressaient de garer les Jaguar, Mercedes, Rolls et Porsche qui déposaient les invités de la soirée.

Le portail était constitué de barres en fer forgé qui constituaient le nom « LEVITOV ».

Je reculai, garai la voiture sous un arbre et pêchai une paire de menottes dans mon sac marin.

– À quoi tu joues ? demanda Kim.

Je la menottai à la poignée intérieure de la portière.

– Tu restes assise, tu ne bouges pas de là.

– Mais…

Je sortis une chaussette de mon sac.

– Ouvre grand.

Elle voulut protester puis, avisant l'expression de mon regard, s'exécuta. Je lui collai la chaussette dans la bouche.

Je marchai en direction de la résidence. Les vigiles en T-shirt noir, qui surveillaient la route et l'allée privative, ne s'attendaient pas à ce que quelqu'un s'avance sous le couvert des arbres. Je parvins à franchir le périmètre de sécurité et atteignis un court de tennis où des tables croulaient sous les bouteilles de champagne et les plateaux de petits-fours.

Je me mêlai aux nombreux invités, faisant de mon mieux pour me fondre dans cette multitude avec ma chemise et mon jean, affichant une certaine dose de désinvolture. Le maire était là, avec madame. Je reconnus quelques autres personnes pour les avoir croisées au mariage de Charlie et Kim, quelques années plus tôt.

C'était la même foule huppée – jolies filles, beaux mecs, tous plus élégants les uns que les autres. Ils semblaient se connaître, et les conversations et les rires coulaient aussi généreusement que le vin.

Je gravis ensuite le terrain depuis le court de tennis, dépassai la piscine et entrai dans la villa par la cuisine, où les cuisiniers préparaient les mets, les serveurs rapportaient des plateaux, ou les emportaient.

Traversant la pièce, je me retrouvai dans le « grand salon ». Des poutres énormes zébraient un plafond d'une hauteur de quatre mètres. Le sol était recouvert de dalles de pierre. Des tableaux, que j'aurais peut-être identifiés si j'avais visité certains musées, la décoraient. Un téléviseur à écran plat couvrant toute la surface du mur diffusait des clips vidéo.

Aux murs, des photographies montraient Levitov au côté d'un Président américain, de sénateurs, de célébrités, de stars de cinéma. Sur l'une d'elles, il recevait un prix des mains du maire de Miami ;

sur une autre, il tranchait le ruban pour l'inauguration d'un centre commercial ; sur une troisième, il posait parmi des gosses d'un quartier défavorisé.

Dans la pièce, tout ce beau monde se bousculait.

Une des plus grandes qualités des gens fortunés est qu'ils s'intéressent peu à ce que vous faites, mais terriblement à ce qu'eux-mêmes font, aussi je réussis à m'intégrer en posant quelques questions élémentaires et en hochant la tête au fil des monologues sans fin qui s'ensuivaient au sujet de safaris en Afrique, de passages par Santa Fe pour acquérir des œuvres d'art, des fluctuations boursières, du bikram yoga, de cures de jus de fruits et du coût faramineux des anneaux d'accostage.

Une femme très mince (forcément : toutes l'étaient) en robe lamé or décolletée jusqu'au nombril me confia :

– Dasha organise les meilleures fêtes qui soient, vous ne trouvez pas ?

– Tout à fait.

– On n'est RIEN si on n'est pas invité aux sauteries dominicales des Levitov.

– Je n'aimerais pas être « rien ».

Levitov, en costume anthracite et chemise bleue à col ouvert, bavardait avec un acteur que je crus reconnaître pour l'avoir vu dans je ne savais plus quel film. Il tenait dans une main un verre de vodka, me semblait-il, et paraissait s'impatienter. Tous deux finirent par s'éloigner dans un couloir pour se rendre, supposai-je, dans un des pavillons contigus.

Un serveur me proposa un verre de vin blanc que j'acceptai, bien que je sois plutôt amateur de bière. Mon interlocutrice hocha la tête d'un air entendu.

– Allez-vous participer à la soirée dans la soirée ? s'enquit-elle.

– La… ?

– Oh, vous devriez ! Dasha en sera. Tous les gens qui comptent en seront. Demandez la salle de projo. Si vous en savez assez pour être dans la confidence, on saura qu'on peut vous laisser y accéder.

Il me fallut une petite seconde pour déchiffrer son propos, puis je pigeai.

Et je tenais à voir Dasha Levitov.

Elle leva la main.

– Cinq minutes, chuchota-t-elle.

– Compris.

Passé ce laps de temps, je m'informai auprès d'un vigile de l'endroit où se trouvait la salle de projection.

Avec un sourire blasé, il m'indiqua :

– Par le passage couvert, deuxième pavillon sur la gauche, monsieur.

– Merci.

– Amusez-vous bien.

Je fendis la foule en suivant ses indications et, arrivé devant le deuxième pavillon sur la gauche, tombai sur un autre vigile.

– La salle de projection ?

Il ouvrit la porte et me céda le passage.

C'était une grande pièce en contrebas pourvue d'un vaste écran vidéo circulaire sur lequel était diffusé un film porno. Des corps se contorsionnaient et s'entortillaient en haute définition, leurs soupirs et gémissements diffusés en son surround.

Le sol consistait en un coussin rouge gigantesque, et l'action y reproduisait celle projetée sur les murs.

Je n'avais jamais participé à une partouze et ne comptais pas me joindre à celle-ci, qui battait son plein. En périphérie, des tables basses proposaient des lignes de coke, des comprimés dans des coupelles – sans doute de l'ecstasy et du Viagra. Au milieu, toutes ces belles personnes faisaient de belles choses aux beaux corps des uns et des autres. En lingerie fine, peignoirs et déguisements – fées, chats, pirates.

Certains portaient des masques.

Pas Levitov.

Il se trouvait au centre de la mêlée, couché sur la tsarine qu'il labourait avec force coups de reins athlétiques, les traits impassibles, se contrôlant, savourant les effets de ses gesticulations.

La femme en robe lamé or, désormais dénudée jusqu'à la ceinture, s'approcha de moi.

– Je suis ravie que vous soyez venu.

– Merci.

– Aimez-vous la soirée dans la soirée ?

– C'est intéressant.

– Venez donc jouer avec nous.

– « Nous » ?

– Moi et mon amie Charlotte. Vous allez l'adorer. Elle suce, je ne vous dis que ça !

J'abaissai le regard sur un matelas où une femme, nue à l'exception d'une paire d'oreilles félines, leva la tête vers nous.

– J'en serais ravi. Mais je n'aime pas les fauves. Allergie.

Elle s'apprêtait à me répondre quand un vigile me saisit par le coude. Un autre prit mon pistolet.

– Monsieur Decker, si vous voulez bien nous suivre…

*

Ils me cornaquèrent jusqu'au pavillon de piscine.

Levitov nous rejoignit, prit place sur un petit canapé et, d'un geste impérieux de la main, congédia son personnel.

Enveloppé dans un peignoir blanc, une serviette de bain drapée autour de son cou comme s'il venait de terminer un match de tennis, il me regardait de travers.

– Ma femme aime que je la baise en public. Ça montre notre passion.

– J'en suis heureux pour vous.

Une domestique en tablier blanc disposa carafe de jus d'orange, thé et café glacés, puis s'en fut.

– À moins que vous ne désiriez quelque chose de plus fort, proposa Levitov.

– Je ne veux pas boire avec vous.

– Ah. Je ne suis pas assez bien pour un homme de votre haute stature morale, c'est ça ?

– Plus ou moins.

– Que cela ne vous empêche pas de vous asseoir.

– Je resterai debout.

– À votre guise.

Il se servit un verre de jus d'orange.

– Que voulez-vous ? reprit-il. Je vais vous livrer une bien triste vérité : il est rare que quelqu'un vienne ici, sauf s'il a quelque chose à me demander. En général, c'est de l'argent, parfois, c'est du sexe ou du prestige. Ou la vie. Alors vous, monsieur Decker, que voulez-vous ?

– La paix.

– La paix… Vous voyez grand.

– Pas vraiment. Je vous explique : je me fiche complètement de Lumina. Développez votre affaire, ne la développez pas, je m'en balance. Idem pour votre agence Elite Modeling. Je ne dirai pas ce que je sais, ne porterai jamais vos dossiers à la connaissance des médias ou de la police.

– Ah bon ?

– En échange, Charlie a épongé la dette qu'il avait contractée envers vous. Si vous voulez toujours travailler avec lui, la balle est dans votre camp, mais si Kim ou lui-même avait un « accident de yacht », le marché ne tiendrait plus et je saurais quoi faire.

– La moitié des personnes les plus puissantes de la Floride du Sud participe à cette soirée, l'autre moitié a regretté de ne pouvoir venir, et vous me menacez ?

– Je me suis pas mal débrouillé jusqu'à présent.

– Et voilà ? C'est tout ce que vous voulez ? Que les Sprague aient la vie sauve. Pourquoi ? Chacun des deux a essayé de vous tuer.

– Ça, ce sont mes affaires. Je me contrefiche de ce que vous faites avec vos potes milliardaires. Construisez Lumina, dirigez un réseau de call-girls, baisez tous ensemble à qui mieux mieux, soudoyez le monde entier si vous pouvez. Je ne m'en prendrai pas à vous, mais ne vous en prenez jamais à moi ni aux Sprague.

– Quoi d'autre ?

– Le sergent Dolores Delgado est hors jeu. Intouchable.

– Ah oui, c'est vrai ! Vous la sautez. Je me trompe ?

J'avais envie de le frapper.

Mais plus encore de conclure ce marché avec lui.

– Qu'est-ce qui me garantit que je peux vous faire confiance ? reprit Levitov.

– Rien. Pas plus que je ne serai sûr de pouvoir vous accorder la mienne. Risque perpétuel de nous entre-égorger.

Il réfléchit.

– D'accord, dit-il enfin.

Charlie m'avait sauvé la vie une fois.

Je venais de lui rendre la pareille.

Nous étions quittes.

– Marché conclu, acheva Levitov qui, se levant, me tendit la main.

Je ne la lui serrai pas.

– Pas encore, dis-je. Je veux cinq millions de dollars.

Levitov se fendit d'un sourire.

Image de la cupidité se reconnaissant chez son semblable.

– Tiens donc ! s'exclama-t-il. L'honnête homme n'est pas si honnête que ça. Charlie sera ravi d'apprendre que, après tout, vous êtes comme nous. Cinq millions ?

– C'est le prix auquel vous aviez évalué Kim Sprague, non ?

– Justifiez-le comme vous voulez, rétorqua-t-il d'un ton un peu narquois.

– Vous investirez cinq millions de dollars dans la fondation à but non lucratif que je vais créer. Je remettrai à vos équipes un rapport complet deux fois par an. Cet argent sera utilisé pour payer les frais.

– Les frais pour quoi faire ?

– Pour retrouver des personnes disparues.

Elles sont des milliers dans la nature et, le plus souvent, leurs proches ne sont pas milliardaires. Ils n'ont pas les moyens de payer quelqu'un pour les retrouver.

Désormais, ils les auraient.

Si Levitov acceptait le marché.

– Vous êtes un cas, Decker.

Je me moquais éperdument de l'opinion que ce gangster aux grands airs avait de moi.

Il me regarda de haut.

– Vous ne savez pas vous vendre, Decker. Vous auriez pu exiger dix, vingt millions de dollars, et nous vous les aurions payés. Vous auriez pu devenir un homme très riche.

– Cinq millions me suffiront.

– Vous pourriez vivre comme moi, dit-il en agitant la main pour, du geste, englober sa propriété.

Non, je ne pourrais pas, songeai-je en repartant.

Dieu merci.

Je me garai dans l'allée circulaire devant la villa de Charlie.

Entraînai Kim jusqu'à la porte et sonnai.

Charlie ouvrit et dévisagea sa femme.

– La voilà, dis-je. Vous êtes faits l'un pour l'autre.

Elle ne décrocha pas une parole. Se contenta de se faufiler à l'intérieur telle une adolescente de mauvaise humeur que les flics auraient arrachée à une soirée pour la ramener chez elle.

La dernière chose que je vis de Kim Sprague fut ses cheveux dorés.

– De rien, dis-je à Charlie.

Il paraissait un peu ivre.

– Ils vont me tuer de toute façon.

– Non, c'est réglé.

Il comprit.

– Merci.

– Laisse tomber.

Je n'avais pas envie d'entendre d'autres conneries de la bouche de Charlie.

– S'il y a quoi que ce soit que je puisse faire pour…

– Je vais te dire ce que tu vas faire, l'interrompis-je. Il y a, dans la prison de Raiford, un certain DeMichael Morrison. Tu vas lui trouver le meilleur avocat pénaliste de Miami, que tu paieras pour lui.

– D'accord. Oui. Tout ce que tu voudras.

– Salut, Charlie.

– Allons, Deck ! On peut rester…

– Non, on ne le peut pas.

Il se détourna, me montrant la partie intacte de son visage.

Peut-être était-ce ainsi que je voulais me souvenir de Charlie Sprague.

Épilogue

Par la fenêtre de la cuisine de ma cabane, je contemplais les cinquante centimètres de neige accumulée, et elle n'en avait pas fini de tomber.

Dehors, il faisait plusieurs degrés en dessous de zéro, mais à l'intérieur le petit poêle à bois maintenait une température agréable. Je n'ai jamais aimé fendre du bois et c'est toujours le cas, mais je déteste encore plus avoir froid.

La vie est une question de choix.

La journaliste télé du matin rapporta d'une voix chantante : « Dernières nouvelles dans l'affaire du "Top model disparu" : la jet-setteuse de Miami Kim Sprague a annoncé que son mari Charles Sprague III – le Brelan, ainsi que certains le surnomment – et elle-même avaient, d'un commun accord, décidé de mettre un terme à leur union. Billy, moi, je trouve ça triste. Et toi, tu ne penses pas que c'est triste, M. et Mme Brelan qui se séparent ? »

Moi, je ne pensais pas que c'était triste.

Ni le contraire.

Je m'en foutais.

Charlie avait engagé un pénaliste de choc pour défendre Morrison, et Levitov avait fait virer les cinq millions de dollars sur un compte en fiducie. Autrement, je n'avais plus entendu parler d'eux et supposais qu'ils devaient être occupés à faire fructifier Lumina.

Laura avait créé pour moi une fondation et j'avais trouvé un gars, à Lincoln, pour la gérer afin que je puisse faire ce que j'avais envie de faire sans toucher au capital.

J'ouvris un paquet de Bustelo, en mis quelques mesures dans la cafetière italienne que j'avais commandée sur Amazon et la posai sur le réchaud. Quand l'eau commença de bouillir, je laissai tomber une bonne cuillerée de sucre en poudre dans le pot et y versai peu à peu le café, puis je mélangeai le tout jusqu'à ce que ça mousse.

Il n'était pas aussi bon que celui de D., mais presque.

J'en servis deux tasses et regagnai la chambre.

D., blottie sous l'épaisse courtepointe, ouvrit les yeux et inspira profondément.

– *Eso huele fantástico*, se réjouit-elle.

Oui, cette odeur était un délice.

La sienne aussi.

D. était toujours suspendue de ses fonctions. Il faudrait des semaines, voire des mois, pour que le comté de Miami-Dade tire l'affaire au clair. Mais je savais qu'elle serait blanchie, sans doute promue, et qu'elle retrouverait son travail, sa famille et la communauté qu'elle aimait.

Peut-être repartirais-je avec elle pour m'installer là-bas.

Je l'ignorais encore.

Tout ce que je savais, c'était que j'étais heureux qu'elle soit là, avec moi.

Je m'assis au bord du lit, elle se redressa et je lui tendis une tasse. Ses cheveux bruns s'étaient ébouriffés pendant l'amour puis le sommeil, et elle avait enfilé un de mes vieux T-shirts qui lui arrivait aux genoux.

Alors que j'étais couché dans mon lit à l'hôpital américain de Landstuhl, jouet de la douleur, de la colère et de l'amertume, j'avais lu cette pensée de Sophocle : « Il existe un mot qui nous libère de tout le poids et de toutes les douleurs de la vie, et ce mot c'est "amour". »

Je bus une gorgée de café *cubano* et, par-dessus le bord de ma tasse, contemplai les yeux de D.

Bruns.

De ceux qui vous réchauffent le cœur.

Expressifs, beaux.

Je m'appelle Frank Decker.

Je retrouve des personnes disparues.

DU MÊME AUTEUR

Cirque à Piccadilly
Gallimard, « Série Noire », 1995

Le Miroir de Bouddha
Gallimard, « Série Noire », 1996

Mort et Vie de Bobby Z
Belfond, « Nuits noires », 1998
et « Le Livre de Poche », n° 31824

Au plus bas des Hautes Solitudes
Gallimard, « Série Noire », 1998
et « Folio policier », n° 373

À contre-courant du grand toboggan
Gallimard, « Série Noire », 1999
et « Folio policier », n° 363

Noyade au désert
Gallimard, « Série Noire », 2000

Du feu sous la cendre
Belfond, « Nuits noires », 2002

La Griffe du chien
Fayard noir, 2007
et « Points Policier », n° P2043

L'Hiver de Frankie Machine
Éditions du Masque, 2009
et « Le Livre de Poche », n° 31922

La Patrouille de l'aube
Éditions du Masque, 2010
et « Le Livre de Poche », n° 32327

Savages
Éditions du Masque, 2011
et « Le Livre de Poche », n° 32693

Satori
Lattès, 2011
et « Points Thriller », n° P2902

L'Heure des gentlemen
Éditions du Masque, 2012
et « Le Livre de Poche », n° 33101

Cool
Seuil, 2012
et « Points Thriller », n° P3104

Dernier Verre à Manhattan
Seuil, 2013
et « Points Policier », n° P3351

Missing : New York
Seuil, 2015

Cartel. La suite de *La Griffe du chien*
Seuil, 2016
et « Points Policier », n° P4701

RÉALISATION : NORD COMPO À VILLENEUVE-D'ASCQ
IMPRESSION : NORMANDIE ROTO IMPRESSION S.A.S. À LONRAI
DÉPÔT LÉGAL : MARS 2018. N° 134728 (1705617)
Imprimé en France